La Passagère du France

Du même auteur

La Belle Chocolatière, Flammarion, 2001 ; J'ai Lu, 2002.
Le Bel Italien, Flammarion, 2003.
L'Impératrice des roses, Flammarion, 2005 ; J'ai Lu, 2006.
La Villa Belza, Flammarion, 2007 ; J'ai Lu, 2008.

Bernadette Pécassou-Camebrac

La Passagère du France

roman

Flammarion

ISBN : 978-2-0812-0904-6

Au *France*,
aux belles villes du Havre et de Saint-Nazaire,
à tous ceux des chantiers,
à tous les marins et les capitaines,
à toutes celles qui les ont aimés.
À la légende.

B.P.C.

1

Le Havre, 3 février 1962

Jamais elle n'avait pris la mer, pas même le moindre bateau. Mais elle avait souvent rêvé de partir un jour.

— Qu'est-ce que vous faites, plantée là comme un as de pique ? Vous ne voyez pas que vous empêchez les autres de passer ! ?

Sophie se retourna vivement, prête à remettre à sa place l'individu qui l'apostrophait. Mais quand elle le vit et le reconnut, elle eut un sourire gêné.

— Avancez donc, mademoiselle, ajouta-t-il alors d'une voix adoucie. De quoi avez-vous peur ? Des bateaux ou de l'aventure ? Faites un pas de plus et regardez autour de vous. Tenez, comme cet homme qui monte la passerelle d'un pas énergique et tourne la tête dans tous les sens ! On dirait qu'il cherche quelque chose, ou quelqu'un. Peut-être vous ? Qui sait ?

2

Dans le milieu des journalistes, le nom de celui qui venait de s'adresser à Sophie de façon un peu cavalière était en haut de l'affiche. On disait qu'il finirait sous la coupole et on l'appelait : l'Académicien.

Après des années de métier il ne faisait que ce qui lui plaisait : écrire sur les traversées de l'Atlantique Nord à bord de magnifiques paquebots. Le *Queen Mary* lancé par la Cunard à la fin de la guerre, l'élégant *Liberté* de la Compagnie générale transatlantique, l'*Île de France* si gracieux et le luxueux *Normandie* de la French Line, il les connaissait tous. Les grandes compagnies se méfiaient de sa plume mais l'invitaient à chaque voyage. Relier les grandes nations industrielles de l'Europe au Nouveau Monde était encore dans ces années 1960 un enjeu prioritaire, même si l'avion annonçait un changement majeur.

Plus que jamais il fallait tenter de retenir la clientèle qui préférait rejoindre l'Amérique par les airs.

Ce 3 février 1962, comme nombre de journalistes, artistes et autres personnalités, l'Académicien faisait partie des invités qui se massaient au fur et à mesure devant la passerelle du gigantesque paquebot, dernier-né de la Transatlantique : le *France*.

Dans la file d'embarquement, on s'embrassait, on criait, on s'interpellait. Un petit homme à lunettes prenait des photographies dans tous les sens, une dame chic et blonde serrait dans ses bras un petit chien gémissant, un couple rieur s'enlaçait, un monsieur un peu fort râlait qu'on le bouscule, la fièvre du départ créait une joyeuse cohue.

Sophie suivait du regard l'homme de la passerelle. Arrivé tout en haut il s'arrêta et se retourna face à la foule sur le port. Tranquillement, comme s'il avait tout le temps alors que la file trépignait d'impatience pour embarquer, il leva son bras et agita la main en signe d'au revoir. De loin on devinait son sourire.

L'Académicien pointa du doigt la meute de photographes qui se tenait parquée au pied du navire :

— Un conseil, mademoiselle, une fois à bord, si vous voulez passer à la postérité, faites comme lui. Quand ils choisiront un cliché, les photographes choisiront le plus symbolique. Entre les passagers qui s'engouffrent bêtement dans le navire en ne montrant que leur dos et le geste élégant de cet homme, ils n'hésiteront pas. Je vous parie que demain il fera la une des quotidiens. Tout est parfait, le costume, la pose, le sourire radieux. La photo sera nette et aura de l'allure. On dirait qu'il fait tout pour ça.

Sophie éclata de rire :

— Mais cet homme dit tout simplement au revoir à quelqu'un.

— Non, il ne dit au revoir à personne.

— Qu'est-ce que vous en savez ? questionna Sophie, interloquée. Vous le connaissez ?

— Non. Et pourtant, je vous le confirme, il salue dans le vide.

— Saluer dans le vide alors qu'il y a une si grande foule, comment pouvez-vous dire une chose pareille ! insista Sophie. Vous savez qu'il est venu seul ? Vous le connaissez alors ?

— Non, mais je connais les voyages en mer, répondit l'Académicien, et je connais les marins. Sur les océans les hommes ne sont pas toujours ce qu'ils sont à terre. Les rêves des uns, les illusions des autres, les drames, tant de choses resurgissent parfois. Croyez-moi, on améliore les navires, mais rarement la nature humaine. Et sur les bateaux elle se dévoile avec une incroyable précision.

Il se tut et regarda la file élégante qui continuait à s'engouffrer dans le navire. Un court instant, il sembla oublier Sophie.

— Dans cette foule, reprit-il d'une voix grave, il y a de tout.

— Ce n'est pas nouveau, fit Sophie, contrariée par ce discours pessimiste.

L'Académicien se reprit :

— Vous avez raison, mais... regardez bien ce navire et souvenez-vous toujours de ceci : il est fait du meilleur de l'homme. Chaque fois que vous repenserez à lui, revoyez-le tel qu'il est là, au moment du premier départ dans sa force intacte. Le *France* est éblouissant !

Il avait prononcé les derniers mots avec une ferveur que Sophie jugea excessive. Elle n'insista pas. Pourquoi ce discours et ces recommandations ? La foule éclatait de joie et d'enthousiasme, pourquoi cet homme venait-il gâcher ce moment ?

Le *France* emportait avec lui ce jour-là le meilleur de la France. Un art de vivre prestigieux, une élégance reconnue dans le monde entier, un incroyable savoir-faire et une immense confiance dans l'avenir !

Cet Académicien n'est qu'un rabat-joie, se dit-elle. Comme ces vieux qui pensent avoir tout vu et ressassent leurs propres rancœurs.

Elle reprit sa place dans la file et l'oublia qui bougonnait encore dans son dos. Les cheminées rouges de la Transatlantique claquaient sur le ciel bleu. Le navire étincelait sous le soleil. Il affichait le noir brillant et la blancheur immaculée de sa ligne exceptionnelle. Un géant !

Une masse impressionnante d'une légèreté absolue. Le plus beau bateau du monde ! Sur le quai du Havre, on ne s'entendait plus, tout le monde criait et pleurait de joie, l'exaltation était à son comble. Émerveillée, Sophie ferma les yeux pour garder en elle la force de cet instant. Ce voyage allait être magnifique. Elle en avait la certitude.

3

— Tu as vu, Andrei, ils sont tous sur leur trente et un. Comme nous.

Bien droit, les mains fièrement enfoncées dans les poches de son bleu de travail impeccable, Gérard rayonnait. Ému, il donna une bourrade amicale au camarade qui se tenait près de lui et qui observait, fasciné, l'incroyable libération d'enthousiasme que ce premier départ du *France* soulevait sur le quai du Havre

— Cette fois, Andrei, dit Gérard, la voix nouée par l'émotion, je sens que c'est la bonne ! Les anciens ont ramé toute leur vie sur des docks et des cargos pourris, mais nous, on rattrape le coup. On ne s'est pas battus pour rien ! Le *France*, c'est ce qui pouvait nous arriver de mieux.

Il en avait les larmes aux yeux. Toute cette joie sur le quai, ces camarades qui étaient venus de Saint-Nazaire et de toute la France pour accompagner le chef-d'œuvre des chantiers navals français, ça le remuait jusqu'au plus profond du cœur. Le *France*, c'était leur bateau. Le sien et celui de ses copains là en bas sur le quai qui ne partiraient pas pour ce grand voyage mais qui applaudissaient et pleuraient de joie avec les femmes et les enfants. Il avait fallu des années de savoir, d'intelligence et de volonté pour que le *France* soit tel qu'il était là. Les hommes des chantiers de l'Atlantique avaient réalisé ce rêve, ils étaient les magiciens de la profession et, en cet instant plus que jamais, Gérard et Andrei étaient fiers d'appartenir à cette lignée. Leurs regards francs avaient la force de ceux qui se savent à leur juste place, légitimes. Andrei parlait peu, il écoutait Gérard. Il aimait sentir l'émotion de son ami, un hypersensible qui ne pouvait s'empêcher d'exprimer tout ce qu'il ressentait. Le bonheur comme le malheur atteignaient toujours Gérard de plein fouet et le mettaient à fleur de peau.

À l'arrêt des machines, ils étaient sortis fumer une cigarette et regarder embarquer la longue file des passagers. Conscients du privilège qui était le leur de faire partie de l'équipage du *France*, ils profitaient du spectacle, debout dans l'ouverture d'une porte juste au-dessus de la ligne de flottaison, au bord du vide. Personne ne faisait attention à eux tant ils paraissaient minuscules, perdus dans le gigantisme de la coque. En se penchant et en levant le nez, Andrei pouvait deviner sur le pont tout le personnel au garde-à-vous, les officiers de l'état-major dans leurs uniformes neufs. Le bateau lâchait de longues volutes blanches qui s'échappaient vers le ciel. Un faux mouvement et Andrei se serait fracassé dix mètres plus bas contre les câbles de fer et d'acier dans l'étroite bande d'eau entre la coque du navire et le quai. Mais Andrei ne tombait pas. Il était de cette race d'hommes aguerris aux dangers des ports, façonnés par une jeunesse passée à charger et décharger sur les docks des tonnes de containers soulevés par des grues dans un bruit d'enfer. Des containers qu'il fallait savoir guider au-dessus de sa tête sans penser au danger. Ou plutôt en l'ayant constamment à l'esprit. Ce qui l'avait rendu vigilant, et vif.

— Allez, fit Gérard en jetant son mégot de cigarette et en se repliant vers l'intérieur du navire, viens, j'ai hâte de pousser les chaudières.

Un sourire illumina le visage d'Andrei. Lui aussi voulait sentir la puissance du bateau sur la haute mer et vérifier sa tenue. Il aimait passionnément son travail. La mécanique du *France* était la plus innovante du monde et pour ce jeune homme arrivé de Russie en France à l'âge de dix ans avec pour seul bagage une âme ravagée, se retrouver là, dans l'équipe de pointe chargée de manœuvrer les rouages complexes de ce monstre d'acier, c'était de l'ordre du miracle !

La foule sur le port criait de joie et levait les bras au ciel, il y avait des foulards qui bougeaient dans l'air bleu. Une bouffée de bonheur l'envahit. Il tira bien fort sur sa cigarette puis, d'une pichenette, il l'envoya voler dans les airs et la suivit des yeux. Elle tournoya contre le ciel, rougeoyante. Le soleil était si éblouissant ce jour-là que, lorsqu'elle fut au plus haut de sa course, il dut fermer les paupières. Plus que jamais Andrei aimait ce pays de France qui l'avait accueilli. Il balaya une dernière fois du regard les quais et la foule enthousiaste, il les aurait tous embrassés et serrés dans ses bras. D'un geste vif et du bout de son pouce, il se signa le front machinalement comme il avait toujours vu sa grand-mère le faire. Lui qui n'avait jamais fréquenté les églises ni connu les rituels des âmes pieuses, il avait emporté avec lui ce geste symbolique qui le ramenait là-bas, très loin, plus loin que la ville de Saint-Pétersbourg où il avait vécu, sur ces terres glacées des montagnes d'Oural où passent les troupeaux d'élans au doux pelage clair et où, dans des chaumières anciennes, des grands-mères au visage ridé cuisent des petits gâteaux ronds qui croquent sous la dent. Andrei se demandait parfois s'il n'avait pas rêvé ces moments de sa toute jeune vie, avant le départ dans la grande ville russe, avant la tragédie qui l'avait laissé orphelin. Et même pire, vide à jamais de tout espoir en ce monde d'humains.

— Ho ! Tu arrives ?

Gérard était déjà sur les chaudières et lui faisait signe de se dépêcher. L'équipe était en place, prête à répondre aux ordres de la timonerie. Andrei s'était juré de ne plus repenser au passé. Aujourd'hui que sa vie s'ouvrait à d'autres horizons, il lui semblait qu'enfin son cœur se remettait à battre et peut-être même à avoir le goût du bonheur. Il devait avoir la force d'oublier.

— Je viens, dit-il pour rassurer Gérard.

Il ferma la porte avec soin, en testa les verrouillages méticuleusement les uns après les autres et rejoignit son poste. Andrei ne se pressait jamais. Quelque chose en lui refusait la tension.

Sur le quai, l'embarquement des passagers touchait à sa fin. Sophie, qui s'apprêtait à monter à son tour sur la passerelle, avait cru voir une cigarette tomber le long de son manteau et vérifiait que le fin cachemire n'était pas abîmé.

— Décidément il va falloir pousser pour vous faire monter ! Apparemment, vous n'en voulez pas de ce départ !

L'Académicien s'impatientait dans son dos. Contrariée par cette nouvelle intervention, Sophie s'aventura sur la passerelle en levant les yeux vers la monumentale coque noire du navire, si énorme qu'elle barrait toute visibilité. Face à cette masse impressionnante vue de si bas et d'aussi près, un léger vertige la prit.

— Mon Dieu ! fit-elle en fermant les yeux.

Puis, soucieuse de ne pas retarder davantage l'embarquement, elle les rouvrit aussitôt et découvrit le vide étroit et profond qui séparait le paquebot du quai et au-dessus duquel il lui fallait maintenant s'engager. Entre le bruit de la foule, la masse du bateau et la folie de ce moment incroyable, l'air était chargé d'électricité. C'est alors seulement que Sophie sembla prendre la mesure de ce qui se passait. Elle s'engageait sur un océan, elle allait flotter au-dessus de ces immensités d'eau glacée. La peur la gagna. Elle avait entendu parler de ce gigantesque paquebot que l'on disait insubmersible et qui avait sombré dans les eaux glaciales : le *Titanic*. Elle avait même lu un livre relatant dans le moindre détail les dernières heures de cette tragédie et vu des photographies de l'époque, des dessins évoquant le terrible naufrage. L'un revint à sa mémoire avec précision. Il montrait en coupe la taille dérisoire du paquebot en comparaison des profondeurs abyssales de l'océan sur lequel il voguait. À ce souvenir, elle vacilla et s'agrippa à la balustrade. Cet océan était l'Atlantique Nord. Celui-là même sur lequel elle partait.

— Vous avez un malaise ? Ça ne va pas ?

L'Académicien voyait bien qu'elle n'était pas dans son état normal.

— Non, non, dit Sophie en se ressaisissant. Je crois que j'ai une petite indigestion depuis hier, ce n'est rien.

Et sans plus attendre elle gravit la passerelle d'un pas résolu. Quand elle posa enfin le pied sur le *France*, son visage était blême, mais elle souriait comme si de rien n'était.

4

— Bienvenue !

Alignés de chaque côté de l'entrée du navire, de jeunes mousses en habit rouge et noir avec de petits calots l'accueillirent avec un remarquable sens de la coordination juste avant qu'une hôtesse ne s'avance vers elle et ne l'entraîne à l'intérieur du hall d'embarquement. Sophie ne put retenir un cri d'émerveillement et porta les mains à son visage.

— Mon Dieu ! fit-elle. Comme c'est beau !

Dans leurs uniformes blancs à boutons dorés les membres de l'état-major et tous les officiers sourirent de plaisir. Impeccablement groupés autour de leur commandant pour accueillir les passagers et les invités, ils ne se lassaient pas de l'émerveillement de ces derniers à la découverte des aménagements intérieurs de leur navire.

Tout avait été dit à ce sujet, le pire et le meilleur.

« Avec le *France*, on passe du Lalique au formica ! » avait lancé en forme de boutade un grincheux, ou un homme lucide, selon l'avis que l'on avait sur le formica, matériau qui commençait à faire fureur et qui allait, dès les années suivantes, envahir les cuisines et les salles à manger de tout le pays, et reléguer dans le fond des granges les bahuts de noyer et les tables de chêne.

« Quelle hérésie de voir ça sous cet angle alors que c'est le savoir des meilleurs artisans français réunis qui s'exprime dans sa plus grande modernité ! Preuve que nous sommes un pays d'avenir ! » avait dit un autre pour qui le talent ne pouvait se figer dans le passé, si cher soit-il au cœur des hommes du présent. À part les avis contradictoires des uns et des autres et quelques photos données en avant-première dans *Paris-Match*, personne ne savait ce qu'il en était réellement de la décoration du *France*. Sophie le découvrait en cet instant, éblouie par la grande clarté et le luxe des matières, brillantes et légères, qui offraient à l'œil une vision indéniablement nouvelle. Jamais elle n'avait ressenti l'impression futuriste qui se dégageait du hall immense. Des lambris de métal oxydé gris-bleu recouvraient l'ensemble des cloisons, créant un effet de moire métallique et, de chaque côté d'un grand escalier à la rampe étincelante d'aluminium plié et d'inox poli, deux sculptures en ruban d'acier posées sur des socles de verre évoquaient des météores croisés dans un espace intersidéral. Pas de foule, pas de piétinement sur la splendide moquette rouge qui relevait cet ensemble aérien d'une note de faste. Juste une parfaite harmonie, un glissement des passagers émerveillés dirigés sans heurts par des professionnels de grande tenue vers des cabines encore mystérieuses.

Que de grâce il y avait dans cet ensemble léger ! Que de sensations inconnues Sophie éprouvait dans ce fascinant et déroutant décor ! De hauts bouquets de glaïeuls jaillissaient des vases de cristal, et les uniformes des marins et des officiers apportaient à l'ensemble une touche de sensualité masculine inattendue et troublante.

C'est alors qu'un Américain enthousiaste poussa ce cri venu du cœur :

— Ah ! La France !

Autour de lui, les voyageurs, visiblement touchés, applaudirent avec délicatesse pour marquer leur assentiment.

— Ces Américains n'ont aucun goût, chuchota l'Académicien. Mais enfin, ajouta-t-il, tant qu'ils saluent la France !

Noyés dans la gaieté générale, ses ronchonnements ne trouvèrent aucun écho.

— Sophie, Sophie ! ! !

Une jeune femme blonde en tailleur couture de tweed gris clair l'interpellait. Sophie reconnut Béatrice, une amie journaliste qui signait dans un hebdomadaire féminin.

— Viens, fit cette dernière en la prenant par le bras, mettons-nous sur la droite. J'ai l'impression que les invités importants vont de ce côté-là. Pour l'attribution des cabines, ce doit être mieux, il y a tous les officiels. Regarde, il y a Tino Rossi, Juliette Gréco...

Mais elle fut interrompue par un grand brouhaha. Tous les regards se tournèrent vers les portes du grand hall. Michèle Morgan, au faîte de sa gloire et de sa beauté, venait d'apparaître en manteau de vison. Distribuant avec discrétion des sourires de star, elle ôtait avec une élégance étudiée une petite toque de fourrure claire délicatement posée sur le haut de son chignon banane. Instinctivement, la voyant si gracieuse, Sophie se redressa. Très sensible au style sophistiqué de l'actrice, galvanisée par le luxe des lieux, elle ne voulait pas être en reste question tenue. Sophie avait bien compris que ce voyage serait l'endroit idéal pour tester ses propres talents. Elle avait préparé ses bagages avec un soin minutieux. Son modèle en la matière était l'actrice brune au port altier qu'elle avait vue dans *La Dolce Vita* deux ans auparavant, et qui représentait pour elle la féminité absolue. Du film de Federico Fellini qui avait fait un immense scandale à cause des personnages dépravés qu'il mettait en scène, Sophie n'avait retenu que ces moments de grâce italienne où la fine silhouette d'Anouk Aimée croisait celle de Marcello Mastroianni dans les rues de

Rome. Twin-sets, cachemires souples, robes noires ajustées, escarpins, foulards à nouer autour du visage, lunettes fumées et chemisiers blancs, robe de dîner mi-longue aux épaules nues, Sophie n'avait rien oublié de la garde-robe raffinée de l'actrice. Elle avait fait toutes les boutiques et couru tous les magasins, choisissant minutieusement le moindre accessoire nécessaire à sa panoplie de belle indifférente. Car elle avait cru comprendre que ce chic désenchanté faisait la marque des stars et gagnait la jeunesse dorée de l'époque. Négligeant les aspects sombres et désespérés de *La Dolce Vita*, Sophie se voulait une jeune femme à la mode, raffinée et distante. Tâche qui lui demandait de gros efforts car elle était l'inverse : naturelle, enthousiaste et spontanée.

— Écoute, répondit-elle à Béatrice en prenant soin d'afficher un air blasé, je reste où je suis.

Béatrice haussa les épaules et se dirigea du côté droit du grand hall, espérant attirer l'attention de l'état-major. Elle pensait qu'ainsi, mêlée au groupe des célébrités, elle entrerait sur le navire dans les meilleures conditions et bénéficierait d'une cabine de premier ordre. Sophie la regardait faire en se disant que, décidément, Béatrice commençait mal. Déjà elle voulait plus que ce qu'elle avait, comme à son habitude. En vain. Sa tentative de se faire remarquer en s'avançant dans le sillage de Michèle Morgan échoua. L'état-major au grand complet, infantilisé par le mythe de l'actrice aux yeux bleus, l'ignora complètement. Quelle importance, la cabine ! se disait Sophie. Dans un navire pareil toutes doivent être largement à la hauteur. Sur le plus beau bateau du monde elles allaient découvrir New York en compagnie de la société la plus élégante qui soit, il y avait de quoi contenter les plus avides. Mais, parmi les privilégiés, Béatrice voulait être tout au sommet, et ne serait jamais satisfaite tant qu'il y aurait ne serait-ce qu'une seule personne plus haut qu'elle sur la pyramide des faveurs.

Sophie aussi adorait les faveurs, mais pas au prix de l'acharnement de Béatrice. Ainsi, alors que cette dernière avait manœuvré et usé de toutes ses relations pour se faire inviter, Sophie avait cru à une erreur lorsque son journal l'avait désignée pour participer à la traversée. Dans sa rédaction, les grands reporters aguerris aux bons plans se jetaient systématiquement sur les bonnes occasions, et le voyage du *France* était la plus belle à se présenter depuis bien longtemps. Cinq jours en mer sur un paquebot de luxe à déjeuner, dîner ou prendre le thé, tous les journalistes du monde voulaient en être. Seulement le journal ne disposait que d'un seul billet, et la guerre entre les reporters avait fait rage. Ne sachant lequel favoriser de ses grands lieutenants, coupant court à la polémique qui commençait à tourner au vinaigre, le rédacteur en chef avait subitement désigné Sophie au prétexte que sa plume féminine donnerait un ton différent au reportage.

— L'important c'est d'en être, avait expliqué Béatrice à Sophie. Après, tout le monde oublie le pourquoi du comment. On sait simplement que tu as fait partie des reporters envoyés pour le premier voyage du *France* ; et c'est bon pour ta notoriété.

Sophie savait que Béatrice n'avait pas tort mais elle pensait que tant d'embrouilles ne valaient pas la peine pour un voyage, si prestigieux soit-il. En tout cas elle avait accepté ce qui s'offrait à elle par miracle, sans penser une seule seconde ni à la déception de ses collègues exaspérés d'être écartés à son profit, ni au fait qu'elle se retrouverait en haute mer. Car là il y avait un problème auquel elle n'avait pas du tout pensé. Si Sophie aimait les bords de mer vus de la plage, elle se baignait rarement.

Elle détestait la sensation de ces quantités d'eau au-dessous d'elle, et elle ne pouvait s'empêcher d'imaginer des méduses gluantes, des algues traîtresses, prêtes à la tirer vers le fond. Quant à traverser ces immensités liquides qu'on appelait les océans, ça ne lui serait jamais venu à l'idée. Sophie aimait les bateaux de loin, vus depuis la terre ferme. Or voilà qu'elle allait voguer pendant cinq jours et quatre nuits sur l'océan le plus grand, celui dont les courants inquiètent jusqu'aux plus courageux des marins : l'Atlantique Nord.

Mais Béatrice revenait :

— Bon, finalement il vaut mieux qu'on reste là. Les équipes de la télévision et de *Paris-Match* ont déjà leurs cabines, et comme nous n'avons pas encore les nôtres, mieux vaut ne pas s'entendre dire devant eux qu'il n'y a rien de prévu pour nous. Surtout qu'il y a ce photographe qui se prend pour je ne sais qui parce qu'il photographie les stars ! Tu parles d'une affaire !

Béatrice avait échoué dans sa tentative d'intégrer le gotha et, comme toujours quand ça ne marchait pas, elle critiquait et intégrait Sophie, qui n'avait rien demandé, à sa démarche ratée.

Deux mousses en habit rouge prirent leurs bagages et un autre leur ouvrit la porte d'un ascenseur qui ressemblait à une œuvre d'art abstrait. Mais au lieu de monter, l'ascenseur descendit et, quand la porte se rouvrit, Béatrice se pressa aux côtés de Sophie.

— Je te parie qu'ils nous ont mises en deuxième classe !

— On parlera plus tard, attendons de voir, répondit à voix basse Sophie tout en suivant dans la coursive les jeunes grooms qui les conduisaient à leurs cabines.

Le chemin fut long. Elles passèrent des portes, puis un escalier, puis une autre coursive. Béatrice n'en pouvait plus.

— Tu n'as pas remarqué ? D'abord l'ascenseur est descendu d'au moins deux étages, et maintenant on n'en finit pas d'arriver.

— Le bateau est grand, c'est normal.

— En général, pour aller en première classe, on monte et on va vers l'avant. Ça paraît logique. Là, je suis sûre qu'ils nous emmènent vers l'arrière.

— Ah oui ? répondit Sophie dont le sens de l'orientation était complètement chamboulé. Quelle idée ! Tu sais bien qu'il n'y a pas de classes sur ce navire

— Mais bien sûr que si ! Il y en a deux. Tu as vu la moquette ?

— Quoi encore, la moquette ? dit Sophie qui commençait à être exaspérée par les sarcasmes de son amie. Elle est magnifique !

— Oui. Mais elle est grise. Ce n'est pas bon signe, insista Béatrice. Dans le grand hall, je ne sais pas si tu as remarqué, elle était d'un rouge somptueux. Je suis sûre que la moquette de la première classe est rouge et, pour la distinguer, celle de la seconde est grise. C'est classique, tu vas voir.

Sophie n'avait que faire de ce changement de couleur. Pour elle, non seulement les déductions de Béatrice étaient sans intérêt, mais, pire, elles frôlaient le ridicule. Parmi les innovations de ce navire qui avaient fait le plus de bruit, la disparition des classes traditionnelles était en première ligne. Première, deuxième, troisième classes ? Hop, disparues.

Avec l'élévation générale du niveau de vie et la naissance d'une société de loisirs, ce début des années 1960 marquait un changement majeur des deux côtés de l'Atlantique. Comme ils étaient loin, les émigrants avec leurs pauvres baluchons qui laissaient tout derrière eux pour aller en Amérique convertir leur misère en dollars.

À leur place étaient apparus les touristes. Et les constructeurs avaient suivi l'évolution sociale en préservant subtilement certains privilèges. Il y avait maintenant une première et une autre appelée « touriste ». Lors de la présentation du navire à la presse, tout cela avait été expliqué. Les constructeurs avaient la volonté d'aller plus loin dans leur souci de démocratisation en divisant non pas verticalement le navire, mais horizontalement. Ce qui changeait tout. La première classe n'avait plus le monopole des meilleurs emplacements, on avait une vision panoramique de l'océan sur tous les ponts supérieurs.

Fini de caser le dortoir des pauvres sous les salons des riches ! Tout le monde a le droit d'avoir de l'espace dans sa cabine, de la lumière, et de profiter de la vue de l'océan. Sur le *France*, il y a du luxe pour tous !

Les journalistes avaient bien relayé cette information donnée lors de la conférence et Sophie avait noté cet aspect social, dans l'air du temps. Aussi, indifférente aux jérémiades de Béatrice, elle s'efforçait de marcher avec le plus de grâce possible le long de la coursive claire où les précédaient les deux jeunes grooms chargés de leurs bagages. Ils s'arrêtèrent enfin. L'un ouvrit la porte d'une cabine, l'autre entra pour déposer les bagages puis ressortit immédiatement.

— Voilà, mesdemoiselles, firent-ils d'une même voix en tendant chacun une clef. Vous êtes chez vous.

— Comment ça, chez nous ! s'exclama Béatrice. Je ne vois qu'une cabine ! On n'a pas de cabines particulières ?

— Euh... non, dit un groom.

— Vous êtes sûr ?

— Oui. À moins qu'il n'y ait une erreur. Attendez, je regarde. (Il consulta la fiche qu'il tenait glissée dans la pochette intérieure de son spencer rouge et il lut) Mlles Maucor et Fréau, c'est bien ça ?

— Mais, insista Béatrice, stupéfaite, on a pu se tromper dans les listes d'attribution.

— Entrez donc, dit alors le groom gentiment. Vous verrez, les cabines sont magnifiques et très confortables, vous allez être surprises.

— Écoutez, je veux une cabine particulière et ma consœur aussi. Partager la même n'est pas très professionnel. Nous avons besoin de repos le soir pour rassembler nos notes. Nous devons être au calme. C'est le minimum.

Gênés, les jeunes grooms s'empressèrent d'expliquer que le *France* était complet, mais qu'ils feraient part de cette demande au commissaire.

— Non. Je le ferai moi-même, trancha Béatrice.

Prise à partie sans avoir rien demandé, Sophie se retint d'intervenir. Mais une fois les grooms disparus, elle explosa :

— Écoute, Béatrice, la prochaine fois que tu fais un scandale de cette sorte, tu le fais toute seule et tu ne m'y mêles pas. Choisis la couchette que tu veux et installe-toi. Je vais faire un tour et je reviendrai quand tu auras fini.

Et, sans même jeter un coup d'œil à l'intérieur de la cabine, elle laissa Béatrice en plan et sortit prendre l'air.

5

Elle circula sur le bateau en toute liberté. Tout était si clair sur ce navire, si pur ! La luminosité, particulièrement, la frappa. Ce blanc immaculé dans les coursives et sur les ponts, ces longs transats au beau rouge vif qui claquait au soleil. L'effervescence était telle que personne ne lui demanda quoi que ce soit. Elle eut toute latitude pour se promener à sa guise. Elle croisa nombre de grooms souriants et de passagers aux visages émerveillés. Elle monta des escaliers, ouvrit des portes qui donnaient sur de longues coursives, descendit et remonta sur des ponts. Elle se sentait libre, heureuse et légère, loin des récriminations de Béatrice, loin du charabia de l'Académicien. C'est à ce moment-là qu'elle sentit le navire bouger et que la sirène grave du bateau retentit.

— Toooooohhhhh

— Larguez les amaaarres !

Le *France* quittait le port du Havre. Sophie s'agrippa à la balustrade et regarda la foule bruyante massée en contrebas. Tous les passagers étaient sur les ponts, agglutinés comme elle contre le bastingage. Le navire commença la manœuvre et la foule qui avait tant attendu se tut. Il y eut un silence absolu. On entendait siffler le vent léger mêlé au bruit confus des hélices et des mouvements de l'eau contre le bateau. Ce fut comme un instant sacré au cœur de tous, une communion exceptionnelle. Ce fut comme un immense vide, une apesanteur. Dans cette atmosphère surréaliste d'une foule bruyante devenue soudain muette d'admiration, le *France* « épousa » la mer. Bouche bée, tous le regardaient et avec lui ils se sentaient partir. La longue silhouette du plus beau navire du monde s'éloigna doucement des quais. Les cheminées rouges coiffées d'un étrange chapeau reconnaissable entre mille lâchèrent une blanche fumée, et bientôt le *France* vogua sur l'océan. Seule la corne de brume faisait entendre son cri poignant dans le silence et le vent. Le calme cérémonieux de ce départ aurait pu durer jusqu'à ce que le navire disparaisse, mais un jeune homme enthousiaste ne put se refréner davantage. Du bateau il se mit à crier en agitant son mouchoir en signe d'adieu vers ceux du Havre restés à quai qui, comme s'ils n'attendaient que cela, se mirent à crier et à agiter à nouveau les bras. Mais leurs voix se perdirent.

La terre s'éloignait. Écrasée contre la balustrade par la foule venue se coller derrière elle, Sophie réussit à se dégager. Bien que l'on soit en février, le soleil tapait fort et, dans la foule, Sophie eut soudain si chaud qu'elle ôta son manteau découvrant ses épaules nues et une robe bleue mi-longue aux motifs dernier cri : de gros pois rouges cerclés de blanc. Elle avait tenu à la porter à cause de ces couleurs si modernes, si *France*. Les passagers avaient maintenant regagné l'intérieur du navire. Il faisait si beau, la lumière était si douce qu'elle se sentit soudain d'une incroyable légèreté. Et elle était là, accoudée au bastingage, souriante, regard tourné vers cet horizon clair qui s'annonçait immense. Ce fut le froid du vent qui lui fit remettre son manteau et quitter les lieux au bout d'un temps qu'elle ne mesura pas. Elle décida de retourner à sa cabine. Il lui tardait maintenant de s'installer à son tour, de voir son lit, la salle de bains, l'endroit où elle allait pouvoir ranger ses vêtements choisis avec tant de soin. Elle se mit à frétiller et n'eut plus qu'une idée en tête : ouvrir ses bagages. Sophie était ainsi, changeante.

Seulement, à tant tourner et virer, à partir au hasard, elle se retrouva sur un palier sans repères. Elle était perdue. Était-elle à l'avant du navire, au milieu, en bas ? À dire vrai, ça ne lui déplut pas d'être cette inconnue qui navigue en toute liberté sans besoin de personne. Demander son chemin, c'était revenir aux choses ordinaires de la vie courante, être comme n'importe qui sur terre cherchant une adresse. C'était faire comme Béatrice avec son histoire de première classe ! Or, Sophie voulait l'aventure. Une occasion pareille dans toute une vie, se disait-elle, il n'y en a qu'une seule. Ce voyage devait être le plus dépaysant qui soit et cette situation l'était. Il fallait changer d'attitude, ne pas se laisser emporter par ses réflexes habituels. Elle vérifia la tenue du foulard autour de ses cheveux, remit les lunettes noires qu'elle avait ôtées pour profiter davantage du départ et, prenant soin de se tenir bien droite, elle repensa en souriant à ce que lui avait dit l'Académicien : « Sur un navire, les hommes ne sont pas toujours ce qu'ils sont à terre. »

Finalement ce vieux ronchon n'a peut-être pas tort, se dit-elle.

Et, tout en continuant à chercher sa cabine au hasard, elle se mit à imaginer le rôle qu'elle comptait se donner durant ces quelques jours. Elle serait une autre durant ce voyage, elle se voyait comme l'actrice dans le film de Fellini. Élégante, raffinée. Elle aurait tout le temps de se consacrer à sa propre personne. Mis à part quelques notes à prendre pour son article, elle serait disponible. Insouciante aussi, puisqu'on s'occuperait d'elle en permanence, privilège qui l'aiderait beaucoup pour le personnage détaché qu'elle souhaitait incarner. Oubliés, le ménage et les courses. Elle en soupira d'aise. Ne trouvant toujours pas sa cabine, elle décida de s'asseoir. Hélas, elle eut beau tourner la tête dans tous les sens, aucun siège en vue. Seulement une porte qui semblait différente de celles des coursives ou des cabines qu'elle avait déjà bien en tête. Ça doit être un salon, pensa-t-elle. Allait-elle entrer pour trouver un fauteuil où souffler un peu ? Elle eut une courte hésitation. Les gens passaient sur le palier par petits groupes, avec des grooms, puis disparaissaient, happés par les coursives. Personne ne faisait attention à elle.

Elle ouvrit la porte avec le même plaisir mêlé de peur que celui qu'elle éprouvait, enfant, quand elle faisait quelque chose qu'il ne fallait pas. La pièce apparut, plongée dans le noir. Impossible de voir quoi que ce soit. Méfiante, car elle était tout à la fois d'un naturel téméraire et prudent, Sophie resta sur le pas de la porte, la main droite encore crispée sur la poignée. Avançant le buste vers l'intérieur, elle chercha à tâtons l'interrupteur qui, en toute logique, devait se trouver sur le mur de gauche. Après l'avoir trouvé, elle appuya précautionneusement. Mais rien ne se passa. Sophie crut ne pas avoir suffisamment insisté et elle s'apprêtait à recommencer quand le plafond tout entier s'illumina en douceur, d'une lumière qui tenait plus du divin que de la réalité. De larges néons cachés sous une grande plaque de verre sablé avaient pris le temps de chauffer et ils donnaient un effet de coton, d'atmosphère poudrée. Sophie balaya la pièce du regard. C'était un salon aux dimensions intimes, circulaire. De géométriques fauteuils tendaient des bras aux lignes strictes. Dans la semi-pénombre, des panneaux de laque rouge profond brillaient. On devinait leurs transparences. Un jaune flamboyant semblait s'en échapper et de noires formes abstraites imprimaient par endroits leurs sombres inquiétudes. Impressionnée par le calme étrange et le luxe irréel de l'endroit, Sophie resta un moment sur le pas de la porte. Mais il fallait faire vite et il n'y avait pas trente-six solutions. C'était soit partir comme une voleuse, soit aller s'asseoir dans l'un de ces fauteuils dont la matière souple luisait sous la faible lumière. Sophie avait les jambes brisées et ses pieds souffraient dans ses escarpins de chevreau noir. Elle entra. La porte se referma doucement derrière elle. Vaguement inquiète, elle s'avança vers le premier fauteuil. Le moelleux de son assise la surprit, il contrastait avec ses formes rigides. Elle s'y enfonça doucement. Ses pieds meurtris se posèrent avec bonheur sur un tapis vieil or à relief de hautes laines. Elle était seule. Le silence total. Juste un bourdonnement lointain. C'était incroyable de penser que trois mille personnes s'agitaient en ce moment même sur le navire. Les passagers, le personnel, l'équipage, ils grouillaient tous de haut en bas autour de Sophie. Mais elle ne les entendait pas, le salon semblait un monde à part qui l'isolait du reste du navire.

— Ça alors, se dit-elle, on dirait que je suis seule au monde. Et quel monde ! Quel luxe !

Elle voguait sur l'océan, mais tout ce qu'elle voyait autour, l'assise des fauteuils, le confort chaleureux du salon, lui renvoyait l'image d'une habitation moderne et cossue, bien posée sur la terre ferme. Elle se concentra et crut deviner un léger signe de flottement. L'océan était là. Invisible.

Les vents qu'elle avait sentis souffler sur cet océan tout à l'heure, les eaux au moment du départ, passeraient les coteaux de la terre de France. Ils iraient bientôt courber les longs peupliers de sa terre de Bigorre, ils balaieraient les feuilles des platanes dans la grande plaine et, au bout de leur course, ils siffleraient à la cime des grands pins d'Argelouse, au nord des Landes, là où la terre se meurt. La pierre, la propriété, les hectares de maïs et de vigne, les draps soigneusement pliés dans les hautes armoires, la vaisselle des jours de fête et les couverts d'argent aux bords usés d'avoir tant servi, Sophie avait été élevée sur la terre ferme au contact de réalités tangibles qu'il fallait préserver. On lui avait appris à se méfier des choses incertaines. « Ces vents venus de loin donnent de mauvaises idées », disait sa grand-mère. Quant à l'océan aux limites inachevées et aux profondeurs insondables, ce n'était pas un territoire sur lequel les siens auraient eu l'idée de s'aventurer. Il était donc resté pour Sophie un monde flou, aux confins de l'imaginaire. Elle l'avait extirpé des romans qu'elle avait lus et des films qui l'avaient fait rêver. Tourmentée et insaisissable, même la côte basque où ses cousins vivaient semblait sortie des livres. L'océan de Sophie était multiple et toujours intense, elle n'était pas attirée par les histoires de lagons idylliques et n'accrochait pas à ces paradisiaques couchers de soleil que les agences de voyage, vantaient sur les publicités de faux tropiques. Dans ces années 1960, les démocraties européennes s'apprêtaient à basculer dans une société qu'on appellerait plus tard « de consommation ». Le boom économique produisait ses premiers miracles. Le tourisme était en plein essor. Pourtant, cet avenir que tout le monde appelait de ses vœux ne fascinait pas Sophie. Ces affiches au bleu version méditerranéenne ne provoquaient en elle aucun frisson. Sophie aimait les vagues qui se fracassent sur les rochers rugueux. Elle aimait la furie des mers et les pays sauvages que l'homme n'a jamais pu dompter, elle pressentait que là se passaient les choses les plus profondes. Quand l'homme devient tout petit face à la puissance des éléments et qu'alors, pour rester vivant, il doit lutter.

Sophie aimait déceler la trace de cette lutte sur le visage des hommes. Elle se méfiait des figures trop lisses qui semblent avoir glissé entre les coups du sort, comme s'ils avaient trop habilement manœuvré. L'enfance de Sophie avait été un paradis, comme sa prime jeunesse, mais elle croyait au destin et devinait qu'il n'épargne personne. Le sien se dévoilerait un jour de grand vent et de violente tempête. Il balaierait tout sur son passage, la banalité des jours et l'ennui, rien ne lui résisterait. Pas même elle.

En cet instant précis, dans son fauteuil moderne de cuir et de métal, portée par le *France* sur l'invisible océan, elle se sentait comme sur ses terres, à l'abri. Sur le tapis vieil or un guéridon au plateau de verre reflétait une flamme de laque qui semblait y danser. Elle resta un long moment à la regarder et, sans qu'elle y prenne garde, glissant dans un demi-sommeil, ses pensées l'emportèrent ailleurs. Vers d'autres flammes qui vacillaient dans d'autres pénombres. Celles des messes matinales qui contrariaient tant son grand-père et où sa grand-mère la traînait aux aubes encore froides. Des formes ensevelies sous de lourdes capes sombres glissaient vers l'autel de la monumentale collégiale de son village. Ne venaient à cette heure que de vieilles femmes qui ne pouvaient trouver le sommeil et que hantaient les souvenirs. Il faisait un froid glacial. À genoux sur les chaises familiales de l'église aux dosserets sculptés, sa grand-mère priait. Bercée par les flammes des cierges et la mélopée des oraisons qu'elle ne comprenait pas, la petite Sophie s'évadait. Vers les nuages, vers le ciel, vers ces tableaux de l'hiver reproduits dans son livre d'école et où le peintre Bruegel avait figé dans la neige des ombres médiévales qui revenaient des champs avec quelque lapin attrapé au collet ou quelque fagot pour la cheminée.

— Arrête de rêvasser ! lui disait sa mère quand elle la surprenait dans cet état au retour de l'église. Garde les pieds sur terre. Sinon, ajoutait-elle d'un ton menaçant et quelque peu prophétique, un jour tu vas tomber de haut.

Comme elles lui paraissaient loin ces silhouettes antiques, ces peurs d'un autre temps. Sur ce navire éblouissant et si clair, Sophie se sentait appelée à vivre dans un monde nouveau. En quelques années la vie était devenue tellement plus facile, tellement plus moderne et plus gaie. Il y avait l'ORTF et Léon Zitrone, les 45-tours et le hit-parade, Moulinex et les premiers accords de la PAC. On se débarrassait des vieux tailleurs Chanel et des tabliers fleuris, on enfilait des jeans. Il y avait Courrèges, Cardin, et les Nouvelles Galeries. Spoutnik et John Glenn s'envolaient dans l'espace, et sur terre on grimpait les étages emporté sans efforts sur des escalators rutilants. Les tables en formica se nettoyaient d'un coup d'éponge et les cuisines avaient un air de printemps.

Sophie qui avait tant aimé les cierges des églises et les fumées qui s'échappaient des maisons blotties au fin fond des campagnes, cette même Sophie aujourd'hui avec le même enthousiasme adorait son époque de couleurs et de lumières franches. Elle adorait la légèreté de son temps.

C'est alors que la porte s'ouvrit, brusquement. Avec un sens des réalités qui aurait plu à sa mère, Sophie quitta ses rêveries en un quart de seconde.

— Ça vous arrive souvent de partir toute seule sans dire où vous allez ?

L'officier était souriant et réprobateur.

— Votre consœur s'est fait beaucoup de souci, reprit-il.

— Du souci ! Mais pourquoi, je...

Sophie tombait des nues et regardait l'officier avec des yeux stupides.

— Près de trois heures sans nouvelles, reprit-il, vous n'avez même pas défait vos valises. Il me semble normal que vos amis s'inquiètent. Vous auriez pu passer par-dessus bord, qui sait ?

Trois heures ! Elle s'était absentée tant que ça !

— Mais, vous me cherchiez ? dit-elle, gênée.

— Je donnais un coup d'œil en passant. Ce salon est mon préféré. Il m'arrive de venir m'y asseoir un moment quand je ne suis pas en service. (Il parut songeur et reprit.) Une alerte a été donnée et tout le personnel de surveillance du navire est à votre recherche.

Une alerte ! Tout le personnel ! Tout de suite les grands mots. Celui-là, il est comme Béatrice, il exagère, pensa Sophie tout en se demandant où elle avait bien pu voir récemment ce visage. Elle était maintenant persuadée d'avoir croisé cet homme, mais où ? Impossible de s'en souvenir... Elle crut alors bon de faire de l'humour.

— Me faire chercher par tout le personnel du navire ! J'espère quand même qu'ils n'ont pas fait venir l'armée de terre !

L'officier hésita visiblement entre deux attitudes.

— On ne prévient pas l'armée de terre quand on est sur un navire, expliqua-t-il calmement. On appelle les marins, et ça fait du monde. Et ce n'est pas tout le personnel qui vous cherche, mais seulement ceux chargés de la surveillance, comme je viens de vous le dire. Rien que pour les ponts, ils sont soixante-douze à courir après vous.

Sophie se leva d'un bond :

— Mais c'est ridicule !

Elle était dans tous ses états. Elle qui se pensait libre, voilà qu'elle était la cible d'une traque frénétique. Des soutes aux ponts supérieurs, des hommes et des femmes inquiets s'affairaient à sa recherche. Qu'est-ce qui leur avait pris de faire tout ce raffut !

— Ce n'est pas ridicule, reprit patiemment l'officier. Il aurait pu vous arriver quelque chose.

— Mais que voulez-vous qu'il m'arrive ? Je me promenais, c'est tout. Il n'y a pas de quoi faire tout ce remue-ménage.

Ce fut imperceptible mais l'officier se raidit. Sophie s'en aperçut et elle ouvrit la bouche pour bredouiller des excuses. Mais il ne lui en laissa pas le temps.

— Personne ne fait du remue-ménage, mademoiselle. Sur le *France*, des ouvriers dans les soutes jusqu'au commandant à la timonerie, nous savons tous faire notre métier discrètement sans affoler personne. C'est même notre talent... Paraît-il.

Pas le moindre signe de reproche sur son visage. Juste cette raideur soudaine et une légère tension dans la façon qu'il avait eue de prononcer les derniers mots : « Paraît-il », en les détachant de sa phrase. Sophie se redressa pour se donner une contenance, comme à chaque fois qu'elle se sentait prise en faute.

— Je n'en doute pas, dit-elle, bien droite, comme si sa position physique allait l'aider à rétablir la situation. Veuillez m'excuser, je me suis mal exprimée. Mais je ne m'attendais pas à être la cause de tant de tracas.

— Comprenez, ajouta l'officier, toujours méthodique, qu'il aurait été désastreux qu'une invitée disparaisse sans laisser de traces, surtout le premier jour de ce voyage. Une journaliste de surcroît ! Vos confrères disent déjà que vous auriez basculé dans l'océan à cause d'une défection. Un bastingage mal fixé, un dérapage. On met en cause le métal dont l'utilisation a tant fait causer sur ce navire. Dès demain, la défection serait devenue de la malveillance, on aurait cherché midi à quatorze heures et ça aurait fait la une dans l'actualité des deux côtés de l'Atlantique. Un de vos confrères a déjà téléphoné ce titre à sa rédaction. : « Disparition sur le *France* ! ».

Sophie prit la mesure des conséquences de sa banale promenade. Elle ne trouva rien à répondre.

— L'état-major et tout l'équipage, continua l'officier, les hommes à terre sur les chantiers de Saint-Nazaire et du Havre se voyaient finalement faire une croix sur le travail accompli depuis tant d'années. Parce que toute la presse va parler du *France* pour son premier voyage et son arrivée à New York. Le monde entier aura les yeux tournés vers lui. Il aurait été ennuyeux que vous lui voliez la vedette.

De plus en plus mal à l'aise, Sophie s'excusa encore du bout des lèvres. En son for intérieur, elle savait bien que l'officier n'avait pas tort... Combien d'événements importants avaient-ils été occultés par une anecdote imprévisible ?

— Venez, dit-il brusquement. Ne les faisons plus attendre. Je vais vous raccompagner à votre cabine.

— Mais, il faut avertir tout ce monde que je suis bien vivante.

— Je m'en chargerai.

Bien qu'ennuyée, Sophie ne comprit pas vraiment la gravité du ton de l'officier. Elle n'avait rien fait de si terrible. Se promener sans avertir la terre entière, ça n'était pas indécent. Elle fulminait surtout après Béatrice qui avait donné cette alerte imbécile. Qu'est-ce qu'il lui avait pris ?

L'officier la devança. Ils descendirent un escalier, longèrent deux coursives puis un autre escalier, encore une coursive, et ils se retrouvèrent sur un pont. Le vent frais les surprit et fouetta leurs visages. Le *France* avait atteint la haute mer, et l'air avait nettement changé de température. À cette heure, le pont était désert, les passagers étaient tous dans leurs cabines et se préparaient pour le dîner. Il n'y avait plus que le navire et l'océan, immense, sombre et mouvant dans ce soir qui tombait. En découvrant les eaux noires, Sophie sentit le sol se dérober sous ses pieds. L'officier ne s'aperçut de rien, il marchait d'un bon pas. Elle parvint tant bien que mal à se reprendre, s'accrocha à la balustrade et le suivit jusqu'à une porte. Derrière, un escalier menait à une autre coursive. Là seulement, elle respira.

— Votre cabine est la première sur la gauche, dit-il en se retournant. Vous avez la clé ?

Sophie plongea la main dans son sac et en sortit la clé que le groom lui avait remise quatre heures plus tôt. Elle était toute pâle. Il tint alors à la rassurer, pensant que son malaise était dû à l'émotion d'avoir créé du dérangement. Il lui affirma que tous seraient comblés de cette issue heureuse et lui transmit par avance la sympathie de tout le personnel. Il dit avoir du reste peut-être exagéré en lui faisant part du problème qu'elle avait créé, mais qu'il voulait seulement lui montrer combien la vie est différente sur un navire et combien il faut être vigilant.

Sophie le regardait et oubliait sa peur de l'océan. Elle se demandait à nouveau où elle pouvait avoir vu son visage. L'officier avait l'élocution précise et élaborée des élèves de grandes écoles qui ont grandi dans des familles cultivées. Elle devinait sa longue fréquentation des classiques. Il avait l'aisance et l'assurance de ceux qui ne doutent pas, puisqu'ils n'ont jamais échoué. Sa façon de se tenir et d'être ne dégageait pourtant aucun orgueil, aucune ambiguïté. Il était juste un officier au service d'un navire et de ses passagers. Du moins c'est ainsi qu'elle le ressentit à cet instant.

— On arrive à Southampton dans deux heures environ, dit-il alors. Je vous conseille d'assister à l'arrivée nocturne sur les ponts. On parle beaucoup de celle de New York, moi je trouve celle-ci bien plus... bien plus...

Curieusement, lui qui s'exprimait jusqu'alors avec tant d'aisance, ne trouva pas le mot juste. Comme, malgré l'attente, ce mot ne venait toujours pas, Sophie fit un vague signe qui pouvait passer pour un acquiescement et c'est sur cette confidence inattendue et inaboutie d'un sentiment personnel qu'il s'inclina, et partit.

6

Les lumières scintillèrent les unes après les autres.

Dans la nuit, les grandes lettres du mot *FRANCE* se détachaient sur le fond de ciel sombre et, derrière la proue, tout en haut comme une vigie, la large bande éclairée des vitres panoramiques de la timonerie laissait deviner les silhouettes attentives des officiers et des marins du quart. Enfin, petit à petit, au gré du vagabondage des passagers, les cabines s'éclairèrent et dessinèrent bientôt dans la nuit l'élégante ligne des ponts.

Sûr de son élégance et de ses forces, le *France* fendait l'océan glacial de cet hiver 1962 et s'enfonçait dans la nuit avec trois mille personnes à son bord.

7

— Qu'est-ce que je vais me mettre ? Je ne sais pas quoi mettre.

Sophie tenait contre elle une petite robe noire pendue sur un cintre et se dandinait devant la glace en pied pour juger de l'effet. Il fallait être au mieux pour le dîner. De son autre main libre elle tenait un autre cintre avec une robe cousue dans un fin lainage rose vif, courte et de forme trapèze. Sophie avait demandé à sa couturière de copier ce modèle Courrèges paru dans *Vogue*, juste avant le départ. Le rose était très vif et très *in* comme on disait pour être dans le coup. Le vendeur avait précisé :

— C'est le rose *shocking*, on vient juste de le recevoir. Il fait fureur mais il ne me reste plus que deux mètres. J'ai tout vendu à peine mis en vitrine.

La couturière avait sué jour et nuit pour tailler la robe dans ces deux mètres de tissu, et le résultat était parfait. Tout ce qu'il y avait de plus tendance. Seulement, si elle voulait se donner le genre Anouk Aimée dans *La Dolce Vita*, Sophie réalisait que la robe noire, sensuelle et près du corps, serait plus adaptée. Partagée entre le rôle qu'elle avait décidé de jouer et la réalité de ses préférences, elle hésitait, confrontée à ses paradoxes.

— D'après ce que j'ai cru comprendre, il faut une robe du soir pour les femmes et un smoking pour les hommes, précisa Béatrice qui l'observait du coin de l'œil tout en essayant de rouler ses cheveux en chignon. On n'y coupe pas. C'est le premier dîner à bord et, même si ce n'est pas le repas de gala, on ne peut pas se permettre de fausse note. Après ce qui s'est passé ! J'étais paniquée. Et ce pauvre officier qui a dû te raccompagner jusqu'ici... Comme s'il n'était pas assez occupé !

Sophie était sûre que Béatrice allait lui reprocher son vagabondage sur le bateau jusqu'à la fin du voyage et même après.

— Finalement, je vais mettre la robe trapèze, coupa-t-elle d'un ton impertinent. Elle est plus tendance !

— Peut-être, mais ce n'est pas une robe du soir, insista Béatrice contrariée.

— Pourquoi ? Elle est en crêpe de laine, c'est chic. Et tu as vu ce petit galon brillant autour du cou ? Ça fait soir, non ?

— La noire serait plus appropriée. Ce rose n'est pas d'un goût très sûr.

Sophie commençait à être sérieusement agacée.

— C'est quoi un goût très sûr ? Le beige ?

— Je ne dis pas ça pour être désagréable, tempéra Béatrice qui en délaissa son chignon. Mais tu n'as pas l'habitude des dîners et des soirées. Il y a des codes très précis. Un chic particulier. La mode n'a rien à voir avec ça.

Béatrice ne pouvait s'empêcher de vouloir marquer une supériorité dans chaque situation. Née dans un immeuble haussmannien au cœur du 16e arrondissement de Paris, elle rappelait sans cesse qu'en matière d'élégance seul Paris détient la vérité. Elle n'avait d'ailleurs jamais bien retenu l'origine géographique de la famille de Sophie. Tours, Toulouse, Orléans, Lyon, Marseille, Bordeaux ou Lille. Hors Paris, tout pour Béatrice Fréau ne portait qu'un seul nom : la Province.

— Bon, eh bien, chic ou pas, trancha Sophie, moi ça m'est complètement égal. Je choisis la rose.

— Comme tu veux, répondit Béatrice pincée. Je disais ça pour toi, pour t'éviter de faire une nouvelle erreur.

Mais Sophie ne l'écoutait plus, tout en s'habillant elle repensait à cet officier. Où avait-elle vu son visage ? Avec le recul elle se disait qu'il y avait eu quelque chose d'irréel dans sa présence soudaine en uniforme au cœur du salon où elle s'était assoupie. Il n'y a qu'au cinéma que des situations pareilles arrivent, se dit-elle. Et cette pensée réveilla tout à coup dans sa mémoire ce qu'elle y avait cherché en vain.

— Voilà, ça y est ! lâcha-t-elle alors.

L'officier ressemblait à un acteur.

— Qu'est-ce qui t'arrive ? interrogea Béatrice, surprise.

Sophie ne répondit pas. Impossible de mettre un nom sur le visage de l'acteur. Décidément, sa mémoire lui faisait défaut. Cet acteur auquel elle pensait portait un uniforme... Elle fouillait dans ses souvenirs. Elle avait le nom sur le bout de la langue mais il ne voulait pas sortir.

Béatrice s'impatientait. Elle voyait bien que Sophie était ailleurs.

— Je peux savoir à quoi tu penses ?

— À rien.

— Comment ça, à rien ? Tu es complètement dans la lune, bouche bée, et tu ne penses à rien ! À qui veux-tu faire croire ça ?

— Je cherchais juste le nom d'un acteur.

— Un acteur ! Et pourquoi cherchais-tu son nom ?

— Pour rien, comme ça, je repensais à un film.

Pas dupe, Béatrice établit immédiatement un lien entre les pensées de Sophie et la rencontre de cette dernière :

— C'est l'officier qui t'y a fait penser ?

Sophie détestait cette façon qu'avait Béatrice de s'immiscer dans ses pensées si elle y devinait quelque chose.

— L'officier ? Je ne sais même déjà plus à quoi il ressemble. Si on me le montrait, je ne le reconnaîtrais pas, dit-elle pleine de mauvaise foi.

Les deux amies entretenaient un jeu du chat et de la souris qu'elles plaçaient, selon les circonstances, sur une gamme amicale ou conflictuelle. Mis à part une haute idée d'elles-mêmes et une envie d'aboutir, ce qui fait qu'elles comprenaient beaucoup de choses l'une de l'autre, elles n'avaient pas grand-chose en commun. Paradoxalement, cela créait entre elles une amitié réelle.

En l'occurrence, Béatrice se mit dans la tête qu'il s'était passé quelque chose entre Sophie et l'officier. Son soupçon se confirma quand cette dernière changea de sujet.

— À ce propos, peux-tu me dire pourquoi tu as fait tout ce raffut autour de ma soi-disant disparition ?

Béatrice joua la surprise.

— Mais pour te retrouver, bien sûr.

— Tu veux dire pour en profiter pour voir le commissaire et lui demander de te passer en cabine de première. Ne me prends pas pour une idiote.

Béatrice acquiesça sans même chercher à se disculper.

— Oui, j'ai sauté sur l'occasion.

— Et qu'a-t-il dit ?

— Il m'a baladée. « Pour cette nuit installez-vous bien confortablement dans la cabine qu'on vous a attribuée et laissez-moi faire le point après Southampton. Nous embarquons là-bas les derniers passagers et je saurai alors où j'en suis. » Tu parles ! Et il s'imagine que je l'ai cru. Je l'ai fusillé du regard et il...

— Gérard Philipe !

Interrompue brutalement Béatrice sursauta :

— Quoi, Gérard Philipe ?

— L'acteur que je cherchais tout à l'heure, c'est Gérard Philipe.

Dire que Béatrice fut déstabilisée en entendant ce nom serait un euphémisme.

— Gérard Philipe ! dit elle d'une voix toute changée, et tu ne te souvenais pas de son nom ?

— Si, bien sûr, répliqua Sophie. Je me suis mélangée.

Béatrice en était de plus en plus sûre, les pensées de Sophie ne pouvaient avoir qu'une seule origine : l'officier !

— Armand de la Verne, lieutenant au 33e dragon dans *Les Grandes Manœuvres*, continua Sophie qui venait de retrouver la mémoire. Voilà, c'est à lui que je pensais.

Gérard Philippe était éblouissant et, à sa mort survenue trois ans auparavant en pleine gloire et en pleine jeunesse, il était devenu un mythe. Béatrice faisait partie de ces jeunes femmes que l'acteur fascinait. Elle avait du mal à croire qu'il puisse y avoir un seul homme au monde qui lui ressemblât.

— Alors, comme ça, ton officier te fait penser à Gérard Philipe ! C'est trop beau pour être vrai. Il était unique !

Dès l'instant où Béatrice établit le rapprochement entre l'acteur et l'officier, Sophie modifia son point de vue. Effectivement, cet officier lui avait rappelé l'acteur, pourtant il n'y avait rien de commun entre les deux hommes. Peut-être l'uniforme... Gérard Philipe avait quelque chose de juvénile, cet officier-là était un homme au visage marqué. Et rien chez lui ne paraissait juvénile. Ni ses traits, ni sa carrure que l'on devinait large sous l'uniforme.

— Si je le vois, je saurai te dire ce qu'il en est de sa ressemblance, dit Béatrice vaguement moqueuse. Tu crois qu'on peut le retrouver ? Ce soir ?

Sophie s'en voulut de n'avoir pas su cacher ses pensées. Maintenant elle n'aurait plus la paix ; Béatrice ne la lâcherait pas. Elle tenta de remettre les choses à leur place.

— Tu sais, je dis qu'il me fait penser à Gérard Philipe, mais c'est à cause de l'uniforme, sinon je ne crois pas qu'il lui ressemble tant que ça. La preuve, je n'ai pas réagi. Et, ajouta-t-elle en passant du coq à l'âne, l'heure tourne, si on ne s'habille pas tout de suite, on se fera souffler la place au dîner.

Béatrice comprit qu'il était inutile d'insister. Sophie passait déjà la robe trapèze qui lui arrivait juste au-dessus du genou. Elle ne fit aucun commentaire, Sophie avait raison, il était temps aussi pour elle de réussir à faire le chignon qu'elle avait vu sur Grace Kelly dans le dernier *Paris-Match* et ça n'allait pas être simple. Quand elle vit son amie affairée à tordre ses cheveux et à piquer les épingles, Sophie se sentit soulagée. Elle avait réussi à passer à autre chose. Maintenant, elle se demandait quelles chaussures choisir. Elle opta pour des escarpins noirs dont le talon donnait une belle courbe au pied et une démarche féminine. Elle s'apprêtait à mettre la touche finale, de longs gants de chevreau noir, quand on frappa à la porte de la cabine.

Les deux amies eurent la même pensée en même temps. L'officier ! Viendrait-il prendre des nouvelles ? On frappa alors avec plus d'insistance.

— Entrez, c'est ouvert, dit alors Sophie en s'éclaircissant la voix.

La porte s'ouvrit mais, à la place de l'officier, c'est une jeune femme de ménage qui apparut dans l'encadrement.

— Puis-je vous déranger, le temps de poser ceci ?

Impeccable dans son tablier blanc noué autour de sa taille, la jeune femme souriait et tenait un petit plateau sur lequel était posée une bouteille d'eau minérale pour la nuit, accompagnée de deux verres et de deux petites serviettes blanches brodées ton sur ton au monogramme de la compagnie.

Sophie lui rendit son sourire.

— Mais vous ne nous dérangez pas du tout, dit-elle. C'est très gentil au contraire.

Au regard désappointé que lui jeta Béatrice, la jeune fille sentit bien qu'il y avait quelque chose qui l'avait dérangée. Mais, sans rien montrer, elle s'avança dans la cabine et posa le plateau sur une tablette qu'elle fit habilement glisser de dessous la tablette supérieure d'un meuble qui servait de commode.

— Ça alors, c'est merveilleux ! fit Sophie, séduite par l'astucieux système.

— Sur le *France*, tout est merveilleux, répondit la jeune serveuse avec gentillesse et d'un ton convaincu.

Sentant, à l'attitude hautaine de Béatrice, qu'elle avait créé un malaise, et n'en comprenant pas l'origine, la jeune serveuse cherchait à se retirer sur quelque chose d'aimable qui laisserait d'elle une bonne impression. La qualité de l'accueil sur le navire était une priorité mille fois soulignée par l'encadrement. Il fallait atteindre la perfection et, comme ce service était le premier de la jeune serveuse, elle tenait justement à ce qu'il soit parfait. Hélas, il vaut parfois mieux ne pas chercher à tout comprendre des situations qui nous échappent car, à trop vouloir les maîtriser, on risque au contraire de les aggraver. C'est ce qui arriva.

— Je vois que vous êtes en pleins préparatifs et je devine à vos magnifiques tenues que vous vous faites une beauté pour le souper, alors je vous souhaite un bon appétit et une bonne soirée, mesdemoiselles, fit-elle, souriante, pensant par ce long discours très cérémonieux et bien peu naturel avoir trouvé la bonne voie pour se retirer sous de meilleurs auspices.

Comment expliquer que l'idée que l'on se fait d'une amabilité peut changer de perception selon que l'on appartient à un monde ou à un autre ? Contrairement à l'effet souhaité, la remarque de la serveuse provoqua la colère de Béatrice qui avait horreur de ce qu'elle appelait des « familiarités ». Délaissant le miroir où elle ajustait les derniers détails de son chignon, elle se tourna vers la jeune fille et la toisa d'un air hautain.

— Nos tenues, nos préparatifs, mais... vous voulez peut-être qu'on vous raconte notre vie.

La jeune femme mesura son erreur en un quart de seconde et blêmit.

Hélas, Béatrice n'avait pas terminé. Dédaignant cette fois la jeune fille et se retournant vers son miroir, elle lâcha une dernière remarque acerbe.

— Au fait, mademoiselle, dans ce genre de circonstances et sur un paquebot de cette catégorie, le vocabulaire employé pour désigner les choses est des plus importants. C'est pour vous que je dis ça, sachez donc que nous allons « dîner » et non pas « souper ».

Le jugement de Béatrice sur les êtres humains tenait à ce genre de détails. Pour elle, il était primordial de posséder les codes de bienséance qui soulignent votre appartenance à la bonne société. Un détail comme ce « souper » vous envoyait définitivement dans la catégorie des gens du commun qu'elle ne souhaitait pas fréquenter. Elle trouvait ce genre d'erreur « vulgaire », trop « peuple ». Cette fois le visage de la jeune serveuse s'empourpra. Ne trouvant rien à répondre, elle bredouilla et quitta la cabine précipitamment.

Sophie n'avait pas eu le temps de s'interposer. Le vocabulaire de cette jeune fille qu'elle avait trouvée sympathique et efficace lui était à elle complètement indifférent. En revanche, elle détesta le comportement de Béatrice et faillit éclater de colère. Seulement, l'heure tournait. Si elle se disputait maintenant, elle allait chiffonner son visage qu'elle avait pris soin de détendre pour que la couleur de sa peau soit au meilleur, et elles risquaient d'arriver en retard. Et ça, elle n'y tenait pas du tout. Sophie était ainsi, entière et franche, mais égoïste. Elle reprit son habillage et enfila ses longs gants noirs, toute son attention semblait concentrée sur cette opération délicate. Rose et noir, c'est parfait, se dit-elle. Ça fait très couture. Tout en s'habillant, elle s'imaginait en train de descendre l'escalier qui, à ce qu'elle en savait, dominait la salle à manger, permettant ainsi aux invités de se faire admirer.

— Je me demande comment il est, cet escalier.

S'étant soulagée de sa contrariété sur la jeune fille, Béatrice se sentait mieux et c'est avec le plus grand détachement qu'elle fit part à Sophie de ce qu'elle savait.

— J'ai lu dans le papier du *Figaro* qu'il n'y a que neuf marches alors que dans les autres paquebots de luxe, avant, il y en avait au moins le double pour que les passagères aient bien le temps de montrer leurs toilettes.

— Neuf marches, ça suffit, remarqua Sophie. Il suffira de les descendre lentement.

— De toute façon, on ne descend jamais un escalier en courant, du moins pas dans ce genre d'endroit. Tu t'en doutais quand même ?

Sophie haussa les épaules.

Après avoir laqué et tapoté son chignon une dernière fois avec la paume de ses deux mains de façon que rien ne dépasse, puis vérifié que ses boucles d'oreilles et son collier de perles étaient bien positionnés, Béatrice se leva du siège de la coiffeuse, dépliant ses jambes et le long fourreau beige dans lequel elle s'était glissée. En la voyant debout, indéniablement chic dans sa tenue classique, Sophie eut un léger doute quant au choix de sa très moderne robe trapèze. Comment fallait-il s'habiller dans un endroit pareil ? Elle repassa rapidement dans sa tête les images de l'arrivée sur le bateau et revit les visages de ceux qui montaient. Dans leur très large majorité ils dépassaient bien la cinquantaine. Beaucoup de riches couples qui avaient et le temps et l'argent pour s'offrir un pareil voyage. Sophie imaginait mal les femmes dans des robes du style de la sienne. Elles porteraient des robes du soir comme celle de Béatrice, longues et classiques. Que faire ? Il était trop tard pour se changer.

— Tant pis, se dit-elle. On verra bien.

Et, sur ce, avec cette insouciance qui faisait intérieurement rager Béatrice qui y voyait à juste titre une marque d'indifférence, Sophie passa une dernière fois la main dans ses cheveux libres et sortit de la cabine avec l'assurance de celle qui a décidé d'être de son temps.

8

Cachée dans le réduit de rangement où elle venait de se réfugier en les voyant sortir de leur cabine et arriver vers elle dans la coursive, la jeune serveuse les regarda passer par l'entrebâillement de la porte qu'elle n'avait pas eu le temps de tirer complètement derrière elle. La robe de mousseline ivoire de Béatrice flottait dans l'air au rythme de ses pas, et l'assurance de Sophie se devinait jusque dans sa façon de rire et de bouger. Les deux amies s'éloignèrent sans la voir et, quand elles eurent disparu au bout de la coursive, les portes se refermèrent dans leur dos, éteignant leurs rires. Chantal resta un moment immobile, visiblement elle avait pleuré. Le plateau vide encore entre les mains, elle écoutait le silence revenu. Seul un ronronnement confus de machines et de circuits d'aération parvenait jusqu'à elle. Elle tendit l'oreille pour mieux entendre ce bruit qui lui était familier, et son visage aux yeux rougis de larmes sembla retrouver un peu de paix. En bas dans les soutes, le *France* tournait à pleine puissance. Elle imagina le plaisir de son frère Gérard qui devait être à l'œuvre. Cette pensée la rassura. Si le navire avançait, c'était grâce à son frère, grâce à ceux qui travaillaient. Du coup elle se demanda pourquoi elle s'était mise à pleurer pour quelque chose d'aussi idiot que la remarque de cette fille qui avait l'air de ne pas se prendre pour n'importe qui. Elle ne devait plus se laisser traiter de la sorte par une inconnue à qui elle ne devait rien. Elle aurait dû répondre. Hélas, sur le coup, elle n'avait pas trouvé les mots justes. Pourtant, au syndicat, ils discutaient souvent et elle n'était pas la dernière à parler et à argumenter à propos de tout. Mais, dans ce contexte, elle s'était laissé surprendre. Plus elle y pensait, plus elle s'en voulait et se trouvait idiote d'avoir réagi aussi bêtement. Surtout de cette crise de larmes. Heureusement, personne ne l'avait vue et ça n'arriverait plus. Calmée par sa résolution, elle reprit sa respiration. Venant d'où ils venaient, son frère et elle, aucun mépris au monde ne pourrait plus les atteindre. Ils étaient fiers d'avoir fait le chemin qui les avait menés là. Ce n'était plus le moment d'avoir des états d'âme, ils avaient réussi. Avec ses qualités exceptionnelles, le *France* allait naviguer sur les océans pendant de très longues années, et ils auraient tout le temps de faire une longue et belle carrière. Désormais ils étaient à l'abri, le passé était derrière eux.

Ragaillardie par ces pensées, Chantal secoua ses cheveux, ajusta sa petite toque blanche de service, défroissa son tablier blanc et sortit du réduit. Elle avait terminé le service des cabines, il lui fallait maintenant rejoindre Michèle au pressing pour le coup de feu de la nuit. Mais elle avait pris du retard, elle se mit à grimper les escaliers quatre à quatre. Ce n'était pas le moment de se mettre la lingère à dos !

Quand elle arriva tout essoufflée, Michèle était plongée dans les grands sacs de lessive. Elle releva la tête. Visiblement elle attendait, montre en main :

— Et alors, où étais-tu passée ?

— J'ai pris du retard sur la dernière cabine, ce n'est rien.

— Comment ça, ce n'est rien ! fit Michèle en tapotant de son ongle verni d'un rouge éclatant le petit cadran de sa montre en or dont elle était très fière et qu'elle montrait à la moindre occasion. Tu as vu l'heure ?

Elle est bien bonne, celle-là. Mais... (elle observait, stupéfaite, les yeux de Chantal)... tu as pleuré ! Ça alors ! Que s'est-il passé ?

Chantal ne s'était pas rendu compte que les larmes qu'elle avait versées sans pouvoir s'arrêter en sortant de la cabine de Béatrice et Sophie avaient rougi et gonflé ses yeux à ce point. Elle se maudit une fois de plus de cette sensibilité imbécile parce que, maintenant, elle n'allait pas la lâcher avant de savoir. Effectivement, repoussant les lourdes panières remplies de linge qui l'empêchaient de passer, Michèle s'approcha et vint constater de près l'étendue du désastre. Toujours pimpante et bijoutée, coiffée à la dernière mode, cheveux décolorés et crêpés sur le haut du crâne, bien en chair, moulée dans des vêtements de jersey – matière qu'elle trouvait confortable et chic –, Michèle affichait ses rondeurs sans complexe avec une aisance d'autant plus grande qu'elle se savait soutenue « en haut lieu ». Sur le bateau personne n'ignorait, parmi le personnel, que l'amant de Michèle – très fervent, disait-on, et qui la couvrait de cadeaux dont la fameuse montre en or – n'était ni plus ni moins que le chef cuisinier de l'Élysée. Bien que les liens entre les cuisines du Palais présidentiel et le personnel du *France* soit des plus indirects et des plus incertains, Michèle bénéficiait d'une certaine aura, voire d'une autorité, qui jouait en sa faveur sans qu'elle ait même à y recourir. Gaie, gentille sous ses airs, plus âgée que Chantal d'une bonne dizaine d'années, elle avait pris cette dernière sous son aile à la demande de Francis, le responsable syndical. Michèle aurait pu refuser car, contrairement aux autres, elle ne lui devait rien, et pour cause. Mais elle n'avait pas hésité une seule seconde. Mieux que quiconque, en tant qu'ancienne voisine, elle connaissait l'histoire de la famille Moreau.

Le père de Chantal était un ancien des chantiers, un homme de toute confiance, un militant sûr et fier de son engagement au parti communiste. Et puis, un jour, il avait changé. Il était allé en Russie avec les cadres du Parti et il avait lié amitié avec un couple. Il y était retourné quelquefois. Il en parlait souvent et, un jour, il était revenu avec, dans ses bagages, un petit garçon d'une dizaine d'années : Andrei, le fils de ces fameux amis. Les explications qu'il avait données à sa femme avaient été des plus vagues. Les camarades avaient bien essayé de parler avec lui, mais il était resté muet. Son compagnon de voyage, le père de Francis, avait donné sa version des faits. Selon lui, les parents d'Andrei avaient eu des « problèmes » avec le Parti et le gosse s'était retrouvé seul. Les parents, au dire du père de Francis, n'étaient pas « nets ». « Staline fait le ménage et, vu l'attitude des Américains qui s'infiltrent partout, on ne peut pas lui donner tort », avait-il ajouté sentencieusement.

Contre l'avis du père de Francis, le père de Chantal s'était démené pour ramener l'enfant en France « en attendant que ça aille mieux. » Ça n'avait pas été simple mais il y était arrivé. Personne là-bas ne voulait s'encombrer du fils des « traîtres ».

Au début, on en parlait dans le quartier, on plaignait l'enfant, et puis on s'était habitué... sauf la mère de Chantal. Elle ne savait pas ce qu'elle devait faire de ce garçon qui restait muet. Impossible de lui tirer une seule explication, il ne parlait pas le français. Contre l'avis de son mari, elle était parvenue à le faire adopter par un couple qui ne pouvait pas avoir d'enfant.

— J'ai promis de le garder, disait le père Moreau. Et une promesse, c'est une promesse.

— Et à qui as-tu promis ? Tu vas le dire, oui ! À ses parents ? Tu les as vus ?

Mais le père n'allait jamais plus loin dans la confidence, et elle ne le supportait pas. La violence avait contaminé le couple et le père s'était éloigné du Parti. Il allait moins aux réunions et, les rares fois où il s'y rendait, il n'y prenait plus jamais la parole. Puis il n'y était plus venu du tout, et il avait sombré dans la déprime et dans l'alcool. Un jour, sans crier gare, épuisée de cette descente aux enfers, la mère était partie sans laisser d'adresse, laissant mari et enfants derrière elle.

C'est à partir de ce moment-là que Michèle se souvenait d'avoir vu apparaître Chantal. Petite chose effacée jusqu'alors et toujours derrière son frère, la fillette avait pris les choses en main avec une volonté qui avait surpris tout le quartier. En très peu de temps elle s'était mise à diriger la maison du haut de ses huit ans comme une petite femme. Jamais la maison Moreau n'avait été aussi bien tenue, et il fallait voir comme elle dirigeait son frère Gérard, pourtant plus âgé. Gare à lui s'il avait le malheur de traîner dehors un peu trop tard le soir.

Michèle savait que Chantal n'était pas du genre à avoir la larme facile. Derrière un air fragile et une amabilité qui donnait le change, Chantal était connue pour son application au travail, on parlait même de son intransigeance. La voir avec les yeux rougis était si étrange que Michèle s'inquiéta.

— Mais que s'est-il passé ?

Comment expliquer qu'elle s'était mise dans cet état pour si peu de chose ?

— Rien, répondit nerveusement Chantal, feignant la surprise.

Mais il en fallait plus pour impressionner Michèle :

— Comment ça ! Tu as les yeux tout rouges et tu me dis qu'il n'y a rien ? Tu me prends pour une idiote ou quoi ?

Chantal cherchait ce qu'elle pourrait bien dire quand, soudain, Michèle eut une lueur :

— Ça y est, j'ai compris ! C'est encore Andrei. Ne nie pas, je le vois dans tes yeux. Il n'y a que lui qui puisse te mettre dans cet état. Tu ne peux pas le laisser tranquille, non ? Tu sais bien que tu n'en tireras rien.

Michèle était partie, elle ne s'arrêtait plus. Tout y passait.

— Francis avait raison, dit-elle, on n'aurait pas dû l'embaucher, celui-là. Après tout on n'a vraiment jamais rien su de ses parents et, quoi qu'il se soit passé à l'époque là-bas en Russie, ils ne devaient pas être tout à fait clairs. Andrei est leur fils, il doit leur ressembler. Tu sais, les chiens ne font pas des chats ! Pourtant, toi, tu devrais oublier tout ça. Je sais bien que c'est à cause de lui, tout ce malheur dans ta famille, mais les choses sont comme elles sont. On ne revient pas sur le passé...

Chantal laissait le flot des paroles de Michèle se déverser, elle n'essaya pas de la détromper. À quoi bon l'interrompre, et pour dire quoi ? De toute façon Michèle avait raison sur un point. La présence d'Andrei sur le navire la bouleversait plus qu'elle ne voulait se l'avouer.

— Ton frère n'a rien voulu entendre, continuait Michèle. Il fallait à tout prix embaucher Andrei. Tu sais qu'il a mis sa carte du Parti dans la balance. Pourtant, moi, je l'avais prévenu, Gérard, c'était une mauvaise idée qu'il travaille avec toi sur ce bateau, il va te bouffer la tête, tu ne vas penser qu'à lui.

Quand elle comprit que tout cela pourrait retomber sur Gérard, Chantal décida de dire la vérité. Elle ne voulait pas que l'on puisse reprocher quoi que ce soit à son frère qui était désormais sa seule famille. Or, le seul avec qui Andrei avait un véritable lien, c'était Gérard. Quelque chose de la même nature que ce qui avait lié son père, l'ancien militant communiste de la section du Havre, à l'enfant de Russie, liait maintenant Gérard et Andrei. Ils avaient le même âge et, Chantal le soupçonnait, le même secret.

— Gérard n'a pas eu tort, dit-elle vivement. Et Andrei n'y est pour rien. C'est à cause d'une passagère.

Et, devant les yeux éberlués de Michèle, Chantal raconta l'anecdote de Béatrice qui l'avait remise en place avec mépris pour cette histoire de « souper ».

— Et tu te mets dans cet état pour ça ? Toi !

Michèle n'en revenait pas. Chantal s'était laissé impressionner par deux pimbêches ! Ça alors !

Une fois la surprise passée, Michèle monta sur ses grands chevaux. Comment ça ! Une prétentieuse qui n'était même pas en première classe venait leur donner des leçons de vocabulaire ! Mais pour qui elle se prenait ?

— Et qui c'est, celle-là ? Quel est le numéro de sa cabine ?

Chantal avait horreur des esclandres. Elle minimisa l'affaire.

— Écoute, Michèle, ne faisons pas d'histoires, à quoi bon ?

— Comment ça, à quoi bon ! C'est le premier voyage et déjà il y a des emmerdeuses ! Non mais ! il ne faut surtout pas se laisser faire, parce que, ces filles-là, je les connais, moi. Si tu ne leur remets pas les idées en place dès le début, elles te prennent pour une serpillière. Donne-moi le numéro de leur cabine.

— Mais tu sais, une seule des deux a été désagréable, l'autre a été très aimable.

— Eh bien tant pis pour elle. Elle n'a qu'à pas être amie avec une pimbêche. Elles doivent être de la même trempe !

Chantal comprit que Michèle s'acharnerait. Car s'il y avait bien une chose que Michèle ne supportait pas, c'était qu'on prenne le petit personnel de haut.

— Bien, bien, fit-elle à contrecœur, c'est la cabine 324. Mais... qu'est-ce que tu vas faire ?

— T'inquiète pas, je vais trouver. Elles vont l'avoir où je pense, leur « dîner » ! dit Michèle, satisfaite, en notant le numéro en grosses lettres rouges dans le coin de la première page du carnet de commande des clients.

9

Le jeune gradé n'en pouvait plus.

Il avait monté les marches quatre à quatre en courant et il arriva devant la porte de la passerelle où se tenait l'état-major tout essoufflé. Il reprit sa respiration, rajusta sa casquette et frappa.

— Oui ? dit une voix depuis l'intérieur.

Le jeune entra, au garde-à-vous :

— Mon commandant, le commissaire principal souhaite vous parler. C'est urgent.

— Que se passe-t-il ?

— Je crois savoir que c'est pour le dîner.

— Le dîner ! Mais, tout est déjà prévu.

Le jeune gradé insista.

— C'est important, mon commandant.

Le premier dîner aurait lieu dans quelques heures et il y avait déjà des problèmes, pensa le commandant. Ça commençait bien ! Comme s'il n'y en avait pas eu assez avec cette journaliste qui s'était perdue et avait mobilisé tout le service des ponts. Agacé, il quitta la passerelle.

Parmi les soucis quotidiens d'un commandant de bord, celui d'organiser le plan de sa table était loin d'être anodin. Tous les passagers voulaient s'y asseoir. C'était un signe de reconnaissance sociale prestigieux. Hélas, il n'y avait que douze places, au mieux. Chaque fois, c'était un casse-tête. Mais aujourd'hui les difficultés étaient multipliées par mille. Tous les voyageurs de cette première traversée du *France* étaient des gens importants qu'il ne fallait blesser sous aucun prétexte. Dès avant le départ, les noms des heureux élus étaient déjà inscrits. Seulement, le commissaire avait eu d'autres demandes émanant de hautes personnalités. L'enjeu était tel qu'il avait fallu organiser une réunion de dernière minute pour résoudre l'épineux problème.

— Surtout, dit le commandant au commissaire après qu'on lui eut expliqué la situation, vous me gardez l'Académicien. Il plaît, avec son physique d'officier de l'armée des Indes. Et puis, il est polyglotte et d'excellente compagnie. Il sait se conduire avec les dames et a toujours quelque anecdote amusante à raconter.

— Et les autres ?

— Que voulez-vous que je vous dise ? Ils sont tous importants et recommandés...

— Alors ?

— Alors, choisissez les polyglottes ! Je ne veux plus faire de repas avec des gens qui ne peuvent rien se dire parce qu'ils ne parlent pas la même langue.

— De ce côté-là, pas d'inquiétude. Notre clientèle est moderne, cultivée. Les artistes sont tous allés en Amérique.

— Bon, ben... C'est tout ?

— Et les vedettes, j'en fais quoi ? Elles aussi sont persuadées qu'elles seront en votre compagnie. Sans compter les sportifs ?

— Eh bien, ils attendront. Vous les ajouterez au compte-gouttes sur les autres dîners. Gardez-moi aussi les deux jeunes femmes qu'on avait choisies sur le conseil de l'Académicien, il faut de la jeunesse et de la beauté.

— Ça, mon commandant, ce sera plus difficile. Les grands patrons et personnes importantes sont rarement de la première jeunesse et, en plus, ils vont par deux. Pour des voyages comme celui-ci, ils emmènent leurs femmes. Et deux par deux, ça fait six couples. Douze. Pas un de plus. Je ne peux pas faire de miracles.

— Vous y arriverez.

— Peut-être, mais la prochaine fois.

Le commandant commençait à s'impatienter. Heureusement, le téléphone sonna et le commissaire décrocha. C'était l'officier Vercors qui demandait à parler au commandant.

— Dites-lui que j'arrive, il n'a qu'à m'attendre dans mon bureau.

Puis, après avoir réfléchi, et quand le commissaire eut raccroché, il ajouta :

— Tiens, mettez aussi l'officier Vercors. Il parle sept langues parfaitement. Avec l'Académicien il me sortira de tous les mauvais pas, s'il y en a.

Sur ce, il partit sans attendre, évitant ainsi toute nouvelle suggestion, et le commissaire principal plia ses fiches.

— Quel casse-tête ! Il annule, il rajoute, et moi je fais comment ? Je ne comprendrais jamais cette frénésie des clients à vouloir manger à sa table ! dit-il au jeune gradé. Il admet lui-même que c'est la plus ennuyeuse qui soit !

— Alors pourquoi insistent-ils ? questionna naïvement le gradé.

— Devine ! Tout simplement parce que ça fait bien d'en être. Ça veut dire aux yeux des autres qu'ils sont des gens importants.

— C'est idiot. Surtout là. Ils sont tous riches. Ou célèbres.

— Eh oui, mais c'est comme ça. Ils veulent être plus riches et plus célèbres que les autres.

10

Pendant que le personnel du navire s'activait au restaurant pour préparer la première grande soirée, dans le bureau du commandant un homme sentait son cœur battre de plus en plus fort.

Au dernier moment l'officier Pierre Vercors n'était plus sûr de sa démarche. Mais c'était trop tard, le commandant entrait.

— Alors, Vercors, vous vouliez me parler ?

— Oui, mon commandant.

— Que se passe-t-il de si urgent ?

— Je voudrais prendre le quart pour l'arrivée à Southampton.

Surpris, le commandant n'en laissa rien paraître.

— Vous en avez parlé avec Monier ? C'est lui qui est au poste.

— Oui, mon commandant. Si vous acceptez, lui est d'accord.

— Bien...

Visiblement, le commandant hésitait. Sauf cas exceptionnel, il n'était pas question d'accepter des changements de dernière minute. Seulement Vercors n'était pas un officier tout à fait comme les autres. Le commandant connaissait son histoire personnelle et il ne pouvait rejeter sa demande si facilement. Il essaya pourtant.

— Les Anglais ne bougeront pas, dit-il. Il n'y aura rien de particulier, vous savez, ils ne fêteront pas la première arrivée du *France* si c'est ce que vous attendez.

— Peut-être vont-ils nous faire mentir, sourit l'officier. Il y aura la fanfare, qui sait ? ajouta-t-il en forme de boutade pour dérider le commandant.

— Pensez-vous ! fit ce dernier, surpris de ce ton plutôt joueur auquel il ne s'attendait pas. Ils sont très susceptibles sur les questions marines,

Pierre Vercors ne cilla pas. Le commandant l'observait.

— Vous le savez mieux que quiconque, ajouta-t-il alors.

Visiblement il cherchait à faire réagir son officier, mais il lui fut impossible de déceler chez lui le signe d'une quelconque émotion.

— Pourquoi tenez-vous à faire ce quart ? demanda-t-il alors sans détour.

Pierre Vercors sentait qu'un revirement inquiéterait plus encore le commandant. Il répondit d'une voix claire.

— Tout simplement pour être le premier à faire entrer le bateau français le plus pacifique du monde dans un port britannique. Je sais que c'est un peu dérisoire comme envie, mon commandant... mais... j'aimerais.

Le commandant n'insista pas. Il n'en saurait pas plus, et de toute façon, à quoi bon ? Vercors était un officier remarquable, il n'avait aucune raison de s'inquiéter. Il accepta le changement de quart.

— Réunissez votre équipe et avertissez Monier, dit-il.

Pierre Vercors parut aussi surpris qu'heureux de cette acceptation rapide qui n'était pas dans le genre du commandant. Il voulut dire un mot mais il n'en trouva pas. Alors il sortit. Resté seul, le commandant se demanda s'il avait eu raison d'accepter. Que voulait dire Vercors avec ce « pacifique » ? Il décrocha son téléphone :

— Dites au commissaire qui fait le plan des tables d'annuler pour ce soir l'invitation de Vercors. Il est de quart. Et sachez aussi que je quitterai la table au moment de l'arrivée à Southampton. Je tiens à aller en timonerie.

11

La soirée commença par un incident entre Béatrice et le maître d'hôtel qui expliquait qu'en raison d'un changement de dernière minute elles ne pouvaient pas être à la table du commandant. La déception fut grande, mais tout finit par s'arranger. On les installa avec leurs confrères journalistes et le repas fut extraordinaire. Caviar, foie gras, champagne, desserts somptueux, les mets les plus fins, et à volonté. Après le dîner, tous les invités se retrouvèrent au bar de l'Atlantique. Le champagne les avait mis dans un état légèrement euphorique et l'enthousiasme régnait. On échangeait des impressions, on s'émerveillait d'être là, de faire partie du voyage, on s'extasiait sur la qualité du service et le luxe des cabines... La soirée avançant, certains s'installèrent pour causer, une coupe de champagne entre les mains. Comme il faisait très chaud à l'intérieur, ils étaient sortis sur la terrasse pour profiter de l'air frais. En fait, l'air était glacial mais ils ne s'en aperçurent même pas. Sous le ciel étoilé, depuis cette terrasse en fête, avec la proue du *France* qui se découpait sur le bleu sombre de la nuit, Sophie était au paradis. L'océan qui lui faisait si peur d'ordinaire lui parut même incroyablement romanesque. Il y avait les robes du soir et les coupes de champagne doré, il y avait un air d'insouciance tel que, penchée sur la balustrade du navire avec le vent qui soulevait ses cheveux bruns, elle se sentait comme une héroïne dans l'attente de quelque chose d'immense, à la mesure de cet océan. Dans cet environnement privilégié et heureux, tout semblait possible. D'un tempérament volontaire, Sophie était contente d'elle. Dans la vie, se disait-elle, il suffit de vouloir. Elle se félicitait d'avoir été à la hauteur de son éducation et estimait avoir mérité la place où elle se trouvait.

— Allez, à la russe !

Un photographe faisait de grands moulinets avec les bras. Il tenait un verre dans une main, dans l'autre une bouteille de champagne, et il tentait de convaincre Sophie de faire comme les autres. De boire le champagne d'un trait et de jeter le verre par-dessus son épaule. Sophie le rabrouait vertement, mais il revenait à la charge.

— Allez, un peu d'humour, tu vas voir, tu le fais une fois, et après tu ne t'arrêtes plus.

Sophie n'aimait pas la tournure que prenait cette soirée. Ce photographe gâchait la fête avec son obsession de casser des verres.

— Alors, ce champagne, tu le bois, oui ou non ?

Il insistait.

— Non, trépigna Sophie, agacée. Ce jeu est idiot, j'ai horreur de casser quoi que ce soit. Surtout du verre. C'est déplaisant et dangereux !

— Comme tu peux être nunuche ! lança alors Béatrice qui venait de s'approcher. Le verre tombe dans la mer, personne ne risque rien, et puis de quoi tu t'occupes ? Oublie, fais la fête et amuse-toi !

Et, d'un geste qui se voulait osé, elle se saisit du verre que le photographe venait de remplir pour Sophie, le but d'un trait et le jeta derrière elle par-dessus le bastingage.

— À la russe ! cria-t-elle, enthousiaste.

Le jeu reprit alors de plus belle. Ils étaient un petit groupe à jeter ainsi tour à tour bouteilles vides et verres bus par-dessus bord. L'initiative les amusait beaucoup.

Mais pour Sophie la magie du début de soirée était complètement gâchée. Le champagne consommé en excès avait fini par faire tourner les têtes, et les comportements des uns et des autres sur cette terrasse devenaient à ses yeux déplaisants. Elle quitta la terrasse et rentra dans le bar.

— Quels idiots, pensa-t-elle, contrariée, avec eux tout devient ordinaire.

Une fois les portes coulissantes de verre franchies et refermées, le confort douillet de l'intérieur du bar et la voix d'Ella Fitzgerald l'enveloppèrent de cette atmosphère luxueuse qu'elle aimait tant.

Enfin ! se dit-elle en frissonnant de plaisir, ici au moins on sent bien qu'on est dans un autre monde.

Des femmes élégantes fumaient de longues cigarettes, des hommes en smoking noir leur souriaient. Dans un coin, ses confrères étaient en pleine discussion. Elle s'approcha et s'installa près d'eux dans un confortable fauteuil, prenant soin de positionner élégamment ses jambes de côté tel qu'elle avait vu Anouk Aimée le faire. Hélas elle déchanta rapidement et, à peine assise, elle comprit son erreur. Deux confrères se renvoyaient à la figure, sur un ton acerbe, des avis différents sur une actualité des plus graves et des plus douloureuses, l'Algérie.

— Les Français d'Alger sont trahis et abandonnés, vociférait l'un. On ne tient plus l'armée. Jamais les Français n'ont été aussi divisés depuis le début des événements. On va tout droit vers un coup d'État.

— Tu parles des « événements d'Algérie » comme si ça te dérangeait d'employer le mot de « guerre », rectifia un confrère. C'est une guerre, il faut appeler les choses par leur nom !

— Parlons-en ! crut bon de préciser l'autre, en haussant le ton comme s'il y avait urgence d'en découdre. Une déclaration de guerre est un traité. Il faut avoir la capacité juridique de le signer. Seuls peuvent faire la guerre ceux qui ont la personnalité juridique de droit international. L'Algérie ne l'a pas, j'insiste. Il te manque une connaissance solide des termes juridiques et de leur valeur.

— Il ne me manque rien, rétorqua l'autre, piqué d'être mis en cause sur ses compétences. Mais j'ai une autre interprétation. Ce n'est pas parce que la qualité d'État n'a pas été reconnue à l'Algérie avant la colonisation qu'elle n'était pas un État souverain. Nous sommes dans le politique et ces événements, que tu le veuilles ou non, c'est une guerre d'indépendance.

Le ton commençait à monter et ils s'y étaient mis à plusieurs, les confrères étrangers n'étant pas les derniers à donner un avis.

Sophie soupira. La voix sensuelle d'Ella Fitzgerald et les douces lumières tamisées étendaient en vain leur magie sur tout le bar, ils étaient partis pour de longues heures de débat. Sophie ne comprenait pas cet acharnement à parler de ces événements terribles en un pareil endroit et à minuit passé, verre de whisky à la main et cigare à la bouche. Être en voyage sur le *France* ne changeait rien à leurs habitudes professionnelles. Au contraire, ils utilisaient toutes les nouveautés que le navire mettait à leur disposition en matière de communication. À les entendre, Sophie comprit qu'ils avaient écouté la radio en permanence, et téléphoné plusieurs fois à leur rédaction en utilisant le téléphone de leur cabine, luxe d'entre les luxes. À peine installés sur le bateau, les plus acharnés à se faire inviter sur le *France* ne s'occupaient plus que de ce qui se passait à terre comme s'ils avaient peur de rater quelque chose d'encore plus important que ce qu'ils étaient en train de vivre.

Sophie en eut assez. Avec la musique, ils parlaient de plus en plus fort pour s'entendre et elle ne profitait de rien. Elle s'apprêtait à quitter les lieux et à regagner sa cabine quand une équipe de télévision entra dans le bar. Il se produisit un mouvement d'admiration général et la conversation s'interrompit. Le réalisateur François Reichenbach tournait un reportage pour la Compagnie transatlantique. Que venaient-ils filmer à cette heure ? L'équipe installa des éclairages, des câbles, un gros pied et une énorme caméra. Un assistant portait de lourdes bobines. L'opération compliquée monopolisa l'attention et l'espace. C'était si nouveau ! Ce média fascinait les journalistes. Verre à la main, oubliant l'Algérie, certains s'approchèrent. L'équipe venait filmer l'ambiance de nuit et s'attardait sur les vedettes et personnes connues comme Juliette Gréco qui discutait avec Marcel Achard.

Sophie, un moment distraite, regarda dehors. Béatrice riait. Son étole de vison glissait de ses épaules et, entre deux verres de champagne, elle portait à sa bouche un long fume-cigarette qu'elle avait emprunté à une autre jeune femme, elle aussi en pleine euphorie. Le photographe et un autre invité, l'air hébété, tentaient en vain tour à tour de rajuster son étole, mais ils avaient du mal à se tenir droits et n'y parvenaient pas. Bien qu'en pleine nuit, le photographe portait des lunettes noires à la mode italienne qu'il n'avait pas cru bon d'enlever. Une mèche tombait sur son front et il la remettait en place d'un mouvement de tête. Mais elle retombait aussitôt. Il riait bouche ouverte et les autres en faisaient autant, apparemment conquis par la moindre de ses initiatives. Sophie ne comprenait pas le plaisir que Béatrice prenait à cette compagnie stupide.

L'Académicien était resté, comme Sophie, assis dans son fauteuil. Il observait les fêtards d'un œil sombre et, soudain, il se pencha vers le confrère d'un grand hebdomadaire :

— Vous devriez dire à votre photographe de cesser, ce n'est pas une façon de se comporter pour un professionnel d'un grand journal comme le vôtre. Et, par pitié, qu'il enlève ses lunettes noires en pleine nuit !

— Mais dites-le-lui vous-même, cher ami, répondit le confrère, surpris. Qu'est-ce qu'il a fait qui vous dérange à ce point ?

— On ne se tient pas de cette façon un soir comme celui-ci.

— Et comment faudrait-il se tenir ? Raides comme des balais ? Moi, je ne vois rien de mal à boire un peu de champagne, justement « un soir comme celui-ci », comme vous dites. C'est le moment ou jamais, au contraire.

Un autre confrère en rajouta :

— Allons, l'Académicien, soyez un peu indulgent. Après tout il n'y a qu'une bonne cuite, quelques verres cassés et des bouteilles vides par-dessus bord. Rien de grave ! Ils ont trop bu, et alors ? Ils cassent des verres, et alors ? On n'est pas en panne de verres sur ce bateau. « 36 700 verres ! » vous m'entendez, il y a à bord « 36 700 » verres. Il y a de la marge. Et puis c'est le premier soir, on est tous un peu gris, normal non ?

L'Académicien n'insista pas. Il n'avait plus le goût de la polémique.

L'équipe de télévision avait terminé son interview et les notes enlevées de *Love in the Afternoon* succédèrent à *Summertime.* Les journalistes en profitèrent pour passer à autre chose. La musique du film de Billy Wilder tombait bien. Aucun d'eux ne souhaitait poursuivre la discussion sur l'Algérie et tous avaient grande envie de faire la fête. L'un entonna sur la musique les paroles françaises de la reprise d'Yves Montand qui était en plein succès.

C'est si booon,
De partir n'importe oooù

Bras dessus bras dessooous
En chantant des chansooons
C'est si boooonnnn...

Les autres reprirent en chœur les célèbres couplets et le barman monta astucieusement la sono. Bientôt tous les clients du bar chantèrent de plus en plus fort et, au moment du refrain, un cri sortit de toutes les gorges en même temps : « C'est si booooon » ! On aurait dit que tous n'attendaient que de pouvoir hurler ensemble le célèbre refrain. Un Américain, Marvin Buttles, chantait à tue-tête. Avec sa femme et des amis, ils jouaient le jeu, enthousiastes. Ils adoraient cette ambiance festive, typique à leurs yeux de la France brouillonne et excessive qu'ils aimaient.

— Faites comme nous, mon ami, suggéra Marvin à l'Académicien qu'il voyait renfrogné dans son fauteuil, reprenez un peu de champagne. À quoi serviraient tous vos grands vignobles français réputés dans le monde entier si on ne buvait pas leur vin des soirs comme ce soir. Allez ! ajouta-t-il en lui tendant un verre bien rempli, assez discuté de choses sérieuses. Ce n'est ni le lieu ni le jour. Les plus raisonnables ce sont eux, dehors, qui ont bien raison de faire la fête et de s'étourdir. On ne va pas refaire le monde entre ce soir et demain, alors profitons aussi. Venez !

L'Académicien fit un signe négatif et l'Américain, déçu de n'avoir pas su le convaincre, ouvrit les portes de verre et sortit sur la terrasse suivi par tous les clients du bar. Le brouhaha était à son maximum. Les bouchons de champagne sautaient les uns après les autres, les bouteilles se vidaient et les serveurs étaient débordés. On ne s'entendait plus.

Sophie n'avait pas bougé de son siège, indifférente à l'euphorie. Elle n'avait aucun goût pour les ambiances

« arrosées ». Du voyage sur ce navire elle attendait autre chose.

L'Académicien l'observait et réfléchissait aux paroles de l'Américain. Il réalisait que son milieu changeait plus qu'il ne l'aurait cru. De jeunes journalistes étaient arrivés, plus vindicatifs, plus insolents que lui ne l'avait jamais été. Des idées nouvelles apparaissaient sur la société, la façon de vivre. Ils remettaient tout en cause facilement. Tout n'était pas mauvais ni inutile, mais l'Académicien ne s'y faisait pas. Il trouvait leur revendication de liberté bien dérisoire, et leurs remises en cause assez anecdotiques sur le fond. Lui croyait en des vertus anciennes. Il aimait la rigueur de certaines règles, quitte à y perdre un peu de liberté. Il se méfiait d'ailleurs de ce mot brandi comme un drapeau à tout bout de champ. Mais il sentait bien que l'époque naissante ne lui donnerait pas raison. Les années 1960 marquaient un tournant radical. « Pour le meilleur et pour le pire », se disait-il. Que faire ? Il se sentait impuissant et dépassé, isolé avec son élégance que l'on jugeait agréable mais surannée. Il était comme un objet de brocante, au mieux d'antiquité, sur lequel on jette en passant un œil attendri, mais qui lasse.

Les danseurs allaient et venaient sans cesse du bar à la terrasse, faisant glisser les portes de verre. L'Académicien s'était déjà levé trois fois en râlant pour aller les fermer. En vain, ils les rouvraient en permanence.

— Permettez que je vous quitte, Sophie, dit-il, vaincu. Je vais aller dormir. De toute façon je ne fais pas un bon partenaire de soirée, je suis trop grincheux. Peut-être suis-je vieux.

Sophie, par politesse, crut bon de le rassurer :

— Vieillir ! Mais non, vous avez l'esprit bien trop vif.

— Tiens, fit-il, étonné et heureux qu'elle prenne le temps de lui répondre gentiment, alors que visiblement elle n'était pas d'humeur et dormait à moitié. C'est amical de votre part. Mais allez vous coucher vous aussi, vous tombez de sommeil.

Il devinait tout en lui parlant que cette Sophie n'était pas encore gâchée par les « tics » du milieu, et il se demandait combien de temps encore l'éducation de ces familles provinciales qu'il décelait en elle tiendrait le coup face à la vague montante des libertés nouvelles dont il mesurait par anticipation les dégâts sur l'attitude de ces jeunes femmes qui, sur la terrasse, buvaient sans mesure. Dehors le champagne coulait à flots et le barman connaissait son métier. Euphorisé par la fête et les pourboires en dollars qui tombaient les uns après les autres, il augmenta la pression et déposa sur la platine le tube de Chubby Checker, sûr de son coup.

« *Come on everybody...* »

Les premières notes déclenchèrent une vague de hurlements et des trépignements. Le Noir américain avait une telle énergie qu'il était impossible de ne pas suivre son appel à se trémousser au dernier rythme qui faisait fureur sur toutes les pistes de boîtes de nuit et de bals du monde : le twist. Le barman fit claquer ses doigts et se mit à se dandiner. Il affichait un large sourire qui rayait son visage d'une oreille à l'autre.

« *Clap your hands... Now you're looking good... I'm gonna sing my song and you won't take long.* »

Sophie se leva d'un bond.

« *...We gotta do the twist and it goes like this...* »

La voix puissante de Chubby Checker, avec cette légère pointe nasillarde typique des New-Yorkais, elle adorait.

« *Come on... let's twist again like we did last summer...* »

Elle se mit à chanter en mesure les paroles qu'elle connaissait par cœur à force de les avoir entendues sur toutes les ondes de toutes les radios et s'élança sans complexe entre les fauteuils du bar de l'Atlantique, rieuse à son tour, emportée par la gaieté et l'énergie du twist. Le barman l'encourageait devant l'Académicien, perplexe de ce revirement inattendu. La robe trapèze rose flashy bougeait en cadence. Dans le mouvement enlevé de sa danse et dans la vivacité du rythme de la chanson de Chubby Checker, il y avait une telle énergie et un tel encouragement à la joie qu'il était impossible de ne pas l'entendre. L'Académicien regardait Sophie danser avec des yeux pleins d'indulgence. Sophie était d'une autre beauté que celle des jeunes filles timides qui l'avaient ému dans sa propre jeunesse. Pourtant, il était conquis par la fraîcheur de ce moment parce que sa gaieté spontanée, il la comprenait. Par-delà les modes elle était celle de toute jeunesse insouciante et portée au bonheur.

— « À quoi servirait-il d'être jeune s'il fallait n'être que raisonnable ? » Il y avait du vrai dans ce qu'avait dit l'Américain.

La frénésie avait gagné tous les passagers. L'équipe de François Reichenbach tournait, saisissant pour la mémoire ce moment exceptionnel. C'était à qui se tortillerait le plus. Dans leurs robes longues les femmes avaient du mal, mais elles y mettaient du cœur et tiraient leurs fourreaux pour pouvoir remuer les jambes plus commodément. Leurs chignons se défaisaient. L'Académicien qui, en début de soirée, les avait trouvées si élégantes leur trouva tout à coup l'air déplacé dans leurs tenues inadéquates. Il se retourna vers Sophie. Ses cheveux libres et sa robe courte bougeaient bien, indéniablement elle était de son temps.

« *...Yeaaaah... Let's twist again... twisting time is heeeere...* », poursuivait l'enthousiaste Chubby Checker.

Le barman frétillait en rythme tout en continuant à remplir les verres et à empocher les pourboires en dollars.

L'Académicien fit un signe amical en direction de ses confrères et de Sophie qui ne le virent pas, et il quitta le bar de l'Atlantique en emportant un peu de cette joie mêlée à sa mélancolie.

Dehors, les étoiles brillaient, et il eut l'impression que même l'air glacial autour du grand navire était tout réchauffé de cette musique nouvelle.

12

Devant le panoramique vitré de la timonerie, l'officier Vercors regardait s'approcher les côtes de l'Angleterre.

L'état-major était en place, tout était prêt pour les opérations d'entrée au port.

— ... Ils se sont fait souffler le ruban bleu du *Queen Mary* par les Américains en 52, ils croyaient nous avoir éliminés de la ligne transatlantique après la mort du *Normandie*, expliquait le commandant au jeune gradé qui se tenait près de lui, et voilà que nous arrivons dans le port d'attache de leurs deux fleurons avec le bateau le plus jeune et le plus prestigieux du monde. Ils ne vont pas nous accueillir avec des fleurs, ça m'étonnerait.

— Le *Queen Mary* et le *Queen Elisabeth* sont ancrés à Southampton ?

Surpris, le commandant se retourna vers le jeune gradé qui venait de poser cette question incongrue.

— Vous ne le saviez pas ?

Le ton était vif. Pris en défaut, le jeune rougit jusqu'aux oreilles. Quelle importance ! Il avait oublié ça comme il avait oublié toutes ces vieilles histoires de marine anglaise. Comme tous ceux de sa génération, il se moquait complètement de cette ancienne « rivalité » entre marins anglais et français et il avait des copains dans la marine anglaise qui en riaient eux aussi. Ils préféraient écouter de la musique et échanger ces airs nouveaux venus de l'autre côté de l'Atlantique.

— Southampton ! Droit devant ! annonça l'officier d'une voix neutre.

Tous les regards se tournèrent vers la côte anglaise.

L'approche de ce port situé dans un repli de rivière juste à l'endroit d'un fort courant de marée était connue de tous les marins pour être des plus délicates. Comme le veut la tradition, un pilote anglais monta à bord pour guider le *France* dans le port. La tension était palpable dans tout l'état-major français. Pour le jeune gradé, c'était quelque chose d'étrange que de voir ces hommes, si aguerris aux choses de l'océan et aux commandes de navires, frémir comme des enfants à l'idée d'une fausse manœuvre de l'Anglais. Comme si, pour se venger de s'être fait doubler sur les mers, l'Anglais allait saborder le Flagship de la ligne française.

L'Anglais pilota admirablement et l'accostage eut lieu sans la moindre éraflure. On devinait les rares lumières du port britannique, les rangées de hangars et les hautes silhouettes des grues se découpaient sur le ciel, fantomatiques et noires dans la lueur des quelques réverbères.

Du haut de la timonerie, les officiers et le commandant observaient les quais déserts. Au fond, tous avaient espéré que le *France* serait acclamé, comme partout ailleurs. Mais ici pas de foule, pas de hordes de journalistes. Seuls les passagers s'apprêtant à monter à bord.

— *Champagne, Sir* ?

Pierre Vercors se tenait près de l'Anglais, une bouteille à la main et un verre dans l'autre.

— *I propose you to have a drink for French marine. Would you ?*

Personne n'en crut ses oreilles. Proposer de l'alcool en plein travail dans la timonerie ? Qu'est-ce qu'il lui prenait, à Pierre Vercors, de faire un impair ?

Surpris, l'Anglais ne répondit rien.

— Nous sommes tous en service, officier Vercors, intervint alors le commandant. Jamais d'alcool, pas même un jour comme aujourd'hui.

Le ton était sévère.

Personne dans la timonerie ne disait plus rien. Il se jouait manifestement entre Pierre Vercors et le commandant quelque chose que ni eux ni l'Anglais ne pouvaient comprendre. Mais le commandant du *France* n'avait pas été choisi au hasard. C'était un homme sûr. Il avait le navire sous sa responsabilité, le prestige de tout un pays, et il n'était pas question pour lui de laisser des sentiments personnels, si justifiés soient-ils, interférer en quoi que ce soit durant le voyage. Il remercia le pilote anglais qui repartait et, comme si rien ne s'était passé, il se tourna vers l'officier.

— Bien, dit-il posément. Je regagne ma cabine, le navire est entre vos mains, Vercors. Faites votre travail comme d'habitude. Vous avez ma confiance.

Et il se retira, suivi du reste de l'état-major.

L'officier mesura combien sa démarche avait été vaine. Il ne comprenait même plus ce qui l'avait poussé à faire ce geste qu'il avait voulu chargé de symboles et qui s'était avéré dérisoire, voire, pire, ridicule.

13

Le *France* s'éloigna des côtes de l'Angleterre. Cette fois, il s'en allait au très grand large voguer vers l'océan.

14

Dans la salle des machines, les matelots aussi avaient attendu la réaction anglaise.

— Tu as vu, Andrei ! fit Gérard. Même pas un seul pétard ! Rien de rien.

Gérard trouvait qu'ils y allaient un peu fort, les collègues anglais. Pourtant, rien ne semblait pouvoir gâcher sa joie.

— J'ai jamais aussi bien mangé de ma vie, continua-t-il en se penchant vers Andrei qui surveillait les pressions sur les machines.

Tout gosse, avec sa sœur Chantal, ils n'avaient souvent fait qu'un seul repas par jour et la peur de manquer n'avait pas disparu. Là, il était comblé. Le premier repas sur le *France* avait été exceptionnel. On leur avait même servi du champagne ! D'habitude, Gérard ne buvait pas une goutte d'alcool. Il avait toujours eu peur que ça ne le rende violent, comme son père le devenait après des litres de bière. Mais, ce soir, les copains de l'équipe avaient insisté et il s'était laissé tenter. Il tenait lui aussi à fêter la première traversée.

Andrei restait concentré sur son travail, aux machines. Il estimait avoir été chanceux d'avoir été embauché sur le *France* et il s'en tenait là. Très tôt, il avait appris à n'envisager qu'une seule chose : le présent. Gérard, lui, avait besoin de prendre la mesure du chemin parcouru. Depuis 36, les choses avaient changé et le monde ouvrier avait de haute lutte acquis ses lettres de noblesse. Dans la chaleur des réunions syndicales, Gérard avait trouvé l'espoir et l'amitié. Il avait appris à exprimer ce qu'il ressentait et en avait été transformé. Plus que pour tout autre, peut-être, l'embauche sur le *France* avait sonné pour lui le passage définitif à une autre vie. Une fierté et une réussite sociale. Ce soir après ce dîner, un peu « éméché », il répéta sans cesse sa joie d'avoir été choisi pour cette extraordinaire aventure, comme pour bien s'en imprégner, encore et encore. Et, ce qui ajoutait à son bonheur, c'était d'avoir réussi à faire embaucher Andrei. Hélas, une ombre persistait. Les étranges sentiments de Chantal pour Andrei. Il était persuadé que sa sœur n'aimait pas Andrei. Elle lui en voulait pour le divorce des parents, pour la chute du père dans la dépression et l'alcool. Elle lui attribuait tous les malheurs de la famille. Gérard connaissait la vérité et Chantal était loin du compte. Seuls lui, son père et Andrei savaient ce qui s'était réellement passé là-bas, en Russie. Mais le père avait décidé que personne d'autre ne devrait jamais l'apprendre. Pas même sa femme et sa fille. Gérard avait respecté le vœu de son père, et Chantal, se sentant exclue de quelque secret, en voulait encore davantage à Andrei.

— Je pensais voir ma sœur au repas, dit-il négligemment, croyant qu'à force de parler d'elle à son ami, et de lui à Chantal, des liens pourraient se créer entre eux. Je suis sûr qu'elle est aux anges ! Une place pareille !

Mais Andrei ne relançait jamais la conversation sur Chantal. Gérard ne pouvait pourtant s'empêcher d'essayer ; il lui semblait que son ami n'était peut-être pas insensible au charme de sa sœur.

Soudain, un bruit sourd résonna. Andrei fit signe à Gérard de se taire, et ils tendirent l'oreille. Le choc se répéta, il semblait provenir de la chaufferie. Puis plus rien, on n'entendait plus que le ronflement infernal des machines de chauffe. Andrei haussa les épaules et ils se remirent au travail, quand le même bruit recommença, plus violent cette fois.

— On dirait que ça vient de la coque, fit Gérard, inquiet, en collant son oreille contre l'acier du navire. Qu'est-ce que ça peut bien être ? On ferait mieux d'aller voir.

Avec beaucoup de difficultés, ils réussirent à ouvrir la lourde porte qui donnait sur la coque. Le vent de l'océan s'engouffra d'un coup dans la chaufferie, les obligeant à se reculer. Avec prudence et en s'accrochant aux bords de l'encadrement, ils parvinrent à se pencher à l'extérieur pour tenter de voir ce qui se passait. Un choc lourd et un bruit de verre cassé se firent nettement entendre cette fois, et quelque chose qui semblait tomber du ciel heurta le crâne d'Andrei : un morceau de verre. Sonné, il eut le réflexe de se replier vers l'intérieur du bateau, tandis que Gérard, relevant la tête pour comprendre d'où cela provenait, prit en plein visage une bouteille de champagne vide qui lui explosa le nez et l'arcade sourcilière. Sous la violence du choc et de la douleur, il vacilla et manqua tomber dans le vide. Il serait allé mourir dans les eaux noires et glaciales si Andrei n'avait eu le réflexe de l'agripper par le dos de son bleu de travail et de le tirer à lui. Ils restèrent un moment assommés et effrayés. À cette vitesse, si Gérard avait chuté, on n'aurait pu freiner le navire que sur une longue distance et, à cette heure de la nuit dans les eaux glacées, c'était la perdition et la mort assurée. Sur l'instant Gérard ne ressentit pas la douleur, et sa colère éclata aussitôt.

— Putain ! hurla-t-il en essuyant d'un revers de sa large main son visage baigné de sang, mais d'où elles viennent, ces bouteilles !

Andrei réfléchit.

— À mon avis, ça vient du bar de l'Atlantique ! Ils cassent des bouteilles et des verres. Ils doivent fêter le voyage à la russe !

— Quoi, à la russe ! Qu'est-ce que c'est que cette histoire ! Et ils balancent des bouteilles cassées contre la coque ! Une coque pareille, mais ils vont la bousiller ! Ils se prennent pour qui d'oser faire une chose pareille ? Attends un peu, tu vas voir...

Hélas pour lui, Gérard était encore sous l'effet du champagne dont il avait un peu abusé. L'idée qu'on puisse abîmer la coque de son navire le mit hors de lui. Gérard allait jusqu'à essuyer avec son propre mouchoir la moindre goutte d'huile qui débordait sur le goulot de la chaufferie, et il aurait nettoyé de sa propre chemise la moindre poussière. Lui qui admirait jusqu'au moindre détail du *France*, il se sentit rempli de fureur contre ces inconscients qui le profanaient. Aveuglé par le sang qui coulait abondamment de son front, devant les ouvriers stupéfaits qui étaient encore méticuleusement plongés sur les vérifications des manomètres et des instruments de mesure, il courut vers les escaliers de fer et monta à la surface du navire. Andrei n'eut pas le temps de l'arrêter. Gérard grimpa les quatre étages d'un seul tenant, il ouvrit la lourde porte et partit droit devant lui en criant, cherchant à rejoindre le bar pour trouver le coupable.

— Tu vas voir la volée qu'ils vont se prendre ! Putain de putain, ils vont comprendre !

Le sang coulait de plus en plus, inondant son visage, descendant le long de son bleu de travail, tachant la moquette sur son passage. Il ne fallut que quelques secondes à Andrei pour prendre conscience que Gérard était en train de faire la plus grosse erreur de sa vie. Il grimpa à son tour les escaliers de fer quatre à quatre, franchit la porte et se lança à sa poursuite. Trop tard... Les appartements de luxe de la première classe se trouvaient situés justement à cet endroit du navire. Au niveau de la cheminée arrière, cinq étages au-dessus de la salle des machines. Personne encore n'avait rien vu et jusque-là, peut-être, Andrei aurait pu rattraper le coup et sauver la carrière de Gérard. Mais le destin vint contrarier le cours des choses. Un monsieur vindicatif, celui-là même qui, lors de l'embarquement, râlait qu'on le bouscule, sortit furieux de sa cabine. Or cet homme souffrait d'épilepsie. Il fut si choqué par la vue de Gérard hurlant et couvert de sang à quelques mètres de lui, qu'il en déclencha une crise. Il agrippa Gérard, éructa, puis se roula par terre en ouvrant des yeux hagards. La colère de Gérard retomba d'un coup. Andrei arriva à cet instant, horrifié par la scène. Les deux amis connaissaient tous les deux la rigueur du monde des marins, son implacable règle. Ils n'étaient pas sur un vulgaire cargo où l'on accepte les hommes à coup de sang parce que la vie y est si dure qu'on y accepte tout le monde. Ils étaient sur le palace des mers le plus prestigieux du moment, où l'art de vivre compte plus que tout et où, jusqu'au moindre balayeur de pont, tout professionnel se doit d'être le meilleur. Or, la toute première qualité des meilleurs sur un navire, c'est d'être capable de garder une parfaite maîtrise de soi en toutes circonstances. L'attitude de Gérard ne serait pas excusable. Pour lui, l'aventure du *France* se terminerait là. Dégrisé, bras ballants, il regardait Andrei, et dans son regard celui-ci lut un immense désespoir.

15

Andrei ne savait que trop ce que pouvait coûter dans la vie d'un homme le fait d'avoir un idéal et il s'était juré de ne jamais prendre parti pour rien. Mais personne n'échappe à son destin, et Andrei laissa monter en lui les forces qu'il avait jusque-là soigneusement bridées et enfouies. Si Gérard n'avait pas été aussi choqué par ce qui lui arrivait, il aurait pu voir la détermination de cette décision changer jusqu'aux traits du visage de son ami. Andrei se dit que lorsque la direction comprendrait qu'un membre de l'équipage était responsable de la crise de ce passager, elle n'hésiterait pas une seule seconde à rendre sa sanction. Elle licencierait Gérard, et même le syndicat ne pourrait rien y faire. Or Andrei estimait que son camarade avait eu dans la vie son comptant de souffrances et il décida, seul, dans l'intime conviction qu'il se faisait de ce qui était juste et de ce qui ne l'était pas, que l'unique ami qu'il avait au monde garderait son poste sur le *France*. Le destin n'avait qu'à trouver quelqu'un d'autre sur qui s'acharner.

— Chantal va nous aider à sortir de là, dit-il d'un ton autoritaire. Où elle est ?

Gérard, sonné, n'entendit même pas la question, mais Andrei avait des réflexes rapides. Il entra dans la cabine du passager, et appela le pressing par le téléphone intérieur. Par chance, Chantal décrocha.

Elle arriva aussitôt mais Andrei ne lui laissa pas le temps de poser la moindre question. Il lui demanda d'appeler le médecin par les lignes internes et, en deux mots, lui expliqua ce qu'elle devait dire. C'était sobre.

— Tu as trouvé ce passager à terre en arrivant. Tout était comme ça. Tiens-t'en à cette unique version. Ne dis jamais un mot de plus.

Chantal comprit que la responsabilité de son frère était lourde et qu'Andrei le protégeait. Elle avait cet instinct des mères et des sœurs qui, dans les coups durs, devinent l'urgence. Elle avait l'habitude de prendre les choses en main.

— Tu peux compter sur moi, répondit-elle.

Andrei savait qu'elle tiendrait le coup. Il l'avait vue à l'œuvre dans des situations bien pires. Elle avait ce regard droit et cette force qu'il admirait par-dessus tout. Il eut envie de poser la main sur son épaule, mais il se retint. Bien qu'elle ne l'ait jamais agressé d'aucune façon, il sentait qu'il valait mieux ne la provoquer en rien. Face à elle, il se sentait coupable. Il marmonna quelque chose qui pouvait passer pour un remerciement et fila en entraînant Gérard.

16

L'officier Vercors avait terminé son quart mais il n'avait pas rejoint sa cabine. Il s'attardait dans le froid vif de la nuit tout en fumant une de ces cigarettes françaises au goût âcre dont aucun autre membre de l'état-major ne voulait.

Il ne correspondait pas à l'idée qu'on se faisait de lui. On le trouvait fier, élégant et discipliné. Or il était terriblement insoumis, et totalement indifférent à la majorité des choses qui éblouissaient ses congénères. Mais il était l'héritier d'une histoire et il n'était pas de ceux qui renient le passé. Il avait dompté son tempérament. Au début, les choses dans sa vie s'étaient enchaînées naturellement.

— Dans notre famille, les hommes sont faits pour diriger, martelait son grand-père.

Pierre Vercors avait toujours trouvé ce point de vue normal. Il n'avait ni arrogance, ni orgueil. Juste le sentiment que c'était sa place. Il s'en était donné les moyens au prix de quelques sacrifices.

— Les sorties et les filles, ce sera pour plus tard. Tu feras Navale.

Il avait dit « oui » et sa jeunesse s'était passée dans les livres et les interminables heures d'études et de sport.

— Tu ne peux te permettre aucune faiblesse. Mais tu verras, la règle et le travail, ça tient un homme debout.

Manœuvrer la barre, surveiller les instruments et déchiffrer leurs codes, comprendre ce qui se passait, diriger des équipes, l'officier avait une connaissance et un savoir-faire, mais, dès qu'il quittait la timonerie, son esprit était ailleurs. Le monde des marins ne serait jamais celui que son grand-père lui avait inlassablement raconté. Les blanches caravelles n'étaient plus celles de Marco Polo qui glissaient sur les mers par la force des vents. Celles des années 1960 avaient un fuselage d'acier et volaient haut dans le ciel, emportant les voyageurs d'un continent à l'autre par-delà les mers et les océans. L'avion prenait toute sa place. Pierre arrivait trop tard pour le romanesque des grands paquebots et des ports. Le sombre Liverpool, la ligne des Antilles, le temps des colonies. Toute cette mythologie du temps de son grand père, quand Paul Morand débarquait à Shanghai, accueilli par des hommes en casques de liège et des femmes en ombrelles, c'était hier. Pierre n'avait jamais mis les pieds dans les bars troublants des grands ports, même s'il connaissait tous leurs noms et les moindres détails de leurs décors. Capitaine au long cours, son grand-père les avait tous fréquentés. Le Floridita de La Havane où il buvait du daïquiri, le Raffles Bar de Singapour, l'un des plus beaux bars du monde avec ses sièges rouge et or, le Jockey Club de Buenos Aires ou l'Americano de Lisbonne aux baies ouvertes sur le port. Partout dans les escales où les gradés se mélangeaient aux marins, son grand-père était allé. Il avait raconté ses souvenirs à Pierre, des heures et des heures durant, des jours et des années. Comme pour oublier l'autre histoire, celle dont il ne fallait jamais parler.

L'officier Pierre Vercors regardait au loin la ligne d'horizon à peine perceptible. Il se demandait si les récits de son grand père ne l'avaient pas empêché de se sentir tout simplement marin parmi les autres marins. Le monde imaginaire de ses récits étant devenu en lui plus puissant que le monde réel, l'empêchant d'y accéder véritablement. D'autant que la vie de tous les jours le confrontait plus souvent au banal qu'au sublime. Perdre les rêves de son grand-père n'était pas grave, c'est connaître la réalité de ce que vécut son père qui faillit le broyer définitivement. Cette unique fois où il manqua basculer, quand il apprit le drame. Son tempérament indompté se réveilla alors, ébranlant sa famille qui le découvrit sous un tout autre jour. Il connut la révolte et même la violence, il disparut, mais, allez savoir pourquoi, chez lui c'est la raison qui l'emporta. Un beau matin, sans prévenir, il revint et s'isola dans une ligne précise dont il ne dévia plus jamais. Étudier et faire son devoir, rien que son devoir. De l'expérience de la violence, Pierre Vercors avait appris que se révolter contre le passé ne servait à rien, si ce n'est à se fracasser. Dans la ligne stricte de l'obéissance au service de l'État il trouva une certaine grandeur, peut-être même une certaine paix.

Un vent glacial s'était levé. Il prit une longue inspiration. Le *France* avait atteint ses quatre-vingts nœuds, on était déjà à une centaine des côtes.

« *... Les remorqueurs crochent l'aussière pour virer*
Et la nuit d'Australie pleine d'étoiles dures
Enveloppe le quai noir de Wooloomooloo... »

Les mots. L'officier aimait la beauté des mots qui calmaient les doutes, comme ces vers du poète marin Louis Brauquier.

Le froid avait traversé l'épaisse laine de sa gabardine marine. Il la serra contre lui et releva le col. La nuit était froide et belle. Mais ce serait de courte durée. Il s'était renseigné sur les prévisions météorologiques, avait fait mesurer l'oscillation par altimétrie et savait que le temps allait se gâter. Sous l'influence des variations de pression, les houles de l'Atlantique Nord pourraient devenir de véritables murs dépassant les douze mètres, et les vents souffleraient comme des ouragans. Il faudrait être en forme et vigilant. Il se dit qu'il était temps d'aller dormir et quitta le pont. En s'approchant des portes qui menaient à la coursive intérieure, il entendit de la musique. Elle avait été jusqu'alors couverte par le vent qui emportait les notes vers l'arrière du navire. Il comprit que cela venait du bar de l'Atlantique, juste au-dessus. Il tendit l'oreille, on jouait un twist. La fête avait l'air de battre son plein. Pierre Vercors n'était pas un assidu des bars, ni des boîtes de nuit à la mode. Le seul bal qu'il ait jamais connu était celui de son école Navale, et encore, il n'y avait dansé qu'à regret. Mal à l'aise, il s'était senti inélégant et gauche. Quelque chose l'éloignait de la jeunesse de son temps et il ne comprenait pas vraiment quoi. Cela tenait à une sorte de joie qui ne le gagnait pas. Il aurait aimé parfois se joindre à ceux de son âge, être aussi insouciant. Mais il n'y arrivait pas.

Il se sentait investi de ce fameux devoir qui le tenait rigide. Il était l'enfant d'une famille où le bonheur ne se manifestait pas. Sauf parfois fugitivement, du temps où son père était jeune et vivant. Le plus souvent il était heureux d'être ainsi, mais, parfois, cette distance avec la jeunesse de son temps lui faisait un peu mal. Il doutait.

Un éclat de rire le sortit de ses pensées. Sur le pont, juste au-dessus de lui, contre la balustrade, un homme tentait d'embrasser une jeune femme blonde qui riait en se débattant mollement. Quand l'homme y parvint, l'officier sentit une pointe au fond de son cœur. Il y avait eu très peu de femmes dans sa vie, et jamais il n'avait eu avec elles l'insouciante aisance qu'il devinait dans l'attitude de cet homme. Il respira une dernière bouffée de vent. À quoi bon penser à tout ça. Il n'était pas comme eux, voilà tout.

Il jeta machinalement un coup d'œil à l'océan, puis se dirigea d'un pas énergique vers la porte qui menait aux coursives.

17

Sophie n'avait même pas pris le temps de remettre ses escarpins.

À une heure du matin elle n'allait pas rencontrer grand monde, alors à quoi bon ? Elle avait cherché à convaincre Béatrice de rentrer avec elle, en vain. Le photographe venait de lancer un concours de twist et, partis comme ils étaient, ils y passeraient toute la nuit. Sophie avait eu du mal à s'arracher de leurs griffes et maintenant elle avait hâte de se blottir dans son lit. Chubby Checker l'avait vidée. Épuisée mais heureuse, elle sautillait encore dans la coursive tout en fredonnant « *Let's Twist again* » quand elle poussa un cri et s'arrêta net.

Devant elle un homme gisait au sol. Agenouillée près de lui, une jeune femme regardait deux hommes s'éloigner rapidement à l'autre bout de la coursive. Le cri la fit sursauter et elle se retourna. Sophie reconnut la jeune serveuse qui était venue dans leur cabine au début de la soirée.

— Ah ! fit Chantal, vous m'avez fait peur, je croyais que c'était le médecin, je l'attends.

Sophie n'eut pas le temps de la questionner. Au bout de la coursive, la porte du pont supérieur s'ouvrit sur un officier au moment où les deux inconnus s'engouffraient sur la droite dans les escaliers de service. Et au même instant, le médecin qui accourait sortait de l'ascenseur suivi par deux brancardiers.

— Que se passe-t-il ? fit le médecin, anxieux, à Pierre Vercors. Où est le malade ?

— C'est ici ! hurla Chantal. Vite ! Venez !

Les brancardiers accoururent et, après que le médecin l'eut examiné, ils l'emportèrent, suivis par Chantal qui, s'en tenant aux directives d'Andrei, leur expliquait qu'elle venait de le trouver étendu là. Tout s'enchaîna rapidement et l'officier et Sophie se retrouvèrent seuls, aussi stupéfaits l'un que l'autre. L'officier voulut rompre le silence mais il ne trouva rien à dire. Fatigué de sa nuit, il se sentit pris de court. Dans sa courte robe rose, ses escarpins dans une main et ses gants dans l'autre, avec ses pieds nus et ses cheveux encore défaits, Sophie le déstabilisait. La première fois, quand il l'avait surprise au petit salon, elle ne lui avait pas fait d'effet particulier. Il l'avait même trouvée désagréable avec son air de vouloir avoir raison contre l'évidence. Mais, dans ce contexte nocturne inattendu, elle était une autre. Elle était une de ces femmes modernes qui lui paraissaient vivre dans un autre monde que le sien. Dans son élégante et troublante tenue, Sophie représentait pour l'officier un univers fascinant et inaccessible. Un monde de plaisirs et de fêtes, auquel il n'avait jamais eu accès. Celui du couple qu'il venait de surprendre à s'embrasser dans la nuit.

— Avez-vous compris ce qui s'est passé, qui était cet homme ?

Elle le questionnait. Il répondit en s'éclaircissant la voix :

— Non, je ne saurais vous dire mais... je vais me renseigner, j'ai été surpris...

Un cri l'empêcha de poursuivre. De son bras tendu, Sophie désignait des taches rouge sombre sur la moquette.

— Regardez là, et là. Mais quelle horreur !

L'officier s'agenouilla et vérifia la consistance des taches du bout de ses doigts.

— C'est bien du sang, dit-il en se relevant.

Les traces venaient de l'escalier de service. Il repensa à ces deux hommes qu'il avait cru entrevoir et qui avaient rapidement disparu par l'escalier. Trop rapidement, se dit l'officier en se remémorant la scène. Il se dit que quelque chose de plus complexe qu'un simple malaise avait pu se produire. Ce passager avait peut-être été la victime d'une agression ?

Sophie était paralysée. La découverte de ce sang la glaçait. Elle se souvenait elle aussi des deux hommes en bleu de travail et une autre histoire faisait son chemin dans sa tête. Elle imagina un conflit, ou peut être même pire, un meurtre. Après tout, ces deux hommes avaient tout l'air de s'enfuir et ils avaient peut-être blessé à mort ce passager, qui sait ? Dans ces coursives vides, la nuit, tout peut arriver. Elle s'affola. Épuisée de la soirée qu'elle venait de passer elle se laissa gagner par une peur panique. Elle si pleine de vie et d'énergie quelques heures avant, elle tremblait et semblait tout à coup incroyablement fragile. L'officier la vit blêmir et, en une seconde, il retrouva toutes ses capacités. Protéger, rassurer, il savait faire. C'était dans l'ordre des choses dans sa vie d'homme. Malhabile l'instant d'avant face à la féminité de Sophie, il s'approcha avec assurance, enleva sa gabardine de laine marine et la posa avec douceur sur les épaules de la jeune femme pour calmer les frissons qui l'avaient gagnée. Il parla de sa voix grave et douce, lui dit de ne pas s'inquiéter, que tout serait éclairci, qu'il devait y avoir une explication simple à ce qui s'était passé.

— Mais, fit-elle en s'agrippant à lui, je ne veux pas aller seule à ma cabine, ces hommes... ils sont peut-être encore là.

— N'ayez pas peur. Je suis là et je vous accompagne. Je ne vous quitte pas.

Sa voix était calme, enveloppante, et elle fondit en larmes. Quelque chose en elle venait de céder. Il avait suffi de ces derniers mots, de cette voix masculine et Sophie s'abandonnait à sa fragilité, à ses peurs, à sa fatigue.

Il l'entoura de son bras sûr et elle le suivit. Il fut rassurant et discret.

— Dormez bien, lui dit-il quand ils furent à la porte de la cabine. Après de bonnes heures de sommeil, il n'y paraîtra plus, vous verrez. Ce n'était qu'un incident sans gravité. Vous oublierez, le navire est si beau et il y a tant à faire !

Il attendit qu'elle ait refermé la porte et elle entendit ses pas qui s'éloignaient dans la coursive.

Maintenant qu'elle était au calme et en sécurité, Sophie se remettait doucement. Béatrice était rentrée et dormait à poings fermés. Dans la pénombre, elle repensa à ce qu'elle venait de vivre et ne comprit ni sa peur irraisonnée, ni, surtout, ses larmes. Elle qui se croyait forte et pleine de ressources, elle se trouvait stupide d'avoir pleuré devant cet officier. Elle voulait jouer les héroïnes pendant ce voyage, et voilà que dès le premier soir elle larmoyait comme une enfant. Agacée, elle eut du mal à trouver le sommeil. Elle pressentait que, même sur un luxueux paquebot, la vie, ça n'était jamais comme au cinéma. Et c'est à partir de ce moment que pour elle les choses se modifièrent insensiblement.

18

Les événements s'accélérèrent au premier matin. Dans l'hôpital du navire, le médecin et son équipe avaient passé la nuit dans un état d'excitation absolue. Le médecin avait pris contact par radio avec Paris. Guidant son équipe qui s'agitait en tous sens, il avait pratiqué une opération unique dans les annales et il avait complètement oublié Chantal qui les observait dans un coin. Sans le savoir, elle avait assisté à la mise en place d'une première médicale dans l'histoire des navigations. En moins de trois quarts d'heure, grâce aux installations très innovantes de bélinographie du *France*, et en liaison radio avec les professeurs de cardiologie de l'hôpital Boucicaut auxquels ils avaient transmis au fur et à mesure toutes les réactions du malade, le médecin et son équipe avaient réussi à ramener le passager à la vie et à le sortir de ce qui aurait pu se transformer en coma prolongé ou, pire, en mort cérébrale. Ce matin-là, quand elle comprit que tout allait bien et que le malade vivrait, Chantal respira profondément. La nuit avait été éprouvante, mais le malade était sauvé. Chantal quitta discrètement la salle et personne ne fit attention à elle. Tout en retournant vers sa cabine elle réfléchissait, tournait et retournait les choses dans sa tête. Andrei ne lui avait rien expliqué, mais plus elle y pensait, plus elle était sûre que l'administration chercherait à en savoir plus sur l'accident. On l'interrogerait. Que dire ? Mentir ? Ce n'était pas si simple. Elle décida de rejoindre les cabines des hommes qui se trouvaient à l'opposé du navire, sur le pont B à tribord. La porte de la bordée de nuit n'était pas fermée, et les hommes semblaient tous plongés dans un profond sommeil. Heureusement, la couchette de Gérard était la première des dix, près de la porte, et elle put le réveiller sans alerter personne, pas même Andrei. Engourdi, ébahi de la voir, son frère sortit sur le pont. Soulagé d'un poids énorme, il lui raconta comment l'accident était survenu. Quand elle le quitta pour rejoindre sa cabine, Chantal était terriblement inquiète. Elle savait maintenant qu'on chercherait le coupable, et le coupable, c'était son frère.

Une lueur dessinait sur l'océan la ligne de l'horizon. Dans moins d'une heure, le jour serait levé. Le navire était lancé à pleine vitesse et l'air était froid. Derrière les vitres du pont-promenade couvert qu'elle retraversait, Chantal s'aperçut que la mer était lourde. Mauvais. Fille de marin, elle connaissait les nuances de l'océan. C'était la seule chose dont parlait son père quand il avait un reste de lucidité entre les brumes de l'alcool. À voir la surface des eaux se rider, la tempête n'était pas loin. L'air vif se glissait entre les moindres interstices des vitres. On sentait la force des vents du grand large chargés d'iode tenace. Chantal inspira profondément. Elle avait écouté Gérard jusqu'au bout sans réagir et, maintenant qu'elle était seule, la colère montait en elle avec d'autant plus de force qu'elle prenait toute la mesure de l'injustice qui planait sur Gérard. Ces casseurs de bouteilles étaient les fautifs. C'étaient des inconscients. Ils avaient tout pour être heureux, ils étaient les plus riches, et n'en avaient jamais assez. L'excès, toujours plus ! Décidément, se disait-elle, ce sera toujours la même chose. Ceux qui en ont plus que les autres en voudront encore et encore. Et plus elle y pensait, plus elle laissait sa colère monter. Le *France*, pour elle, c'était le symbole d'une vie nouvelle, plus gaie et plus juste, plus légère pour tous. Une vie où tous les hommes profiteraient enfin des richesses acquises et du progrès. L'aube d'un monde où la division des êtres humains en classes sociales serait bientôt bannie, d'où la suppression sur le *France* de l'une des trois classes habituelles qui semblaient autrefois intouchables. Le passé était le passé. On allait vers un monde nouveau, et sur ce navire, fierté des chantiers de Saint-Nazaire et du Havre, symbole de plus de justice et de joie, Chantal était chez elle. C'était la première fois qu'elle se sentait aussi légitime quelque part. Alors ces bouteilles de champagne jetées sur la coque du *France*, c'est comme si ces « privilégiés » les avaient cassées contre le mur de sa propre maison. Les responsables de ce qui s'était passé cette nuit, la cause de la crise cardiaque du passager, c'était eux. Pas son frère. Gérard ne devait pas payer à leur place.

Une colère froide la gagna. Quand elle sentait un danger les menacer, elle ou son frère, Chantal se transformait et devenait plus dure qu'un bloc de granit. Ceux qui s'étaient trouvés confrontés à elle en avaient été stupéfaits. Elle fixait au loin les crêtes des vagues. La mer avait une étrange couleur de violet que l'aube éclairait de nuances mouvantes. Derrière l'illusion de la surface lisse des eaux, elle devinait la profondeur de la houle. Gérard lui avait expliqué qu'il avait un plan avec Andrei et la bordée, elle ne devait rien dire à personne et sous aucun prétexte, surtout pas au syndicat, ni à Michèle. Elle avait promis, et maintenant elle regrettait. Pour elle il fallait aller vite. Et la première chose à faire c'était d'éviter toute fuite sur la présence de son frère et d'Andrei lors de l'accident. Or, deux personnes étaient susceptibles de les reconnaître et de les trahir, la passagère en robe rose et l'officier Pierre Vercors. Elle décida de se fier à son instinct. Elle avait pu vérifier par le passé que les choses parfois échappent à l'analyse et sont de l'ordre du ressenti. L'intuition. Il lui semblait que cette passagère pouvait l'aider. Il fallait la convaincre, parler franchement. Expliquer la bouteille de champagne des inconscients qui avaient blessé son frère, sa fureur légitime, ce sang, jusqu'à cet homme malade qui se trouvait là par hasard et avait des problèmes cardiaques. Elle sentait qu'elle pouvait faire confiance à cette passagère. Dans sa courte vie, Chantal avait très tôt appris à déceler les vices que les autres cachaient. Cette jeune femme ne cachait rien ; elle en était sûre ! En revanche, l'officier Vercors l'inquiétait davantage. Un homme de ce rang recruté sur le *France* était un homme de devoir pour qui ne rentrait en compte que la sécurité des passagers et celle du navire. Pierre Vercors avait la réputation d'être le plus discipliné de ces hommes et, surtout, d'être particulièrement intransigeant avec la vérité. Avait-il eu le temps de voir les visages de Gérard et d'Andrei ? Le mensonge, disait-on, pouvait le rendre fou. Comment dans ces conditions obtenir qu'il mente pour Gérard ? Impensable. Chantal se sentit tout à coup dérisoire face à cet homme, face à un état-major et à sa mission suprême : le *France*.

Un seul espoir venait faiblement éclairer le paysage noir de ses pensées : la passagère du *France* !

Elle pourrait peut-être obtenir le silence de l'officier.

19

Après cette nuit mouvementée, une fois douchée, maquillée, soigneusement coiffée, Sophie s'apprêtait à passer un vêtement pour aller prendre le déjeuner avec les autres journalistes. Elle repensait à l'officier quand on frappa à la porte. Une voix féminine se fit entendre. On devinait la tension à sa façon de parler, rapide et saccadée. Un peu inquiète, Sophie hésita à réveiller Béatrice, mais cette dernière dormait encore à poings fermés.

— Je suis Chantal... c'est moi qui vous ai porté les boissons hier avant le « dîner »... j'étais avec le malade cette nuit... dans la coursive. Je dois vous parler... c'est urgent.

C'était effectivement la voix de la serveuse. Soulagée, pensant avoir des explications à la scène de la veille, Sophie entrouvrit la porte :

— Ah, c'est vous ? Que vous arrive-t-il ?

— Je voudrais vous expliquer, pour hier soir.

— Que s'est-il passé, c'était grave ?

— Euh... non, pour le malade c'est résolu, il est sauvé. Mais c'est un peu long, il faudrait que je vous explique tout ce qui s'est passé. C'est important.

Intriguée, Sophie accepta.

— Attendez-moi là, je finis de me préparer, lança-t-elle de ce ton énergique qui la caractérisait. Vous me raconterez en m'accompagnant, je vais prendre le petit déjeuner et je ne sais pas exactement où se trouve la salle.

Laissant Chantal patienter dans l'entrebâillement de la porte, elle se dirigea vers l'armoire penderie, en fit glisser les panneaux antivibratoires de formica ivoire et en tira deux, puis trois vêtements, qu'elle mit devant elle, face à la glace au-dessus de la commode de métal clair pour juger de l'effet. Elle prenait son temps. L'urgence de Chantal ne la pressait en aucune façon. Elle se décida enfin pour un tailleur jupe gris perle et fila le passer dans le coin salle de bains. Puis elle s'assit face à la glace et commença à essayer des boucles d'oreilles. Quand il fut acquis qu'elle mettrait les perles assorties au gris du tailleur, elle s'occupa de donner un ultime coup de brosse dans ses cheveux qu'elle avait légèrement décoiffés en passant ses vêtements.

Pour Sophie, la vie reprenait son cours et elle terminait ses préparatifs, indifférente à tout sauf à elle-même. Chantal brûlait de lui dire de se dépêcher. On l'attendait à son poste et elle ne pouvait pas se permettre de traîner. Mais elle rongeait son frein et, dans son tablier de travail de coton blanc soigneusement boutonné, elle patientait.

Il y avait dans le rituel de Sophie un art du soin qui la stupéfiait. Elle se revit le matin même devant le lavabo des toilettes communes aux employées, tirant ses cheveux en arrière et les nouant en queue-de-cheval avec un élastique d'un geste sec et brusque de façon à les discipliner et à ne plus avoir à s'en préoccuper. Quelle différence avec cette Sophie qui prenait tout son temps, lissait sa chevelure, relissait, soulevait une mèche, jugeait de l'effet, et enfin vaporisait d'un nuage de laque. Maintenant que la coiffure semblait lui convenir, Sophie tapotait ses joues et les voilait d'une poudre délicate pour faire affleurer du rose sur son visage et l'assortir au gris des perles et du tailleur. Chantal, fascinée, en oublia son exaspération. Complexée d'une légère couperose, elle se revit en train de frotter énergiquement son visage comme s'il fallait le débarrasser d'on ne sait quelle saleté. La propreté sous toutes les coutures, c'était son idée à elle de la beauté.

« Venez vous récurer », disait sa mère quand elle les trempait, elle et son frère, dans la lessiveuse qui servait de baignoire au temps de leur petite enfance. C'était avant l'arrivée d'Andrei, avant que cette même mère, dégoûtée par l'alcool du père, ne les quitte définitivement. Depuis ce temps-là, Chantal « récurait » tout, y compris elle-même.

— Ça y est, je suis prête.

Sophie souriait, satisfaite. Elle semblait à peine maquillée, c'était raffiné, simple et naturel. On aurait dit qu'elle n'avait rien fait, et pourtant elle y en avait passé, du temps ! Chantal n'en revenait pas.

— Allons-y et racontez-moi, dit Sophie. Que s'est-il passé hier soir ?

Elles s'engagèrent dans la coursive en direction des ascenseurs pour rejoindre la salle du petit déjeuner. D'une seule traite et sans rien cacher, Chantal raconta tout. Médusée, Sophie écoutait le récit invraisemblable d'une bouteille de champagne inconsciemment jetée la veille par ses amis jusqu'à cette menace de licenciement qui planait sur cet ouvrier qui avait sorti la tête à l'extérieur au mauvais moment.

— Mon Dieu ! dit-elle, toute retournée en songeant que la bouteille était peut-être celle de Béatrice et qu'elle-même aurait pu l'empêcher de la jeter par-dessus bord. J'espère que votre frère est allé se faire soigner, une bouteille sur la tête, à pareille hauteur, comme il a dû souffrir !

— La blessure, ce n'est rien, s'empressa Chantal. Mais mon frère risque son emploi. S'il devait quitter le *France*, ce serait terrible.

— Il risque son emploi ? Et pourquoi ?

— Parce qu'il n'aurait jamais dû perdre son sang-froid. S'il s'était contenté de râler sans chercher à savoir d'où provenaient ces chocs contre la coque, nous n'en serions pas là. Lui, il s'est énervé, c'est vrai, mais il est consciencieux, il a voulu comprendre et il est allé vérifier. Ces chocs, ça aurait pu être quelque chose de dangereux pour le navire et pour tous les passagers. Il a fait son travail et pourtant c'est lui qui risque d'être licencié pour faute grave à cause de cette fichue bouteille qui l'a mis dans une colère noire. C'est la guigne d'être tombé sur ce malade.

Sophie écoutait, l'air compatissant, mais elle ne comprenait pas où Chantal voulait en venir. En l'observant, cette dernière réalisa que ses explications étaient bien loin d'être suffisantes pour emporter l'adhésion de la passagère. L'avenir professionnel d'un ouvrier perdu dans les entrailles du *France*, qu'est-ce que ça pouvait bien représenter pour une jeune femme comme ça ? Bien peu de chose sûrement, en tout cas elle ne devait avoir aucune idée du désastre que ce serait pour elle et son frère. Et elle se prit à douter. Andrei avait peut-être raison, il aurait peut-être mieux valu se taire et mentir. S'en tenir à la version première, affirmer ne pas avoir vu ces hommes. Ceux de la bordée faisant bloc, ça aurait été une version contre une autre. Celle des ouvriers contre celle d'un officier et d'une passagère. Personne n'aurait pu trancher de façon sûre, et Gérard aurait eu une chance d'échapper à la sanction. Alors que maintenant il était impossible de faire marche arrière. La passagère savait tout.

Chantal n'avait pas dormi de la nuit, et la journée précédente elle avait travaillé sans relâche. Elle ne savait plus trop où elle en était. Épuisée, portée jusque-là par la volonté de sauver son frère, elle sentit ses jambes se dérober. Elle s'appuya contre la paroi de la coursive.

— Mon Dieu, mais qu'est-ce qui vous arrive, vous êtes toute pâle ? Restez là, je vais chercher quelqu'un, s'exclama Sophie en la voyant dans cet état.

— Surtout pas, cria Chantal tout en lui agrippant le bras pour la retenir, ce n'est rien, ça passe déjà, je suis fatiguée, je travaille au pressing très tard dans la nuit. Attendez, juste une minute.

Chantal se reprit très vite. Il lui fallait immédiatement trouver quelque chose de fort, quelque chose qui parlerait à Sophie, qui la ferait réagir. Mais quoi ?

— Moi qui pensais faire un voyage de rêve, je ne m'attendais pas à de pareils événements, soupira alors Sophie. Je ne vous cacherai pas que j'avais quelques craintes, mais voyez comme on peut se tromper. J'ai peur de la mer avec toutes ces histoires de naufrages, surtout celui du *Titanic*, c'est affreux ! J'y ai beaucoup pensé avant d'accepter le voyage, et voilà que je tombe sur une histoire idiote de bouteilles jetées à la mer. Décidément, on pense toujours au pire alors que ce sont les petites histoires qui nous créent des problèmes.

En l'écoutant employer ces termes, « petites histoires », Chantal comprit qu'elle était loin du compte avec Sophie. Mais elle eut comme une révélation. Le *Titanic* allait la sauver. Il fallait faire monter l'angoisse, montrer que cette histoire aurait pu tourner au drame si Gérard n'était pas intervenu. Agrippant Sophie par les épaules, elle se mit à la secouer :

— Justement ! Quand le *Titanic* a heurté l'iceberg, il n'y a eu qu'un seul choc. Souvenez-vous, on en a beaucoup parlé. Personne n'a accordé à ce choc l'importance qu'il méritait et, bien après, on s'est demandé pourquoi. On sait aujourd'hui que si tout le monde avait réagi à temps, bien des vies auraient pu être sauvées. Quand Gérard a entendu le choc des bouteilles contre la coque, il n'a pas compris ce que c'était, mais lui, il est allé voir. Qui sait ce qui peut se produire à l'extérieur d'un navire ? Et s'il s'était agi d'un iceberg qui avait éraflé la coque sans que personne d'autre n'y prête attention ? Il faut la vigilance de tous. Gérard a fait son devoir de marin pendant que d'autres faisaient la fête.

Chantal avait visé juste. La comparaison avec le *Titanic* et l'évocation immanquable du drame terrible que les négligences successives des uns et des autres avaient provoqué eurent sur Sophie un effet foudroyant. Décidée à emporter la cause en dépit de toute vraisemblance, Chantal en rajouta :

— Les casseurs de bouteilles vont continuer le voyage sans être inquiétés alors que ce sont eux les premiers coupables, les seuls coupables. Ce sont des inconscients ! Ça aurait pu être dramatique. On ne sait jamais, si ça avait heurté un hublot et brisé une vitre. L'eau aurait pu s'infiltrer sans que personne ne s'en aperçoive !

Sophie frissonna d'une terreur rétrospective. Sa peur des grands océans resurgit. La vision apocalyptique d'un naufrage s'engouffra dans son cerveau, et dans ce contexte pourtant peu crédible du *France* coulant à cause d'une bouteille et d'un hublot cassé, le frère de Chantal lui apparut comme un sauveur. Quant à ses amis, et elle-même qui n'avait pas eu l'idée de les arrêter sur la terrasse, ils n'étaient plus à ses yeux que de très dangereux irresponsables.

— Comptez sur moi, dit-elle d'une voix émue. Je vous aiderai, je vous en fais la promesse. Je vais aller parler au commandant pour votre frère, tout lui expliquer.

Tout expliquer ! Chantal, qui s'était crue sauvée la seconde d'avant, était maintenant effrayée.

— Non ! Surtout pas ! Il ne faut rien dire.

— Pourquoi ? reprit Sophie, surprise de cette volte-face. Comment comptez-vous faire si vous ne vous expliquez pas ? Il faut dire la vérité. C'est la seule façon de protéger la situation de votre frère.

C'était mal parti pour demander à Sophie de mentir et de convaincre l'officier. Chantal ravala sa demande. Mais d'où sortait cette passagère pour croire qu'il suffisait de dire la vérité pour qu'éclate la justice ? Qui était-elle, qui croyait qu'elle serait entendue et comprise ? Elle ignorait donc tout de la vie, elle était trop naïve. Chantal savait, pour l'avoir vécu, qu'on se compliquait rarement à chercher la vérité. S'il y avait une victime, il fallait au plus vite un coupable. Ce serait Gérard et ça résoudrait tout. Le *France* devait continuer sa route sans le moindre incident.

Chantal regardait maintenant Sophie la toiser l'air buté, et elle regrettait amèrement son initiative. Andrei avait vu juste. Ce serait une parole contre une autre. Seul le mensonge aurait sauvé Gérard. Maintenant il fallait qu'elle répare sa bêtise et que cette passagère accepte d'oublier tout ce qu'elle lui avait raconté. Il ne restait plus que cette solution.

— Puis-je vous demander alors de ne pas faire part de ma démarche et d'oublier tout ce que je vous ai dit ?

Décidément, Sophie n'y comprenait rien de rien. Au lieu de profiter de son aide et de son témoignage qu'elle jugeait précieux, la serveuse les refusait.

— Je vous en prie.

Elle insistait et sa voix s'était faite suppliante. Ébranlée, Sophie accepta. Après tout, se disait-elle, si cette histoire est vraie, les premiers coupables c'était Béatrice et le photographe avec les bouteilles, et puis, cette fille était compliquée mais elle avait quand même l'air sincère. Son frère était certainement innocent et toute cette affaire n'était qu'une succession de mauvais événements.

— C'est d'accord, dit-elle, je ne dirai rien.

Elle lut le soulagement sur les traits de Chantal, et elle en éprouvait tout autant. Elle n'avait aucune envie de commencer ce voyage par des histoires compliquées, et elle avait horreur de ce qu'elle appelait des « embrouilles ».

Chantal s'éloigna après l'avoir remerciée.

— Zut ! fit Sophie qui se retrouvait seule dans une coursive interminable. Maintenant je ne sais même pas où aller pour le petit déjeuner. Quelle idiote, j'aurais mieux fait de demander à cette fille de m'y conduire. Elle me devait bien ça après tout le temps qu'elle m'a fait perdre !

Et elle partit à la recherche d'un ascenseur en râlant, convaincue d'être trop sensible aux affaires des autres et se jurant de ne plus se faire avoir. Décidément, avec ces contrariétés successives, ce voyage ne se passait pas du tout comme prévu.

20

Quand elle entra dans la salle du petit déjeuner, ouverte sur la mer, après une longue quête dans d'interminables coursives et ponts, son visage s'éclaira. Là, tout n'était que délices. Sur la longue table du buffet, les mets s'alignaient, opulents et divers. Fruits, laitages, thés et cafés aux couleurs du monde, chocolats et viennoiseries tout juste sorties des fours, pains croustillants, beurre onctueux, confitures maison de toutes sortes, la vie sur le *France* en ce matin de février 1962, c'était le paradis. Les serveurs passaient et repassaient avec aisance entre les tables, offrant généreusement ces mets frais et exquis. Sophie rejoignit Béatrice, qui était arrivée avant elle. À la table, il y avait aussi le photographe et trois autres confrères.

— Qui c'était, cette fille ? dit Béatrice. Vous m'avez réveillée tout à l'heure en parlant. Qu'est-ce qu'elle voulait ?

Sophie n'avait aucune envie de raconter cette histoire qu'elle jugeait sans queue ni tête, de plus elle avait fait la promesse à Chantal de se taire.

— Une serveuse.

— Oui, et alors, qu'est-ce qu'elle voulait ?

— Rien, c'était pour me parler des boissons du soir.

— Tout ce temps pour des boissons ! Et où étais-tu passée ?

Mais l'Académicien s'avançait, évitant à Sophie d'avoir à répondre. Elle s'empressa de le saluer et de lui faire une place.

— Permettez, dit l'Académicien fraîchement rasé et tout heureux de l'accueil en s'installant entre les deux jeunes femmes.

— Les meilleures places sont toujours pour vous, nota avec ironie le photographe qui avait encore ses lunettes noires sur le nez.

L'Académicien fit mine de fouiller à travers l'opacité des verres de son interlocuteur.

— Comment fait-on pour vous parler droit dans les yeux ? questionna-t-il, moqueur à son tour, ragaillardi par cette belle matinée et cette charmante compagnie.

Le photographe, légèrement avachi sur son siège, les jambes nonchalamment allongées sur le côté de la table, ne parut pas le moins du monde ému par la question.

— Pourquoi, fit-il en soulevant ses lunettes. Vous aviez l'intention de me parler d'homme à homme ?

— Oh, oh !... fit l'Académicien en se penchant vers lui, je vois là des cernes qui en disent long sur votre vie nocturne.

Le photographe laissa retomber ses lunettes sur son nez.

— Tout le monde n'a pas votre âge, dit-il en posant ostensiblement sa main sur le genou de Béatrice. Moi la nuit, contrairement à vous, j'ai encore des choses à faire.

Surprise de ce geste ambigu et très contrariée, Béatrice repoussa vivement la main du photographe. Elle allait dire un mot pour dissiper l'allusion, quand elle fut interrompue par l'autre journaliste. Rédacteur au même journal que le photographe, il trouvait que ce dernier se relâchait et il se dit qu'il était temps de le remettre sur les rails. Le travail n'attendait pas.

— Tiens, tiens ! Tu as autre chose à faire ? Et quoi ?

— Ben... profiter des bonnes occasions, par exemple ! fit l'autre en clignant de l'œil plein de sous-entendus.

— Si tu veux mon avis, reprit l'autre, tu aurais mieux fait d'être au bon endroit au bon moment pour photographier un événement qui s'est produit sur le bateau pendant la nuit.

Le photographe se redressa sur sa chaise. Aurait-il raté quelque chose ? Il replia ses jambes, enleva ses lunettes, et posa ses deux coudes sur la table face au journaliste. Quand on parlait travail, il était immédiatement sur le pied de guerre.

— Qu'est-ce qu'il y a eu cette nuit ?

— Tu as raté une photo, dit l'autre en prenant volontairement un air grave.

Sophie dressa l'oreille. Allaient-ils parler de l'accident, du malade en sang et des deux amis de la serveuse ? L'affaire serait-elle déjà ébruitée ?

Le photographe ne riait plus du tout. Envoyé d'un grand hebdomadaire sur le *France*, il avait pour mission de ne passer à côté de rien, il devait être à la pointe de l'information. Il eut un coup au cœur.

— Mais dis-moi ce qui s'est passé, bon sang ! Et Max ? Il y était ?

Max était sa bête noire, dans le milieu on le surnommait le paparazzi, dernier qualificatif à la mode à cause d'un personnage de *La Dolce Vita*. Ce personnage était un photographe qui attendait les stars en Vespa à la sortie des palaces et qui fonctionnait comme un chasseur. Ses photos faisaient fureur dans les magazines. Comme lui, Max était toujours informé avant tout le monde grâce à ses multiples réseaux dans les palaces de la capitale. Il ne reculait devant rien et n'hésitait pas à ouvrir les portes pour surprendre les idylles naissantes ou occasionnelles. Depuis quelque temps, des jeunes arrivaient sur le marché et, comme lui, ils traquaient les vedettes de la chanson et du cinéma à toutes les heures du jour et de la nuit. Ça se vendait bien. Mieux que la bonne vieille info. La profession changeait et ces photos prises sur le vif déferlaient en masse sur les bureaux des rédactions. Brigitte Bardot en bikini à Saint-Tropez avec un nouveau fiancé, Claudia Cardinale sortant en catimini du Plaza Athénée, on voulait de plus en plus de « sensationnel ». Plus question de se contenter des grands coups prévus à l'avance, il fallait être sur le qui-vive jour et nuit, traquer la star. Pas une minute de répit. L'idée que son concurrent ait pu faire une photo sensationnelle si vite sur le *France* tétanisait le photographe. Sa carrière était en jeu.

Sophie ne perdait pas un mot de la conversation mais se gardait bien d'intervenir. De quoi parlaient-ils et que savaient-ils exactement ?

— Dis-moi, c'est une histoire d'amour ! rugit le photographe, sûr d'avoir trouvé. Qui c'était ? Juliette Gréco ?

— Je ne dirai rien...

— Michèle Morgan ?

— Pas un mot de plus.

— Pitié, arrête de me balader, mets-moi sur une piste ! geignit le photographe.

— Laisse tomber, idiot, coupa le journaliste, agacé, ça n'a rien à voir avec une aventure. Cette nuit, un passager a été hospitalisé sur le navire de toute urgence. Il était dans un sale état pour soi-disant une crise d'épilepsie. En fait, il a fait une crise cardiaque.

— Un malade ! Pfff, on s'en fout, répliqua le photographe soudain très soulagé. À la rédaction ils veulent du beau, du qui fait rêver. Un couple et un baiser dans la nuit en plein vent à la proue du *France*, je fais la photo et elle est à la une. Mais un type allongé sur un lit d'hôpital, c'est glauque, même en dernière page, personne n'en voudra. Un malade, c'est pas un scoop, c'est tout au plus un emmerdement. Point final.

— Max a fait la photo.

Le photographe sursauta. Si le paparazzi avait fait la photo c'est qu'il se passait quelque chose d'autre. Mais quoi ?

— Et pourquoi il a fait une photo, ce con ?

— Justement parce qu'il est moins con que toi. Enlève tes lunettes et réfléchis deux minutes. Une opération en pleine mer. La consultation médicale s'est faite à plus de quatre mille kilomètres de distance, au cœur de l'océan. Ça te parle ?

— Ben...

— Ça devrait, pourtant. Parce que ça ne se fait pas comme ça. C'est grâce à la technologie très performante du *France* que le malade a pu être sauvé. En moins de trois quarts d'heure, le médecin de bord a pris un électrocardiogramme avec les installations de bélinographie. Il l'a collé sur un carton, cinématographié, réduit, et envoyé à Paris. Ça s'appelle une première médicale ! Et toi tu demandes pourquoi Max a fait la photo du type ?

— Ben...

— C'est un miraculé, ce mec. Sauvé par la technique ! Allez, grouille-toi. J'ai déjà écrit l'article et le type est toujours à l'hosto. Tu as du bol !

Le photographe fila sans demander son reste. Il fallait à tout prix l'image du « miraculé ».

Soucieux de passer à des sujets plus distrayants, l'Académicien se tourna vers Sophie et Béatrice et demanda d'un ton léger :

— Et vous, mesdemoiselles, de quels événements mondains plus gais allez-vous nous entretenir ? Je suis sûr que votre œil féminin aura saisi çà et là quelques bonnes anecdotes ?

— Moi, à votre place, intervint le journaliste avant qu'elles n'aient eu le temps d'ouvrir la bouche, je ferais un papier sur les robes de soirée. Au prix des tissus, hier soir elles étaient incomparables. Quel luxe ! Assorties au prix du caviar.

— Et les bijoux ! Vous oubliez les bijoux ? s'empressa d'ajouter le voisin de Sophie qui signait dans un journal économique et venait profiter et se moquer aux frais de la princesse, manière d'avoir la conscience tranquille. Moi, j'ai été ébloui par les pierres précieuses que portaient ces dames, et j'en ai conclu que les affaires de ces messieurs étaient au zénith. Faites un papier sur les bijoux, les filles, ça vaut le coup. Ça pèse lourd, et ça en dit long !

L'occasion pour Sophie était trop belle de leur en faire rabattre. Ils avaient l'air si sûrs d'eux qu'elle faillit dire : « J'y étais cette nuit, j'ai assisté à tout l'accident depuis le début. On a autre chose à faire que parler des bijoux et des robes ! » Non mais ! Est-ce qu'elles leur donnaient des conseils pour leurs articles ?

Mais Béatrice la devança. Elle avait tellement en travers l'allusion du photographe qui avait laissé croire qu'elle aurait passé la nuit avec lui alors qu'il n'en avait rien été, qu'elle sauta sur l'opportunité de démentir.

— Nous ne parlerons ni de robes ni de bijoux. J'ai déjà écrit un papier sur les cuisines du *France*. Les chefs ont préparé par avance pour le dîner de ce soir de grands desserts avec d'immenses nœuds en sucre de toutes les couleurs. Ils ont aussi sculpté un bloc de glace pour servir le caviar. J'ai écrit l'article cette nuit en rentrant dans ma cabine après la fête sur la terrasse, et je l'ai téléphoné tout à l'heure à la rédaction, précisa-t-elle en insistant pour bien faire comprendre où elle avait passé la nuit. D'où ma fatigue de ce matin.

Aux sourires condescendants qu'affichaient les confrères, Sophie voyait que Béatrice s'enfonçait avec son histoire de nœuds en sucre, alors qu'elle disait la vérité. Pendant ce temps, l'Académicien s'était fait servir un thé de Chine. Il était plongé dans la dégustation de viennoiseries qu'il trouvait succulentes, au vu des mimiques qu'il faisait en les absorbant. Mais il réfléchissait à autre chose.

— Au fait, mon jeune ami... dit-il soudain, ignorant la réponse de Béatrice et s'adressant au journaliste. A-t-on dit pourquoi ce passager avait eu une crise cardiaque ?

— Non, et je m'en moque, répondit l'autre. C'est la première médicale, le sujet, pas la crise cardiaque.

L'Académicien hocha la tête, il avait oublié Béatrice et se fichait visiblement de la réponse à la question qu'il lui avait posée. Exaspérée de ce mépris, Sophie explosa :

— Ce qu'on dit vous intéresse manifestement beaucoup, dit-elle d'un ton vif.

— Mais qu'est-ce qui vous prend ? rétorqua le journaliste, tout en enfournant un croissant.

— Et vous continuez à vous gaver de croissants en vous imaginant que vous faites tourner le monde. Bientôt vous ne tournerez plus que sur vous-même vu ce que vous ingurgitez !

Très ennuyé de ce coup d'éclat qui faisait se tourner les regards des autres passagers vers eux, l'Académicien allait à son tour tenter de se défendre en minimisant la querelle, quand Sophie reprit la parole :

— Au fait, pour cette nuit, vous êtes tous très loin de la vérité sur cet accident. Moi, j'y étais.

Et elle se leva :

— Si on allait à la piscine ? dit-elle à Béatrice. Il paraît qu'elle est magnifique, ça nous ferait du bien après tout ce qu'on a mangé hier.

Béatrice se leva d'un bond.

— Quelle bonne idée ! Allons-y tout de suite.

Elles quittèrent les lieux, complices, sous le regard perplexe des deux hommes qui regrettaient déjà leur élégante compagnie.

— Je ne comprendrai jamais les femmes, soupira le journaliste. On les adore et on ne leur demande que de nous éblouir et de nous mettre à leurs pieds avec leur grâce et leur beauté. Or, elles veulent jouer aux mêmes jeux que nous, faire les grandes enquêtrices. À quoi bon ?

— C'est peut-être qu'elles n'ont aucune envie de voir les hommes à leurs pieds, conclut l'Académicien, malicieux, tout en portant à ses lèvres la tasse de thé fumant. Elles les préfèrent debout.

21

— Tu as vu comme ils sont agressifs ! dit Béatrice en s'éloignant. Ils sont incapables de parler d'autre chose que de travail.

— Surtout du leur, corrigea Sophie. Comme s'il était urgent d'aller chercher midi à quatorze heures sur ce bateau. Ils font du zèle, comme toujours.

— Pourquoi tu leur as dit que tu avais assisté à l'accident du passager cette nuit ? C'est vrai ?

— Penses-tu, j'ai dit ça pour les faire taire. Et toi ? Tu as dit que tu écrivais un papier alors que je t'ai vue dormir. C'est à cause de cet idiot de photographe qui voulait laisser croire que tu avais passé la nuit avec lui ?

— Oui. Quel menteur, celui-là. Sous-entendre qu'il s'est passé plein de choses alors qu'il n'y a rien eu de plus qu'un petit flirt sur la terrasse. Quel goujat !

— Laisse tomber, passons à autre chose. On n'a qu'à les éviter. Et la prochaine fois que tu bois un peu trop de champagne, ne le bois pas avec n'importe qui. Viens, allons nager.

Béatrice s'étonna de ce désir soudain. Elle savait que Sophie n'aimait pas particulièrement l'eau.

— Tu es sûre de vouloir nager à cette heure ?

— Mais oui, il faut profiter de tout !

Sophie se disait que l'eau la calmerait. Elle fulminait. Des inconnus qui se trucident dans les couloirs, des confrères qui se prennent pour Albert Londres, des séducteurs menteurs et manipulateurs ! Pas question de se laisser gâcher le voyage ! Elle décida de ne plus rien dire, de ne plus rien entendre et de ne faire qu'une seule chose : vivre entièrement le plaisir d'être là. Il restait quatre jours de traversée, il fallait fuir impérativement toutes ces complications.

22

Gérard et Andrei avaient terminé de boire leur café et fumaient une cigarette dans la salle de repos du personnel. À l'arrière du navire, au niveau du pont principal, la vue sur l'océan était dégagée. Gérard regardait fixement par-delà les vitres l'horizon gris de la surface des eaux, et il y voyait comme un mauvais présage. Comme sa sœur Chantal, Gérard était un peu superstitieux. Et comme elle, il ne voulait pas trop que ça se sache. Les copains du syndicat les auraient chambrés. C'était leur secrète complicité à Chantal et à lui. Quand le sort s'acharnait, ils croisaient les doigts et lançaient une prière au ciel. Ils se disaient que d'y croire ne faisait de mal à personne.

Andrei semblait nerveux et agacé. Dans la salle voisine, de jeunes grooms jouaient au baby-foot et d'autres tapaient au ping-pong. Ils faisaient un boucan terrible, sautaient comme des cabris, hurlaient et poussaient des cris chaque fois qu'ils marquaient un but, s'invectivant et s'encourageant tour à tour.

— Ils ne peuvent pas la boucler un peu ! lâcha Andrei qui avait en horreur l'euphorie des jeux collectifs.

— Laisse, ils sont heureux, c'est bien.

— Cette salle est faite pour le repos, pas pour gueuler.

— Oui, mais celle d'à côté est prévue pour jouer, tu ne peux pas l'empêcher. Ils se défoulent.

— Ils se défoulent de quoi ?

Gérard ne releva pas. Andrei n'était pas comme

d'habitude. Qu'est-ce qu'il lui prenait de s'énerver contre ces gosses ? Ça ne lui ressemblait pas.

Andrei se leva pour aller claquer la porte de communication entre les deux salles. Les jeux et les cris des jeunes grooms s'atténuèrent. Après son geste, il parut calmé.

Une heure avant, le délégué syndical était venu essayer de comprendre d'où venait le sang qu'on avait trouvé sur la moquette et qui semblait provenir de la chaufferie. Mais il était reparti sans explications. Depuis ils n'avaient eu aucun autre écho des évènements de la nuit.

— C'est impossible qu'ils ne disent rien, dit Andrei.

— Ça va venir, lâcha Gérard. De toute façon si ça tourne mal, j'accepterai la décision qu'ils prendront. Je mérite ce qui m'arrive.

Andrei blêmit.

— Tu mérites quoi ?

Sa voix s'était durcie.

— De quoi tu t'accuses avant même qu'on te reproche quoi que ce soit ? Tais-toi et ne dis plus rien ! C'est ce qu'on a décidé de faire cette nuit avec l'équipe et c'est ce qu'on a dit à Francis tout à l'heure, non ? On n'y revient pas.

Gérard baissa la tête. La veille, après l'accident, Andrei avait parlé aux dix de la bordée. Il revit la scène de la nuit quand ils étaient descendus dans la chaufferie après l'accident.

— On n'a rien compris quand on vous a vus filer, avait dit l'un. On n'avait rien entendu.

— Lancer des bouteilles contre la coque ! avait enchaîné un autre après qu'Andrei leur eut tout raconté. Mais ils sont malades ou quoi !

— S'ils commencent comme ça, notre *France*, d'ici peu, sera une vraie poubelle. Faut pas les laisser faire, Gérard a eu raison de mettre le nez dehors pour voir ce qui se passait, sinon on n'aurait jamais rien su de cette histoire de bouteilles !

Andrei avait sauté sur l'occasion :

— Justement, il ne faudrait pas que Gérard soit sanctionné à la place des autres !

— Et pourquoi serait-il sanctionné ? avait demandé un marin.

— Parce que ce sera plus simple pour tout le monde.

— Pas sûr.

— Si, justement, vous savez bien comment ça fonctionne. Une victime, un coupable. Ils vont demander qui est blessé et qui est allé mettre ce sang partout dans la coursive des premières. Normalement, on ne doit pas y mettre les pieds. Alors, pour qu'ils ne trouvent pas lequel de nous les y a mis, il faut affirmer que personne n'a quitté son poste.

— Et comment on fait ?

— On doit tous se blesser d'une façon ou d'une autre. Ils ne doivent pas trouver à qui appartient le sang sur la moquette. Ils doivent douter.

Les hommes avaient à peine eu le temps de comprendre ce qui s'était réellement passé, et voilà que déjà Andrei leur donnait des ordres.

— Mais... avança un mécanicien, comment on va justifier ça ?

— On n'a rien à justifier.

— C'est un peu court.

— Plus c'est court, mieux c'est. Ce sont les faibles qui s'expliquent.

Un silence pesant suivit cette étrange affirmation. Andrei n'était encarté à aucun parti ni à aucun syndicat, et voilà qu'il parlait avec une autorité si soudaine que c'en était presque dérangeant.

— Moi je ne crois pas qu'on soit faible parce qu'on s'explique, au contraire, avait dit alors calmement un mécanicien. Nous, on est du côté de Gérard et on veut le défendre, mais pas comme tu le dis. Il y a des moyens légaux plus simples.

— Lesquels ?

— Le syndicat.

— Surtout pas !

— Et pourquoi ? Tu as quelque chose contre ?

Le mécanicien s'attendait à une critique en règle des syndicats et s'apprêtait à y répondre fermement. Mais Andrei avait autre chose en tête.

— Il ne faut surtout pas créer de conflit entre le syndicat et la direction du *France*. Sous aucun prétexte ! Le *France* ne le mérite pas. On doit régler le problème en amont, entre nous.

Sortir des directives habituelles, des encadrements syndicaux, ce n'était pas dans les manières de ces hommes, professionnels de haut niveau convaincus de discipline et d'organisation. Pourtant, Andrei avait visé juste. Pour le *France* ils étaient prêts à aller très loin. Aucun d'eux n'aurait supporté que ce voyage prestigieux pour le pays tout entier et pour les hommes des chantiers tourne au conflit. Les combats entre syndicats et direction, la défense des intérêts des uns ou des autres, ici ce n'était plus la priorité. La priorité, c'était le *France*. Le paquebot les avait arrachés à la banalité du quotidien, il était un idéal, une perfection. L'harmonie la plus réussie de la technique et de la beauté. Aussi, à la seule pensée de ternir son image, ils étaient prêts à faire beaucoup d'efforts, et même des sacrifices.

— Andrei a raison, dit alors le mécanicien touché par l'argument. Ça ne servirait à rien de créer un conflit et, s'ils décident de débarquer Gérard, il y en aura forcément un. Autant affirmer tout de suite qu'il ne s'est rien passé même si... ça risque d'être difficile. On connaît tous Francis au syndicat, c'est un dur et, à l'état-major, ils sont coriaces. Pour le *France*, la compagnie n'a pas recruté de mauviettes.

— Si on fait bloc et qu'on ne dit rien, reprit Andrei, ils n'auront aucun point d'appui, aucune prise. Le syndicat sera hors d'atteinte puisqu'il ne sera pas maître du jeu. Je suis sûr que, si on tient bon, ils laisseront l'affaire de côté rapidement. Ça les arrangera parce que c'est la meilleure solution pour le bien du *France*. Le seul souci, c'est le malade. Mais si par chance il s'en sort, il n'y aura rien eu de grave. Et il va s'en sortir.

Les dix de la bordée se rangèrent à l'argument. Mais quelque chose les tarabustait. Ils avaient toujours connu Andrei secret, distant, et ils le découvraient sous un tout autre jour. D'où lui venaient cette force et cette détermination à défendre Gérard ?

Montrant l'exemple, il retourna à sa machine et, sans avertir, d'un coup de tête contre la masse d'acier, il fit éclater son arcade sourcilière. Le sang jaillit. Il serra son front avec un grand mouchoir à carreaux qu'il sortit de sa poche puis, comme si rien ne s'était passé, il se mit au travail.

Ce geste inattendu et brutal impressionna très fortement les hommes. Dans leurs yeux, on pouvait lire une admiration entachée d'inquiétude. Mais tous firent comme lui.

Ce matin, en repensant à cette scène de la veille, Gérard observait Andrei. Rien ne semblait le toucher ou même l'émouvoir. Pourquoi ce revirement si brutal ?

Andrei se leva et s'approcha des vitres. À la surface de l'océan affleuraient de petites vagues mousseuses de surface. Petites touches blanches sur un gris vert profond, tour à tour changeant en nuances mauves, puis en trouées de vert émeraude et de noir. Dans le ciel, des nuages lourds s'étaient amoncelés au fur et à mesure de la matinée. Il avait suffi de quelques minutes et l'écume, blanc vif l'instant d'avant, s'était troublée et avait pris un aspect couleur d'huître, opaque. À la rapidité du changement, Andrei déduisit que le vent devait souffler à plus de sept nœuds. Çà et là volaient quelques moutons épars qui confirmèrent ses inquiétudes.

— Il y aura tempête, dit-il sobrement.

— Sûr, acquiesça Gérard. On va avoir du boulot ce soir, ça va rouler et tanguer en bas. Il va falloir s'accrocher.

Il avait écrasé sa cigarette d'un geste appliqué dans le cendrier de verre et s'était levé à son tour pour voir lui aussi l'état de l'océan. Andrei semblait ailleurs.

— À quoi peut-il penser encore ? se demanda Gérard.

Il savait que ça ne servirait à rien de lui poser la question. Andrei ne se confiait jamais. Qui était Andrei ?

Là-haut, les dernières trouées de ciel bleu avaient fini de disparaître, englouties dans la masse des milliards et des milliards de particules d'eau prêtes à tomber toutes ensemble en de fortes trombes de pluie. En cet après-midi de février 1962, le ciel n'était plus qu'une chape grise, si compacte qu'aucun rayon de soleil ne semblait plus jamais pouvoir la traverser un jour.

Blanc, élégant et longiligne, indifférent à la menace du ciel, le *France* fendait les eaux lourdes de l'Atlantique avec une magnifique régularité. On le sentait solide et sûr dans sa masse monumentale. Les crêtes des vagues venaient s'écraser contre le bas de sa coque noire, laissant éclater des mousses légères qui tourbillonnaient contre ses flancs lisses et s'en allaient mourir à l'arrière, dans la vitesse de ses vents.

Andrei était seul au monde, absorbé. Il laissait remonter des souvenirs violents. Qui aurait pu comprendre ? Personne ne savait ce qui était gravé au fer rouge dans sa chair. Lui connaissait le terrible chemin de l'asservissement des hommes. S'accuser pour se faire punir de ce qu'on ne méritait pas, et finir par croire que c'était juste. Il connaissait les abominables méandres tissés de mensonges qu'utilisent les manipulateurs pour se débarrasser ainsi d'autres êtres humains qu'ils disaient leurs frères, leurs amis. Dans la lointaine Russie, des hommes de ce genre avaient broyé sa famille, sa vie d'enfant, et creusé au fond de son ventre un cratère de douleur qui brûlait toujours. Depuis la mort de ses parents, tués dans la terreur des purges de Staline, Andrei ne croyait plus en rien sur cette terre, ni à la paix ni au combat, pas même à l'amitié.

Pourtant, quand il avait entendu Gérard s'accuser de ce qu'il n'avait pas commis, le passé avait resurgi et le mur de pierre qu'il avait dressé entre le monde et lui s'était fissuré.

23

Ce matin-là, il faisait très froid.

Mais cela ne gênait personne et sur le navire flottait un air de belle humeur et d'insouciance. Pendant que les passagers prenaient leur petit déjeuner bien à l'abri dans la luxueuse salle, au-dehors les mousses s'activaient. Ils savaient que sur un paquebot les passagers adorent se promener sur le pont, qu'il pleuve ou qu'il vente. Ils veulent toujours voir la mer et sentir les embruns, c'est leur premier geste matinal après le petit déjeuner, souvent même ils y vont avant et y retournent après. Et plus il vente et plus il pleut, plus ils aiment ça. Alors, en dépit du temps qui s'annonçait très mouvementé, les mousses installaient avec application de beaux coussins rouges aux initiales de la compagnie sur les transats modernes du pont véranda. Il en fallait pour tout le monde, les passagers affluaient. Le navire étincelait de propreté et ses couleurs franches, le blanc immaculé de ses ponts et le rouge de ses toiles, éclaboussaient le temps gris de leur insubmersible gaîté. La morosité de la météo n'y changeait rien, la vie sur le *France* était pleine d'optimisme. Tout le monde trouvait son rythme. Les débris des fêtes de la veille avaient disparu depuis bien longtemps sous les nettoyages énergiques du personnel qui mettait la dernière touche aux salons pour que tout soit frais. Les femmes de chambre aéraient les cabines, les grooms souriants passaient avec des corbeilles de fruits qu'ils portaient aux cuisines et les filles de salle corrigeaient les bouquets, remettant çà et là des glaïeuls de couleur. Au milieu de cette activité frénétique, les premiers passagers tôt levés et soucieux de leur forme pratiquaient des sports matinaux. Piscine, gymnastique en salle sur des appareils dernier cri, petit footing sur les ponts de l'avant à l'arrière, de tribord à bâbord, ils utilisaient l'espace en tous sens. D'autres les croisaient, plus calmes, sillonnant eux aussi le navire, curieux de tout visiter. Élégants et joyeux, ils se pressaient d'un pont à un autre, admiratifs de tout ce qu'ils découvraient. Ils affichaient des sourires éblouis.

Accoudée au pont supérieur, face à l'océan qui lui envoyait au visage des embruns glacés, Sophie avait oublié les ennuis et se sentait l'esprit conquérant. Elle allait vers l'Amérique dans le paquebot le plus grand, le plus beau et le plus admiré du monde. La France rayonnait de ses succès. L'économie, l'industrie, le commerce, le bâtiment, la mode, l'art, tout fonctionnait à plein régime. Sur le *France*, on commençait à passer d'une classe à l'autre dans les deux sens sans trop se préoccuper des barrières sociales et on adorait ça. La civilisation allait atteindre sa pierre de touche. Enfin.

24

Pendant ce temps, dans un bureau situé au niveau du grand hall, l'état-major réglait le problème de la nuit :

— Ils ne diront rien.

Le commissaire principal et le responsable syndical, Francis, échangeaient leurs conclusions sur l'affaire. Un tel échange entre eux était exceptionnel, mais il y allait de la réputation du *France* et Francis ne transigeait pas.

Le malade était sorti d'affaire et avait pu s'expliquer, il avait parlé d'un homme en bleu de travail qui courait dans la coursive, qui hurlait et qui était en sang. Version confirmée par d'autres passagers qui s'étaient plaints d'avoir eux aussi entendu des cris mais qui n'avaient pas osé sortir de leur cabine. Le service de nettoyage avait passé le reste de la nuit à essayer de faire disparaître le sang qui avait taché la moquette, et le passager, bien que guéri, était toujours en salle de soins. Ce qui s'était passé était inadmissible. Francis et le commissaire de bord étaient d'accord. Aucun des professionnels sur ce navire n'avait le droit de faire une chose pareille.

— Qu'il aille sur des cargos s'il veut pouvoir disjoncter, avait dit Francis juste l'instant d'avant aux gars de la bordée qu'il avait rassemblés. Là, il trouvera des batailleurs, des hommes comme lui. Il n'a rien à faire sur le *France* ! Bon sang de bon sang, sur ce bateau on doit être irréprochables, tous !

Mais il avait parlé dans le vide. Personne n'avait dénoncé personne. Des dix de la bordée, pas un n'avait cillé.

— Vous avez bien dû voir si l'un était blessé, insista le commissaire. Le sang qui est sur la moquette vient bien de quelque part.

— Ils sont tous blessés.

Le commissaire eut du mal à se contenir.

— Comment ça, ils sont tous blessés ?

— Ils racontent qu'à la manœuvre ils ont été bousculés et qu'ils sont tombés contre les machines. Ils n'y ont pas été de main morte. Ce sont des durs, et ils sont soudés. Ils vont régler ça entre eux.

Le commissaire était exaspéré mais il essayait de réfléchir calmement. Il avait derrière lui des années de métier, à dénouer des situations compliquées, et il évaluait la difficulté de cette affaire. A priori, rien de grave, mais c'était très sérieux, car il y en allait de la cohésion de l'équipage. Pour une fois le syndicat était du même avis, mais Francis n'avait pas pu avoir la moindre information sur ce qui s'était réellement passé. C'était mauvais signe pour la suite. La sélection des hommes pour intégrer le *France* avait été draconienne. C'était l'élite, les meilleurs dans leur domaine. Le syndicat et eux étaient d'accord, tous les membres embarqués étaient professionnellement et humainement extrêmement fiables. Ce dérapage l'inquiétait, et le silence des dix de la bordée encore plus.

— On fait peut-être une grossière erreur en s'attardant sur un seul homme. S'ils sont tous blessés, c'est peut-être qu'il y a eu une bagarre générale. Peut-être qu'ils ont abusé du champagne hier soir ?

— Une bagarre ! Non, c'est impossible, dit Francis, effrayé à son tour qu'une pareille idée puisse germer dans le cerveau du commissaire. Le champagne, dit-il, c'était pour fêter la première. Il n'y a pas eu d'abus, bien au contraire. J'y étais. Je suis sûr qu'il n'y a pas eu de bagarre. En revanche, il est possible qu'un des gars n'ait pas supporté l'alcool et qu'il ait dérapé. Les autres le protégeraient.

— Déraper ! hurla le commissaire. Quelle hérésie ! On ne « dérape » pas sur le *France*. Notre passager a fait une crise cardiaque après la crise d'épilepsie. Vous imaginez le désastre pour la famille de cet homme, pour notre compagnie et surtout pour le *France* s'il était décédé à cause d'un dérapage !

Francis aussi était catastrophé. Il ne comprenait pas pourquoi les hommes ne lui disaient rien.

— Dans cette bordée il y a les meilleurs. Les plus sûrs. Ceux qu'on réserve pour les manœuvres les plus sensibles. Southampton, c'était pour eux. Ils sont solides, calmes. Il faut chercher ailleurs.

— Bon sang ! s'exclama le commissaire. Chercher, c'est bien beau, mais chercher qui ? On a autre chose à faire sur ce navire ! En tout cas, rien ne doit filtrer de ce qui s'est passé. Pour le *France*, ce serait très mauvais.

— C'est sûr, ajouta Francis effrayé lui aussi à cette perspective. Il ne manquerait plus que ça. Mais... avec le nombre de journalistes présents, il ne faudrait pas qu'un fouineur veuille en savoir plus.

— Pensez donc. Les journalistes sont comme les passagers, ils veulent fêter le *France*, pas l'enfoncer. Nos services de communication ont déjà mis en avant la première médicale. Un coup de génie ! Heureusement. Ça a passionné les journalistes et ils attendent le médecin pour l'interviewer. Pour aujourd'hui, ils ont ce qu'il faut à se mettre sous la dent et ils ne chercheront pas plus loin. Il ne faut rien ébruiter.

— De notre côté, on ne risque pas de parler, voyez du vôtre ! conclut Francis en prenant la porte.

Tout en rejoignant son bureau, le responsable syndical se sentait mal à l'aise. Même pour la bonne cause, il n'aimait pas discuter des hommes avec le commissaire. Il préférait régler les problèmes de son côté. Il n'avait pas parlé d'Andrei Nicolaï. Andrei n'appartenait à aucun syndicat, et, lors des embauches, Francis l'avait rayé des listes, il ne le sentait pas. Mais il avait fini par céder sur l'insistance forcenée de Gérard, un copain fiable et syndiqué depuis longtemps. Quelque chose chez Andrei laissait Francis sur ses gardes. Une fine cicatrice fendait la joue du Russe jusqu'à la lèvre supérieure. Quand on lui demandait d'où il la tenait, il éludait la question. Il avait un regard bleu acier et un visage coupé au couteau. Le genre de physique qui fascine et inquiète. Pourtant Francis le voyait mal « déraper ». Il le sentait beaucoup trop froid pour ça, trop maître de lui.

— Tiens, se dit-il soudain, étonné de ne pas y avoir pensé avant. Je vais faire monter Gérard dans mon bureau. Avec lui je finirai bien par savoir quelque chose. C'est un fort en gueule mais ce n'est pas un dur. Je dois pouvoir le faire parler, il me doit l'embauche d'Andrei.

— Claudine, dit-il d'une voix autoritaire à la secrétaire du bureau qu'il occupait sur le *France*, au titre de responsable syndical, appelez-moi Gérard à la bordée de nuit. Je veux lui parler.

Claudine s'exécuta et Francis se cala dans son siège. Il ne pouvait s'empêcher d'éprouver une satisfaction orgueilleuse d'avoir un bureau sur le *France* comme un membre de l'état-major. C'était la conquête du syndicat d'avoir obtenu ce bureau et ils en étaient légitimement fiers, tous.

Cinq minutes après, Gérard arrivait, suivi d'Andrei.

— Mais qu'est-ce que tu fais là, Andrei ? questionna Francis, ahuri de le voir entrer. Je veux voir Gérard, c'est tout.

— Tu as voulu voir Gérard, tu aurais voulu en voir un autre, c'était pareil. Jusqu'à ce que cette affaire soit réglée, nous parlons ensemble.

Francis accusa le coup.

— Tiens, dit-il d'un ton acide, on m'avait laissé entendre que tu n'aimais pas les prises de position, ni les regroupements, ni la ligne des partis. Je croyais que tu étais un solitaire. Tu as changé d'avis, tu veux t'inscrire ?

Andrei avait la capacité de passer à travers les agressions de tous ordres avec un calme très déstabilisant pour ceux qui se frottaient à lui.

— On reprend le quart en soirée, dit-il posément, ignorant la remarque. Le temps passe et il nous faut y aller. Que voulais-tu ?

C'en était trop. Devant Gérard, et dans son propre bureau, Francis ne pouvait se laisser traiter ainsi. Le délégué, c'était lui, et celui qui posait les questions, c'était encore lui. Il se leva et vint se poster face à Andrei.

— Écoute-moi bien, dit-il de cette voix acide qui lui était si particulière, ce n'est pas toi qui as en charge la marche de ce navire. Et la seule loi qui compte ici, ce n'est ni la tienne, ni la mienne, ni celle de quiconque. C'est celle du *France* et tu t'y plieras, comme nous tous.

— C'est ce que je fais. Nous nous plions tous à la loi du *France*.

La réponse était sans ambiguïté et elle sonnait juste. Déstabilisé, Francis s'énerva :

— Alors, pour le bien du *France*, tu restes à ta place, aux machines, et bien content d'y être. Autant que tu le saches et que ce soit clair entre nous, sans Gérard tu ne serais pas là. Moi, je ne voulais pas qu'on t'embauche.

— Écoute Francis, intervint Gérard. Pour Andrei, tu te trompes. C'est vrai ce qu'il dit, pour nous tous à la bordée la seule chose qui compte c'est de faire un boulot impeccable aux machines. Et je peux te dire qu'Andrei assure, plus qu'aucun autre.

Francis comprit qu'il ne pourrait rien en tirer. Il bougonna et les laissa repartir, non sans jeter à l'impassible Andrei un œil noir plein de menaces. Ce dernier avait un charisme évident et Francis ne pouvait supporter l'idée que les hommes le couvrent. Plus que jamais il fut certain qu'il avait quelque chose à voir avec l'accident et il se jura de tirer l'affaire au clair. Mais, pour l'heure, pas question de créer des polémiques. Francis aussi aimait le *France*.

Claudine l'observait du coin de l'œil.

— Tu ne devrais pas te mettre dans cet état pour si peu, dit-elle. Laisse tomber cette affaire, d'ici demain personne n'y pensera plus. Le malade sera guéri et le commissaire aura d'autres chats à fouetter.

Elle ne comprenait pas pourquoi Francis faisait toutes ces histoires pour un malheureux incident qui n'avait tué personne. En revanche, elle avait vu son œil noir sur Andrei et savait pourquoi il ne l'aimait pas. À la pause du déjeuner, elle s'empressa d'aller tout raconter à son amie Michèle du pressing :

— Si Francis avait pu, il aurait envoyé son poing dans la figure d'Andrei. Il y a longtemps qu'il attend ça.

— Et pourquoi ? Qu'a-t-il contre lui ?

— Tu ne sais pas ? Tu n'es pas au courant ?

— Au courant de quoi ? fit Michèle, surprise que quelque potin ait pu lui échapper.

— Il est jaloux !

— Jaloux ? Mais de qui ?

— Francis est jaloux d'Andrei.

Michèle leva les yeux au ciel comme si elle venait d'entendre une énormité.

— Et pourquoi serait-il jaloux d'Andrei qu'on n'entend jamais nulle part ?

Un bon sauté fumant venait d'être servi et Claudine se dépêcha d'en remplir son assiette ainsi que celle de Michèle. Puis quand elle fut sûre d'avoir sa part, elle retourna à son affaire :

— Il est jaloux à cause de Chantal, lâcha-t-elle d'un air de conspiratrice tout en reposant le plat au centre de la table.

— Chantal ?

— Oui. C'est à cause d'elle que Francis ne peut pas voir Andrei. Il est jaloux parce que Chantal est amoureuse du Russe.

Michèle en avala de travers la fourchette de sauté brûlant qu'elle venait d'enfourner, et faillit s'étouffer.

— Ça alors ! dit elle en se raclant la gorge et en portant sa main grassouillette à son cou. Et c'est ça, ton secret ? Eh ben, ma pauvre Claudine, tu es loin du compte. Chantal, elle ne peut pas le voir, Andrei. J'en sais quelque chose. Elle ne peut même pas supporter sa présence.

Claudine n'y comprenait plus rien. Tout en tapant énergiquement sur le dos de Michèle pour l'aider à faire passer le sauté dans le bon conduit, elle ouvrait de gros yeux ronds.

— Ah bon ? Mais une fois je les ai entendus s'engueuler à ce sujet, elle et Francis. Ils étaient dans le bureau et je les ai écoutés, derrière la porte.

Michèle se redressa en repoussant Claudine qui cessa de taper, elle respirait à nouveau. L'indiscrétion de la secrétaire ne la dérangeait pas le moins du monde. Elle aussi était une spécialiste des potins, et la façon de les obtenir comptait bien moins que la satisfaction qu'elle retirait d'en avoir connaissance.

— Et qu'est-ce qu'ils disaient ?

Claudine raconta :

— « Ton Andrei est un faux jeton, disait Francis il cache des choses pas claires. Que Gérard se fasse avoir comme ton père, ça ne m'étonne pas, c'est un gentil. Mais toi, je ne t'aurais pas crue si naïve. » Et là, tu connais Chantal quand elle est en colère. Elle devient toute blanche. Elle lui a répondu que, s'il continuait à la harceler comme ça, elle ne viendrait plus aux réunions du syndicat. Et après, elle a ajouté : « J'ai le droit d'aimer qui je veux et ça ne te regarde pas » !

— Tu es sûre qu'elle a dit ça ?

— Sûre. Mot pour mot.

— Tu as peut-être mal entendu ou mal interprété.

— Non. C'était bien clair. Francis a été si surpris qu'il n'a plus rien dit, et moi, comme il ne se passait plus rien, je suis entrée dans le bureau. Chantal est partie et j'ai bien vu que Francis en avait pris un coup.

Cette fois, c'était au tour de Michèle de ne rien comprendre. Pourquoi Chantal avait-elle avoué ça à Francis ? Elle aurait bien voulu en savoir plus tout de suite, mais Claudine s'était attaquée au sauté de veau et ce n'était plus le moment de l'interrompre. De toute façon, se dit Michèle en attrapant la corbeille du pain, elle connaîtrait le fin mot de l'histoire. Et elle se promit d'en parler directement à Chantal.

25

La journée passa à toute vitesse. Sophie voulait aller partout et entraînait Béatrice d'un pont à l'autre, de haut en bas, de bâbord à tribord, au pas de charge. Elles visitèrent tout ce qu'elles purent, fumoirs, bibliothèques, salons de lecture et d'écriture, salle de sport. Sophie n'en revenait pas. Comment tout cela pouvait-il tenir sur un bateau ? Comment pouvait-il y avoir tant de salles de spectacle, de salons et de bars, de restaurants et de commerces ? Elles étaient si épuisées à force de monter, descendre et aller de gauche à droite qu'elles furent les premières à aller s'asseoir dans la grande salle à manger Versailles. Elles déjeunèrent de façon copieuse et furent tellement gourmandes que, deux heures plus tard, elles étaient toujours à table. Quand, enfin, elles se décidèrent à se lever, leur estomac était si lourd qu'elles n'avaient plus la force de courir. D'un commun accord, elles décidèrent de se rendre tranquillement aux Galeries Lafayette. La célèbre enseigne avait ouvert sur le *France* un espace de mode luxueux et, dans l'interminable série de vitrines richement éclairées qui couvraient toute la longueur d'une coursive, elles avaient eu l'occasion de repérer quelques babioles dans leurs moyens.

— Je n'ai besoin de rien, dit Sophie, mais je veux absolument acheter quelque chose. Ça fera un souvenir de ma première traversée.

— Oui, tu as bien raison, je vais faire pareil. Un petit sac ou un twin-set bleu, comme l'océan, ça sera génial !

Rieuses et excitées comme si elles allaient faire quelque chose d'extraordinaire, les deux jeunes femmes se dirigèrent vers les ascenseurs dont les portes s'ouvrirent sur l'Académicien, juste quand elles arrivaient.

— Décidément, grinça Béatrice, impossible de vous éviter, vous êtes partout.

— Je suis incontournable ! répondit-il sans s'émouvoir de son ton désagréable. (Puis, cérémonieusement, il ajouta :) Mesdemoiselles ! À quel étage puis-je vous conduire ?

— Aux boutiques, dit Sophie en réfléchissant, je crois qu'elles sont... au quatrième.

— Ah, ah ! Vous courez déjà à la rue du Faubourg-Saint-Honoré, c'est bien féminin, ça, d'aller faire les boutiques sur un bateau !

Agacée, Béatrice se hâta d'appuyer sur le bouton du quatrième, devançant le doigt que l'Académicien s'apprêtait à y poser. Elle était loin d'avoir digéré la scène du petit déjeuner.

Soucieux de garder intacte sa réputation de fair-play, l'Académicien, qui s'en voulait de son indélicatesse matinale, chercha à se faire pardonner.

— Puis-je vous inviter à prendre une collation au salon Debussy, on y donne tout à l'heure un concert : *Jeux d'eau*. Il y aura Roland Dor au piano, ce devrait être une excellente interprétation.

— Non, désolées. Nous avons beaucoup à faire.

Surpris par le cinglant de la réponse, l'Académicien ne put retenir une grimace de contrariété. Visiblement, Béatrice ne décolérait pas.

Sophie soupira. Elle n'avait aucune envie de ces crispations et eut une idée qu'elle jugea lumineuse.

— Je viendrais volontiers écouter le concert dès que nous aurons terminé nos courses, dit-elle en prenant son air le plus aimable. Mais, savez-vous ce qui nous ferait encore un plus grand plaisir ?

Soulagé de trouver une porte de sortie, l'Académicien s'empressa :

— Demandez, je ferai tout ce qui est en mon pouvoir.

— Faites-nous inviter à la table du commandant pour le dîner de ce soir.

Le visage de l'Académicien se figea et celui de Béatrice s'éclaira. Comment n'y avait-elle pas pensé ? Sophie était ravie de son initiative.

— C'est-à-dire... bafouilla l'Académicien, pris de court, ce serait avec... grand plaisir, seulement... ce n'est pas si simple. Cela me semble même impossible, autant vous l'avouer. Hier, c'était un tour de force. Je vous avais fait inviter, mais, je ne sais pour quelle raison, le maître d'hôtel a changé ses plans à la toute dernière minute. Impossible de savoir pourquoi. Je ne vous cacherai pas que ça m'a semblé bizarre et je crains que cette fois encore...

La sonnerie du quatrième étage l'interrompit et les portes de l'ascenseur s'ouvrirent, précipitant les deux amies sur le palier.

— Je suis sûre que vous y arriverez ! lança Sophie, malicieuse.

L'Académicien allait ouvrir la bouche pour lui faire part de ses réticences, mais les portes de l'ascenseur se refermèrent sur son visage stupéfait et il disparut, aspiré vers les hauteurs

— Génial ! s'exclama Béatrice, ravie. Quelle excellente idée tu as eu de lui demander ça !

— N'est ce pas ? Maintenant il va se sentir obligé de nous l'obtenir, et cette fois, crois-moi, on va les descendre, les escaliers de la salle Chambord !

Regonflées par la perspective de dîner enfin à la table la plus en vue du *France*, elles entrèrent dans la boutique des Galeries Lafayette avec la ferme intention de s'offrir quelque chose et d'aller ensuite se faire coiffer.

— Ça va coûter cher, se disait Sophie intérieurement, mais je peux bien me payer ça. Je l'ai bien mérité.

Chaque fois qu'elle dérogeait à l'ancestrale règle d'économie enseignée par sa mère pour s'octroyer quelques excès, Sophie faisait appel à sa propre évaluation du mérite.

Sacs de cuir grainé en crocodile de couleur fauve, robes, pantalons et foulards aériens, la boutique des Galeries Lafayette dégageait un parfum raffiné. Des bouquets de fleurs étaient posés sur des guéridons de métal et des vendeuses à la voix douce et aux mains impeccables officiaient derrière de longs présentoirs aux plateaux de verre. Un peu impressionnées par cette atmosphère de luxe froid, Béatrice et Sophie surmontèrent leur trouble, et, cependant que Béatrice se faisait montrer les sacs, Sophie demanda à essayer un foulard. La vendeuse fit glisser de sous le présentoir de verre un plateau garni de grands carrés soigneusement pliés et, d'un geste sûr, en tira un de soie bleu marine de marque Hermès. Elle le déplia et le passa autour du visage de Sophie puis le noua élégamment dans sa nuque.

— Il vous va à merveille, fit-elle alors en se reculant pour juger de l'effet. Quelle classe cela vous donne ! On dirait cette actrice brune dont on parle beaucoup et qui a tant d'allure. Anouk Aimée ! Vous la connaissez ? Tenez, regardez-vous là dans le miroir.

La vendeuse ne pouvait pas deviner à quel point sa comparaison tombait juste par rapport à Sophie. Aussi quand elle posa sur le comptoir un miroir cerclé de métal doré pour qu'elle y admire son reflet, elle fut agréablement surprise de la rapidité de la réponse.

— C'est vrai, on dirait qu'il est fait pour moi, dit Sophie, qui, pour parfaire la ressemblance avec l'actrice, mit ses lunettes noires et tourna la tête en tous sens pour juger de l'effet sous tous les angles. Je le prends. Quel est son prix ?

— Mille francs, mademoiselle.

Mille francs ! Sophie crut avoir mal compris mais n'osa reformuler sa demande.

— C'est une folie, lui glissa Béatrice à l'oreille en lui montrant le sac en vachette qu'elle venait de choisir. Regarde, moi j'ai été raisonnable.

Délaissant le crocodile vu les tarifs exorbitants qu'on lui avait annoncés, elle encourageait Sophie à suivre son exemple.

— Je vais réfléchir, dit alors celle-ci. Il me va bien, c'est vrai, mais... il est un peu cher.

Dénouant à regret la soie marine du tour de son visage et de son cou, elle s'en voulait déjà de sa décision raisonnable quand le téléphone intérieur sonna. L'autre vendeuse décrocha et fit un signe discret à sa collègue qui la rejoignit. Sophie les entendit dire que Chantal avait des ennuis.

Décidément pensa-t-elle, pour une affaire qui devait rester discrète, tout le monde était déjà au courant. Et, peut-être pour se féliciter de n'avoir pas donné suite à la demande de cette Chantal dans une histoire qui faisait déjà le tour du navire, elle changea brusquement d'avis et décida de s'offrir le foulard.

— Vous êtes sûre ? questionna la vendeuse, étonnée par cette volte-face. Je ne voudrais pas que vous regrettiez votre achat. Nous tenons à ce que nos clientes soient satisfaites, si vous voulez je peux le mettre de côté et vous repasserez demain après avoir réfléchi.

Agréablement surprise de cette vendeuse qui ne forçait pas à la vente, Sophie confirma. La jeune femme fit alors le paquet qu'elle glissa dans un beau sac de papier blanc rigide sur lequel était écrit en bleu cobalt et lettres stylisées : « À bord du *France.* » Sophie prit délicatement la poche, fière d'y voir cette inscription, et se jura de la garder en souvenir.

— Ce foulard vous portera bonheur, dit la vendeuse, vous avez bien fait de vous décider. À New York, nous allons être dévalisées et vous ne l'auriez pas retrouvé. Les Américaines sont folles de nos nouveautés et le carnet des rendez-vous d'essayage est complet.

— Ah bon ! Mais pourquoi ? Les boutiques françaises de luxe sont installées à New York, elles peuvent y aller ! fit judicieusement remarquer Sophie

— Les boutiques en ville, ce n'est pas pareil. Les riches Américaines qui n'ont pu obtenir des places pour le premier voyage n'attendent qu'une chose, acheter sur le bateau. Tout ce qui vient du *France* les fascine et, dès qu'elles pourront monter à bord à Manhattan, lors de la visite organisée au Pier 88, ce sera la ruée. C'est pour cette raison qu'on a fait des poches spéciales, comme celle que je viens de vous donner. Ce que nous mettons en évidence, c'est le nom du paquebot, pas celui des marques ou du magasin. D'ailleurs, ajouta-t-elle, soucieuse, je me demande si nous en aurons assez pour les contenter toutes. Elles vont faire fureur, toutes les clientes en veulent déjà et en redemandent. Nous sommes forcées de refuser, nous devons en garder pour New York.

Sophie, qui tenait sa poche le long de son corps, releva aussitôt son bras contre sa taille, de façon à mettre l'inscription bien en évidence.

— C'est vrai que ces sacs sont jolis, dit-elle, et puis ça fera un souvenir. Mais... qu'est-ce que c'est, le « Pier 88 » ?

— C'est le numéro du quai d'amarrage des bateaux de la French Line, sur l'Hudson. Nous sommes très attendus là-bas, la folie ! Tellement de gens n'ont pas pu avoir de billet pour le premier voyage. Certains pourtant s'y sont pris dès la construction du *France* et ils ont fait des pieds et des mains.

— Mais il y aura plein d'autres traversées, ils feront le voyage suivant.

— Le suivant ! s'exclama la vendeuse. Vous voulez rire, les réservations sont complètes sur deux ans et bien au-delà, on en enregistre par centaines tous les jours.

Sophie n'en revenait pas et prenait encore davantage la mesure du privilège qui était le sien. Elle regarda sa montre : 15 heures. Elles avaient encore du temps avant d'aller se faire coiffer et maquiller. Elles quittèrent la boutique et décidèrent de flâner au hasard. Curieusement, tout au long de cette journée, pas un instant Sophie ne pensa à la présence de l'océan. Elle l'avait même complètement oublié. En fait, depuis qu'elle avait posé le pied sur le navire, elle avait eu peu d'occasions de le voir, tant l'espace intérieur était gigantesque. L'unique fois où elles s'aventurèrent sur le pont-promenade couvert, il faisait tellement froid et il y avait tant de monde qu'elles se replièrent immédiatement vers l'intérieur et n'en sortirent plus. Elles circulaient par d'étroites coursives reliées par des ascenseurs, avec çà et là quelques halls dispersants, elles auraient pu être dans une petite ville avec tout ce qu'on peut désirer et au-delà. Boutiques, bars, restaurants, cinémas, salles de sport, piscines, salles de jeux, bibliothèques, salles de repos, salles de lecture, un hôpital avec salle d'opération, un chenil, une garderie, une chapelle, et même une prison.

— Une prison !

Elles furent stupéfaites

— Il faut bien, leur expliqua un cabinier. Un dangereux individu peut se glisser sur un navire de cette taille. C'est très surveillé mais... qui sait ?

Une angoisse étreignit Sophie. Elle repensa à la nuit passée et aux deux hommes qui s'étaient enfuis. Et s'ils étaient de « dangereux individus » ? Chantal lui avait raconté son histoire, mais disait-elle vrai ? Elle voulait peut-être protéger un amant, et celui-ci était peut-être un voleur prêt au pire. Il y avait beaucoup d'argent sur ce navire. Les gens étaient riches, les femmes portaient de l'or, des parures de grands joailliers. Et si la serveuse, malgré son air, était de mèche avec eux ? Elle promit d'aller se renseigner pour être plus tranquille.

— Tu as remarqué ? dit Béatrice en la tirant par le bras.

— Quoi ?

— Cette lumière.

— Quelle lumière ?

— Celle du bateau.

— Tu veux dire l'éclairage ?

— Oui. On dirait que c'est le même sur tout le navire. Et on dirait qu'il est rosé. Tu ne trouves pas ?

Effectivement, Sophie avait déjà remarqué que quelque chose dans l'atmosphère à l'intérieur du navire était particulièrement doux, et elle s'était aussi étonnée de l'harmonie de l'épiderme sur les visages de tous ceux qu'elle croisait, jeunes ou vieux. Mais elle n'avait pas pensé à l'éclairage. Or, Béatrice avait raison, c'était ça. La lumière artificielle n'était ni blanche ni jaune, mais rose, et elle donnait à tous un teint de nouveau-né. Elle tombait des plafonds par de larges plaques de verre encastrées et dispersait sur l'ensemble du navire et des passagers cette douce couleur, si favorable. Elles se renseignèrent sur ce petit miracle :

— Tout le monde en parle, répondit une charmante hôtesse ravie de l'effet produit. La lumière est rose, c'est vrai, c'est le résultat des toutes dernières découvertes en matière de luminothérapie. C'est une lumière d'ambiance qui adoucit les traits, mais pas seulement. Les chercheurs ont mis au jour l'importance de sa couleur et de son intensité sur les comportements humains. Ce rosé a été choisi pour ces qualités spécifiques, mais il en a une autre, moins visible à l'œil nu.

Sophie et Béatrice se regardèrent, intriguées. Qu'est-ce qu'une lumière d'ambiance pouvait bien leur faire ?

— Elle rend chaque passager plus apaisé sans même qu'il s'en rende compte. Elle calme les angoisses. Qu'en pensez-vous ? Vous vous sentez bien ? Relaxées ?

L'hôtesse riait et Sophie n'en revenait pas. On pouvait donc aller jusqu'à poudrer de rose l'atmosphère d'un paquebot aussi gigantesque pour créer une ambiance apaisante et modifier les humeurs ?

— Plus apaisés, les passagers ? fit Béatrice. Ça se saurait. Nos confrères, au petit déjeuner ce matin, étaient prêts à mordre, comme d'habitude, et à sortir les griffes...

— Pour eux il faudrait peut-être augmenter les doses !

Sophie faisait de l'humour parce que, comme Béatrice, elle doutait de l'efficacité de la chose. Au vu de ce qui s'était passé dans la nuit, elle estimait qu'elle avait de bonnes raisons pour ça. Mais elle préféra ne pas en parler et continuer de s'émerveiller. Elle n'en eut pas le temps, un cri atroce la fit sursauter.

— AHHHHH !

Béatrice venait de prendre une décharge d'électricité statique en ouvrant la porte d'un salon.

— Ça fait trois fois dans la journée ! J'en ai assez de tout ce métal, criait-elle en secouant sa main meurtrie. Non seulement c'est laid et froid, mais en plus ça fait mal.

— Ce n'est pas laid et ce n'est pas le métal, inutile de t'énerver, ragea Sophie qui n'aimait pas que Béatrice rompe la magie. C'est la moquette synthétique qui fait ça.

— Peut-être, mais si les portes et le sol étaient en bois, ça n'arriverait pas. Je ne sais pas comment tu fais pour trouver tout merveilleux. Franchement, pour une fois je suis de l'avis de l'Académicien quand il a dit qu'on tombe « de Lalique en formica ». Moi je pensais qu'on aurait des belles boiseries cirées, du laiton doré et des cuivres lustrés. Tu parles ! Du vulgaire métal ; je ne m'y fais pas. Ce n'est pas ça, le luxe !

Encore ce ton péremptoire de celle qui sait tout et détient les clés du bon goût ! Il suffisait que Béatrice enfourche ses grandes théories pour que Sophie ait immédiatement envie de dire le contraire. Pourtant, malgré son enthousiasme, elle aussi était un peu perplexe. Les portes, les meubles, les cloisons, les chaises, les fauteuils, les tables, les bars, tout ce que Sophie avait approché et touché était en métal. Beaucoup d'aluminium, et des tissus synthétiques qui donnaient un ensemble élégant, certes, mais un peu froid.

Pourtant, contrairement à Béatrice qui râlait et critiquait, elle trouvait que l'impression de légèreté qui se dégageait de tout cet ensemble était absolument inédite. Ici, pas de cuivres ni de boiseries à lustrer et relustrer éternellement. Pas de lourdes tentures, pas de meubles impossibles à remuer. Seulement des voilages aériens, des tiroirs qui glissaient quand on les tirait d'un seul doigt, des portes de dressing coulissant à merveille, des téléphones à portée de main et des images du monde qui arrivaient dans toutes les cabines sur des téléviseurs. Les progrès étaient considérables. Le quotidien en était complètement transformé. Comment ne pas être sensible à cet air vivifiant !

À ce stade du voyage et de sa visite, Sophie ne comprenait pas que Béatrice ne soit pas gagnée par l'énergie qui circulait sur le *France*. Elle, elle ressentait comme le navire était exceptionnel. En balayant les matériaux lourds et anciens, il balayait le passé fait de guerres, d'ombres et de nuits. Il était léger, il était la couleur, la lumière et la vie. Le *France*, c'était l'espoir, l'avenir !

26

— Ah, mesdemoiselles ! Enfin ! Je vous cherchais partout !

Un jeune groom les attendait impatiemment devant la porte de leur cabine.

— Que se passe-t-il ? fit Sophie, inquiète en repensant à l'affaire de la nuit.

Mais le groom la détrompa.

— Une excellente nouvelle. On vous transfère en première classe !

— En première, hurla Béatrice. Waooouhhhh, enfin ! En première avec les gens importants et... riches !

— Oui, sourit le groom, surpris de cette franchise, et ce n'est pas fini. Vous allez être très gâtées.

Il reprit son souffle et les deux amies comprirent que la nouvelle était d'importance. Il les regardait d'un œil admiratif, comme si ce qu'il allait leur annoncer changeait jusqu'au regard qu'il portait sur elle.

— On vous transfère dans une cabine du Patio, au Sundeck !

— Au Sundeck !

Cette fois Sophie hurla de joie en même temps que Béatrice. Quelle nouvelle !

Elles allaient loger au Sundeck ! Au Patio ! Mais comment cela était-il possible ? Et pourquoi elles ?

Ce fameux « Patio » était situé au cœur du navire, au plus haut, sur le neuvième pont. C'était un espace intime et dérobé aux regards, ouvert entre les deux cheminées.

Huit cabines y donnaient et il avait fait l'objet de toutes les attentions. Critiqué ou porté aux nues, selon les goûts, en raison d'une décoration hispanisante due à un certain Ducrocq, c'était un lieu qui fascinait, en raison même de ce caractère à part, en plus de sa situation unique.

— Vous allez être logées au pont des officiers et de l'état-major. Là où tout le monde veut être. Quelle chance vous avez !

Sophie n'en revenait pas. Elle serait logée près des officiers. C'était inespéré, presque trop beau. Elle avait souvent repensé dans la journée à l'officier de la nuit, elle entendait encore sa voix calme lui disant de ne pas avoir peur et elle ne put s'empêcher de souhaiter le revoir. Peut-être le croiserait-elle, maintenant qu'elle serait là-haut. Mais elle se dit aussitôt qu'il devait être très occupé, et qu'il avait dû déjà l'oublier. Idée soudaine qui, en y réfléchissant, lui fut extrêmement désagréable.

— Quand change-t-on de cabine ? demanda-t-elle, soudain pressée.

— Maintenant.

— Non, ce n'est pas possible ? Si vite ?

— Oui, à quoi bon traîner ?

Le groom avait le sourire aux lèvres, il avait l'air sérieux. Elles se précipitèrent à l'intérieur de leur cabine, prêtes à faire leurs bagages.

— Ne vous occupez de rien, tout est prévu, fit le groom en les arrêtant d'un geste. On va tout faire nous-mêmes. Un journaliste m'a dit qu'il vous attendait au salon Debussy, pour le concert de piano. C'est dans un quart d'heure, vous avez encore le temps d'y arriver. Quand vous reviendrez, vos affaires seront installées dans votre nouvelle cabine.

Elles se regardèrent et la même idée les traversa. Le changement de cabine serait-il dû à l'Académicien qui, ne pouvant obtenir le dîner, aurait tout fait pour trouver une autre manière de se faire pardonner ?

Fébriles, elles posèrent leurs achats et décidèrent de le rejoindre au plus vite au concert pour s'en assurer.

— Ça m'étonnerait que ce soit lui, dit Sophie avant d'entrer. Le navire est au complet et les cabines du Patio sont inaccessibles, même à lui malgré toutes ses relations. Tu penses ! Au prix qu'elles doivent coûter !

— Et alors, répliqua Béatrice, l'équipe de *Paris-Match* est bien en première, non ? Pourquoi pas nous ? Il a dû y avoir une défection et ils ne s'en aperçoivent que maintenant. Et comme j'ai fait part de ma déception d'être en classe touriste au commissaire, c'est à nous qu'il l'a attribuée. C'est simple. On doit la cabine à mon intervention et au commissaire, pas à l'Académicien.

Sophie était loin d'être convaincue par l'explication, mais elle approuva. Pas question de gaspiller son temps dans des polémiques imbéciles en expliquant à Béatrice que le commissaire avait certainement d'autres chats à fouetter.

Elle préféra ajuster autour de son visage le foulard Hermès, repasser son rouge à lèvres Dior en se regardant sous toutes les coutures dans son miroir à main, et enfin entrer dans le salon Debussy avec un air de star.

27

Quand Michèle apprit la nouvelle dans son pressing, elle manqua avaler son chewing-gum.

— Comment ça, elles sont en première ? Qui les y a mises ?

— Je ne sais pas, dit Chantal, mais je dois m'occuper du déménagement de leur cabine. Il faut tout porter au Patio.

— Au Patio !

De stupeur, Michèle faillit cette fois laisser brûler le chemisier de soie qu'elle était en train de repasser.

— Et il paraît que ce soir, ajouta Chantal, elles sont à nouveau inscrites sur la liste du dîner salle Chambord, à la table du commandant.

Là, pour Michèle, on atteignait les sommets. La veille elle avait usé de ses réseaux pour faire rayer ces filles des listes du dîner, et voilà qu'on les y réinscrivait ce soir.

— Attends un peu, dit-elle en posant son fer d'un geste sec, on va avoir le fin mot de l'histoire, j'appelle Roger.

Et, tout en mastiquant nerveusement son chewing-gum, elle fit tourner les numéros du cadran de son téléphone du bout de ses ongles vernis.

— Allô ! Roger ? dit-elle vivement quand elle eut son interlocuteur au bout du fil. Dis-moi, je voudrais te demander...

Chantal, qui avait cessé de repasser pour écouter, ne put retenir un léger sourire.

— Ça alors ! fit Michèle après quelques minutes en reposant le combiné de son téléphone. Figure-toi que le chevalier de ces donzelles n'est autre qu'un vieux de la vieille, un journaliste toujours à tu et à toi avec l'état-major des paquebots. Dans le milieu, il est connu comme le loup blanc. Roger me dit qu'il a l'oreille du commandant et qu'il en profite. Encore un qui se fait mousser auprès de la jeunesse. Il doit avoir des vues sur ces filles mais il va devoir en rabattre. Je ne lâcherai pas le morceau. Non mais, où il se croit !

Voyant Michèle si remontée, Chantal se dit non sans plaisir que le dîner serait compromis pour les passagères. Quand Michèle prenait les gens en grippe, ils avaient peu de chances d'en réchapper.

Le téléphone sonna. C'était les filles de la boutique. Elles appelaient Michèle pour demander ce qui se passait entre Chantal et Francis, Claudine leur avait dit que ça n'allait pas bien et que c'était à cause d'Andrei. Elles venaient aux nouvelles et voulaient savoir si Michèle « en savait plus ». Celle-ci les envoya promener vertement en leur disant « qu'il n'y avait rien et que cette Claudine qui disait n'importe quoi ferait mieux de tenir sa langue ». Elles ne parurent pas plus convaincues que ça mais, devant la rogne de Michèle, elles n'en demandèrent pas plus. Le cercle des femmes du *France* était tout petit, cinquante femmes au total pour neuf cent cinquante hommes, et elles se connaissaient toutes. Un ragot, surtout quand il était d'ordre sentimental, faisait le tour du bateau en même pas une heure, et, du coup, tous les services en profitaient. Dans ces cas-là tous appelaient Michèle, car elle centralisait les informations, les confirmant, ou les balayant à sa façon d'un « c'est des conneries ! », qui les envoyaient définitivement à la case poubelle. Mais en ce qui concernait les sentiments de Chantal pour Andrei, Michèle préférait couper court.

Parce qu'elle n'avait jamais pu savoir ce qu'il en était vraiment. Parfois, elle croyait déceler de l'amour, mais d'autres fois c'était presque de la haine. À n'y rien comprendre. En revanche, pas question de mêler Francis à tout cela !

— Dis-moi, Chantal, qu'est-ce que c'est que cette histoire avec Francis ? Ça fait le tour des ponts, il ne faudrait pas que ça lui revienne aux oreilles. Tu sais qu'il a horreur des ragots, surtout quand ils le concernent.

Chantal tomba des nues. Qu'est-ce que cette bavarde de Claudine était allée raconter ? Elle avait besoin de Francis. Déjà qu'elle ne répondait pas à ses avances, il ne manquerait plus qu'il se sente ridiculisé. Apparemment il ne s'agissait pas de l'incident de la nuit, heureusement. Maintenant il fallait rassurer Michèle, sinon Chantal risquait de voir son aide et celle de Francis sérieusement compromise.

— Il n'y a aucune histoire, Michèle, dit-elle fermement.

— Tu le jures ?

Surprise de cette demande qui n'était pas dans le genre de Michèle, Chantal jura.

— Alors, pourquoi tu as dit à Francis que tu aimais Andrei, c'est quoi cette histoire ? À quoi tu joues avec ces garçons ?

Chantal ne jouait à rien. Mais comment expliquer à Michèle qu'elle avait dit ça pour couper court aux avances de Francis et qu'elle n'avait qu'une seule et unique préoccupation, travailler et progresser ? Comment lui expliquer que tout son être était tendu vers ce seul but, et qu'elle avait encore au fond du ventre une angoisse tenace qui la quittait rarement ? Comment lui dire qu'elle avait encore peur. Peur de revenir un jour à ce qu'elle avait connu, peur de manquer, peur de tomber comme son père était tombé. Chantal n'oubliait pas. Rien n'avait pu venir à bout de cette crainte, ni le luxe qui l'entourait sur le navire, ni sa place assurée, ni l'ambiance au beau fixe. Mais elle n'en parlait jamais et croisait les doigts en cachette quand, aux premières heures de la journée, toujours la peur revenait. Comment lui avouer enfin ce qu'elle ne s'avouait pas à elle-même ? Qu'Andrei la hantait, et que malgré la haine qu'elle éprouvait pour lui parce qu'il avait détruit sa famille, elle se surprenait à trouver des prétextes pour le voir, de plus en plus souvent...

— Attention, Chantal, reprit Michèle qui la regardait d'un œil soupçonneux, si tu mets la pagaille entre les hommes, ça peut te coûter ta place. Ici on ne rigole pas avec ça, tu le sais.

— Je sais, ne t'inquiète pas.

— Francis te fait des avances, c'est ça ?

Chantal hésita à répondre. Elle n'aimait pas confier ces choses-là. Les ragots, c'était le truc de Michèle, pas le sien. Mais elle ne tenait pas non plus à être prise pour une de ces filles qui séduisent pour le plaisir et créent des histoires. Elle se retrouvait au pied du mur

— Un peu, avoua-t-elle du bout des lèvres,

Michèle leva les yeux au ciel.

— Et voilà ! Pourquoi tu ne me l'as jamais dit ? Je te l'ai expliqué cent fois, il faut tout me dire, moi je peux arranger les choses. Tu vois où ça mène tes cachotteries ? Maintenant Claudine raconte ça à tout le monde. Si Francis le sait, tu es grillée.

Chantal n'en menait pas large.

— Allez, file, je vais arranger ça, et pour l'extra au Patio, fais le maxi. Je les connais, ceux du pont supérieur, parce qu'ils lessivent le sol de l'état-major et des officiers, ils s'y croient. Ce ne sont pas des tendres. Si tu fais le moindre faux pas, c'est cuit, tu n'y reposes plus les pieds.

Chantal serra les dents et partit sans demander son reste. Elle voulait passer rapidement au service des cabines et seuls Francis et Michèle pouvaient l'y aider. Francis en la plaçant aux extras à chaque fois que c'était possible et qu'il entendrait parler de quelque chose, Michèle en la laissant quitter le service pressing pour y aller. Chantal avait de l'ambition. Au pressing, on nettoyait et on repassait dans la vapeur jusqu'à la fin de sa vie. Il n'y avait pas d'évolution possible. Tandis qu'aux cabines on pouvait grimper, de femme de chambre devenir gouvernante, puis, qui sait, un jour, diriger tout le service. Un bel avenir professionnel. Mais le chemin était étroit, il y avait très peu de postes féminins. Huit femmes de chambre seulement pour une armada exclusivement masculine.

Francis arriva sur ces entrefaites. Il venait d'apprendre à la dernière minute qu'il fallait déménager les affaires de la star qui jusqu'alors logeait au Patio, nettoyer la cabine qu'elle libérait, puis y installer les deux passagères de la cabine touriste. Autrement dit les passer de l'arrière au centre du navire, et du pont le plus bas les monter au neuvième. Ce n'était pas une mince affaire car il fallait travailler vite, et dans la discrétion sans l'aide des services habituels pour éviter que l'escapade de la star ne se propage. Enlever la poussière sur les meubles, passer l'aspirateur sur la moquette, changer le linge de lit, nettoyer la salle de bains, installer les bouquets de fleurs, suspendre les affaires de ces dames, les ranger, les plier. Et le tout dans ces deux cabines qui se trouvaient très éloignées l'une de l'autre. Il fallait quelqu'un de sûr qui n'ébruiterait rien, et Francis avait tout de suite pensé à Chantal. Pour la discrétion, il ne connaissait qu'elle. Une vraie tombe. Michèle accepta de la libérer et Chantal croisa les doigts. Après la malchance, la chance revenait.

S'occuper des cabines de la classe touriste était une chose, s'occuper de celles du Patio en était une autre. N'officiaient à ce pont que les meilleurs. Chantal devait montrer ses capacités et faire en sorte que, demain, quand Francis aurait les retours, il ait des compliments et ne regrette pas de l'avoir soutenue. Elle s'organisa seule avec le groom, et elle réussit l'exploit de ne pas se faire remarquer, ce qui dans le va-et-vient du personnel n'était pas une mince affaire. D'un même mouvement rapide elle remit parfaitement en ordre la cabine du Patio puis celle de la classe touriste. Avec l'aide du groom, ils déménagèrent les affaires des unes et des autres, puis Chantal alla récupérer de magnifiques glaïeuls qu'elle arrangea dans les vases aimantés. En entrant pour vérifier, le responsable des cabines, seul mis au courant, verrait les fleurs du premier coup d'œil.

Chantal avait le sens du détail. En un rien de temps elle était capable de rendre un endroit beau et accueillant. À côté de ce qu'elle avait connu chez elle où tout était vieux et abîmé, nettoyer ici c'était un plaisir. Tout était neuf, tout brillait, tout était moderne. Pas besoin de frotter, tout glissait. Juste un peu d'eau sur une éponge pour les meubles en métal, un coup de chiffon pour lustrer, et tout était impeccable. Si Chantal avait cru au ciel, elle aurait prié tous les jours que Dieu fait pour le remercier de travailler dans un cadre aussi sublime Mais, à part croiser les doigts, Chantal croyait en elle-même et en sa propre volonté. Son parcours la confortait dans cette vision des choses. On ne lui avait rien appris, c'est la vie qui l'avait mise au pied du mur. Un jour plus violent que les autres, dans l'appartement de la rue du Port, son père, ivre comme d'habitude, avait vomi sur le sol. Sa mère, pour se défouler, avait crié sur son frère Gérard en l'insultant, en lui disant qu'il serait comme son père, un fainéant, et qu'il ne valait rien. Gérard était parti en claquant la porte. La mère était en crise et la petite avait tout pris. Ne trouvant que l'enfant à portée de main, elle l'avait d'une claque violente envoyée au sol contre le pied de la table. Chantal s'y était déchiré le cuir chevelu et son visage était allé s'écraser sur les déchets du père. La douleur de la blessure, si forte soit-elle, ne fut rien à côté de ce que provoqua ce contact sur son visage d'enfant. Ce fut un moment atroce. Elle avait encore aujourd'hui, plus de quinze ans après, la sensation horrible et gluante de la texture qui s'était enfoncée jusque dans ses narines, et cette abominable odeur qui la poursuivait. Elle se réveillait parfois à ce souvenir, en nage et paniquée. Au début, elle pleurait, tant l'angoisse qui remontait était grande. Mais sa volonté avait été plus forte que son mal. Elle avait le choix : rester comme les siens et crever de déchéance, ou survivre et devenir quelqu'un d'autre. Ce fut très clair dans sa tête d'enfant. Elle décida de sortir de cet enfer et prit les choses en main, à huit ans, avec une détermination féroce.

— Gérard, avait-elle dit à son frère qui était venu la chercher à l'hôpital où on lui avait fait des points de suture, viens m'aider, on va faire le ménage.

— Le ménage ?

Il se demandait si le choc n'avait pas dérangé le cerveau de Chantal.

— Oui, le ménage. Chez nous, maintenant, ça va briller.

Gérard avait toujours été le grand, celui qui protégeait sa petite sœur, mais ce jour-là il comprit qu'elle prenait les devants et il l'aida sans hésiter. Il sentit qu'elle avait raison et qu'elle saurait mener la barque. Il fallait bien commencer par quelque chose. Pourquoi pas le ménage ? À douze ans Gérard était débrouillard. Il dégota une serpillière, des produits, de la Javel. Ah la Javel ! C'était le produit miracle, le préféré de Chantal. Elle javellisa tout ce qui lui tombait sous la main. La mère se moquait.

— Qu'est-ce qui te prend ? Si tu crois qu'il suffit de laver le sol pour enlever la merde d'une vie ? Ma pauvre fille, tu en auras vite marre de lessiver les sols ! Et tu déchanteras, comme moi.

Chantal ne l'écoutait pas. Elle avançait, nettoyait et nettoyait inlassablement sans jamais se décourager. C'était devenu son obsession, à la petite, après l'école elle récurait. Ce nettoyage, c'était de la survie. Et Gérard l'aidait pour tout ce qu'il pouvait. Elle frotta si bien que très vite dans le quartier tout le monde se mit à en parler.

— Dis donc, fit un jour la voisine à Gérard, je viens de chez toi c'est drôlement coquet. La petite a ramassé des marguerites le long des barrières du port. Elle a fait un bouquet magnifique, je vais faire pareil.

Gérard remercia. Il fit semblant de rien et courut jusqu'à l'appartement. Mais il était bouleversé. Des larmes qu'il n'arrivait pas à retenir coulaient le long de son visage. Sur sa famille il n'avait jamais entendu que des remarques apitoyées, des critiques féroces. Il s'essuya les yeux d'un revers de manche, puis ouvrit la porte. Sur la table de la cuisine, au cœur de la pièce, de magnifiques marguerites ouvraient leurs pétales blancs sur des cœurs jaunes d'or. Comme la petite l'avait promis, « ça brillait ». C'était simple et beau, c'était miraculeux.

— Ça sent bon ? lui avait demandé Chantal en se relevant du sol qu'elle finissait de lessiver.

Il avait inspiré profondément les effluves de Javel avec une émotion aussi grande que s'il avait respiré les parfums de l'Orient.

— Ça sent bon, le propre. Tu es une sacrée sœurette !

— Tu sais, Gérard, sans toi, je n'aurais rien pu faire.

Ce fut sa façon à elle d'exprimer à son frère adoré sa reconnaissance d'enfant. Il s'était mis si souvent entre elle et les coups.

Gérard ne devait jamais oublier la leçon de l'eau de Javel et du bouquet de marguerites. Il cessa de courir à droite et à gauche et de quitter l'appartement où il ne supportait pas de rester. Il devint méticuleux, soigné. L'un des ouvriers les plus fiables des chantiers du port.

28

Indifférent aux drames du passé, le *France* avançait dans la nuit, et l'Académicien mettait la dernière main à sa tenue.

Inconscient de ce qui se tramait dans son dos du côté du pressing suite à la colère de Michèle, il glissa une pochette de soie blanche dans la fente prévue à cet effet, sur le côté gauche de son smoking noir. L'heure du dîner était proche et il allait enfin pouvoir briller aux yeux de ces jeunes confrères qui le prenaient parfois d'un peu trop haut avec leurs nouvelles manières. Il allait leur montrer que l'âge a du bon.

Ses cheveux gris soigneusement coiffés vers l'arrière, il se savait élégant. Mais, contrairement à ce que Michèle avait imaginé, il ne jouait plus à séduire. Il estimait avoir eu son temps. Simplement, il éprouvait une pointe d'orgueil à se sentir encore courtisé, même pour de mauvaises raisons. Quand Sophie et Béatrice étaient venues le rejoindre au concert, il avait pris un plaisir extrême à leur annoncer que c'est à son seul talent qu'elles devaient de se retrouver en cabines de première. Dire qu'il jubila quand Béatrice le remercia cérémonieusement serait pas peu dire. Et quand il les avait invitées au dîner, elles avaient été bluffées. Il aimait ça. En fait, ce que Sophie et Béatrice ne savaient pas et qu'il se garderait bien de leur dire, c'est que pour obtenir la cabine il n'avait eu aucun mal. Par le plus grand des hasards, pour une fois, cela rendait service à tout le monde. Pour le dîner le commandant tenait à être entouré de jeunes, et la cabine du Patio s'était libérée dès la première nuit, une star ayant discrètement rejoint la suite d'un de ses partenaires. Une cabine aussi prestigieuse vide, cela aurait pu inutilement attirer l'attention sur l'idylle naissante. Il fallait donc que les huit cabines du Patio restent occupées. Sophie et Béatrice feraient l'affaire.

L'Académicien ne prenait pas trop au sérieux les ressorts secrets de la vie mondaine mais il en jouait et, par habitude, cultivait un air altier. Originaire de la pointe de Bretagne, il avait passé sa vie sur les océans alors qu'il avait le goût de la terre, des maisons de famille et des transmissions. Mais il vivait à Paris dans un appartement qu'il ne léguerait à personne, il avait tant voyagé qu'il n'avait pas pris le temps de se marier et d'avoir des enfants. La vie passait si vite. Et un jour la maison de ses ancêtres marins avait été vendue. Il ne lui restait de cette bâtisse en bord de rocher que cette fine aquarelle qu'il avait peinte de mémoire, un jour que la nostalgie lui crevait le cœur. Ses yeux très bleus semblaient usés d'avoir regardé tant de mers et tant d'océans sur tant de magnifiques paquebots et, depuis plus de trente ans, sa vie s'était déroulée de traversées en traversées, d'un continent à l'autre. Beaucoup de journalistes enviaient sa liberté et son talent de plume. Lui, longtemps, il avait eu l'orgueil de ceux qui partent et avait affiché un certain mépris pour ceux qui restent. Mais, ces dernières années, quand le temps virait au gris et que dans ses vieux os l'âge se faisait sentir, il lui arrivait de se demander pourquoi tous ces voyages.

— Que cherche-t-il à fuir ? disait-on dans son dos.

Il passa un dernier coup de peigne dans ses cheveux encore très beaux, balaya cette nostalgie qui surgissait parfois sans prévenir, ferma la porte de sa cabine et se dirigea vers l'escalier central des premières classes pour rejoindre le pont principal et gagner la salle à manger. Sa main glissait avec aisance sur l'inox poli de la rampe en méplat d'aluminium rivé, et ses yeux scrutaient les lambris de moire métallique qui recouvraient les murs. Un luxueux mélange de froideur et de préciosité. Une esthétique de métal. La modernité le laissait pensif. C'était une vision du monde trop nouvelle pour lui.

— Sur le *France* on n'a utilisé que des matériaux légers, et surtout, ininflammables ! avait précisé avec insistance le chargé de communication lors de la conférence de présentation. On croit que les naufrages sont dus à l'océan, mais le plus souvent ils sont dus au feu. Le *France* offre une sécurité totale. Cent vingt mille mètres carrés de marinite ont été utilisés pour les plafonds et les cloisons, et il y a des kilomètres d'aluminium partout. Quant au mobilier il est entièrement en métal. Pas de bois, pas de tissus qui flambent en deux secondes !

Un confrère s'était levé, pointilleux :

— Qu'est-ce que c'est, la marinite et le rilsan ?

— La marinite ? Ce sont des panneaux d'amiante que l'on prend en sandwich entre deux feuilles de contreplaqué. Et le rilsan, du tissu fait à partir du verre.

— Et on ne risque rien avec ça ? avait insisté le journaliste, décidément méthodique et fouineur.

— Rien de rien, s'était empressé l'attaché de presse ravi de détailler. Surtout pas de prendre feu.

Et il avait conclu par cette boutade reprise en chœur par toutes les radios et dans toute la presse :

— Il n'y a que trois objets en bois sur le *France* : la barre du gouvernail, le billot du boucher et la baguette du chef d'orchestre !

L'Académicien repensait à la magnificence des escaliers de bois gigantesques qu'il avait descendus à de nombreuses reprises sur les anciens fleurons des grandes compagnies. Des bois précieux partout sur les cloisons, dans les chambres, et même dans les cheminées que l'on allumait pour le thé de 5 heures comme dans le salon d'un château de la vieille Angleterre. Quelle folie en y repensant ! Pas étonnant qu'il y ait eu tant d'incendies. Huit mètres de hauteur, des velours, des lambris, des fresques, des dorures et des stucs. L'Académicien se trouvait vieux jeu, mais cela le poursuivait malgré lui. L'*Île de France*, le *Paris*, le splendide *Normandie* au style fastueux des années vingt et tant d'autres aux noms disparus. L'*Aquitania*, le *Viceroy of India*, le *Winchester Castle*, l'*Imperator* ! Les grands paquebots d'antan transportaient une idée romanesque du monde, leurs salons étaient d'un exotisme total. Les décorateurs imaginaient l'Égypte, l'Écosse ou l'Inde lointaine, où ils n'étaient souvent jamais allés. Ils s'inspiraient de leurs propres visions fantasmées, et les passagers traversaient le temps et les continents au gré de leurs humeurs. Salons du Moyen Âge, jardins d'hiver, fumoirs antiques, intérieurs hollandais, boudoirs hispanisants, demeures coloniales et lambris d'or comme à Versailles, les décorateurs rivalisaient. La magie devait être complète. Le voyage le plus dépaysant n'était pas sur la terre d'arrivée. Il était sur la mer, le temps que durait le voyage.

C'est la découverte d'une œuvre d'art moderne, sur le palier entre le pont véranda et le pont-promenade, qui sortit l'Académicien de ses souvenirs.

Une grande mosaïque de près de trois mètres de long et plus d'un mètre de large présentait un assemblage abstrait de variations grises et noires composées à l'aide de minuscules tesselles. Des lignes, des courbes, des formes géométriques s'entremêlaient.

— *Invitation au voyage*, de Jacques Swobada. L'école de Paris, le médaillé du concours de Quito ! Le préféré de Maillol !

L'officier Vercors était descendu sans que l'Académicien l'entende arriver et il passait sur le palier dans son dos. Il parla d'une traite et ne s'arrêta pas, continua à descendre, et bien que disparu du champ de vision de l'Académicien, il parlait encore :

— Que d'émotion il dégage, n'est-ce pas ? (il haussait la voix pour être entendu). L'œuvre est inspirée de Rodin. (Sur ce dernier mot il criait presque.) L'Académicien entendit les portes de verre s'ouvrir et se refermer, plus bas. Il attendit un peu, plus rien. Perplexe et agacé, il jeta un dernier un coup d'œil à la mosaïque.

— Mais où va-t-il chercher Rodin dans ce charabia de tesselles ? marmonna-t-il. Il aurait pu prendre le temps de me saluer. Ces nouvelles manières, c'est...

Soudain, il jeta un coup d'œil à sa montre et comprit alors pourquoi l'officier était si pressé.

— Vingt et une heures ! Mon Dieu ! s'écria-t-il. Le dîner !

Il arriva juste à temps après l'officier, les derniers invités prenaient place.

29

On était introduit dans la prestigieuse salle à manger Chambord par un maître d'hôtel.

Après quoi on descendait un large escalier de neuf marches qui vous présentait à la salle tel un objet de curiosité. Ce moment était très attendu, chacun se sentait unique, observé, et chacun se voulait à la hauteur du luxe et de la modernité du *France*. Les femmes affichaient les plus belles toilettes et les hommes avaient apporté un soin méticuleux au moindre détail de leurs smokings noirs. Coiffures, montres, bijoux, chaussures vernies, rien n'était laissé au hasard. La salle Chambord n'était pas n'importe laquelle, et y accéder avait un prix. Il fallait avoir le look et la classe. La presse internationale avait beaucoup parlé de sa décoration exceptionnelle. En arrivant, l'Académicien avait pris son allure d'officier de l'armée des Indes. Bien droit, il prenait son temps pour descendre les fameuses marches. Se sachant observé, il dominait du regard cette société huppée et s'attardait sur le fameux décor. Juste au-dessus, en guise de plafond, un dôme central constellé de spots lumineux sur fond d'aluminium bleu nuit modernisait la voûte céleste et, tout autour, des dalles lumineuses en verre dépoli évoquaient une soucoupe volante en phase d'atterrissage, scintillante. C'était incroyablement audacieux et particulièrement brillant. C'était totalement informel, très novateur en matière de luxe et, s'avouait l'Académicien, malgré son côté extravagant, ce décor futuriste avait un charme indéniable.

Arrivé près du commandant, il reconnut à la table voisine l'officier qui venait de lui faire ce commentaire sur la mosaïque du palier de l'escalier central. Il regardait partout et semblait chercher quelqu'un. L'Académicien crut avoir déjà vu son visage, mais il ne put se souvenir où. Près de lui, élégantissime dans un drapé bleu de la maison Grès, un voile de soie blanche négligemment jeté sur ses épaules, l'actrice Michèle Morgan conversait avec Joseph Kessel et un confrère de *Paris-Match* qui la regardait avec des yeux éblouis.

— Cet officier est curieux, se dit l'Académicien. Il est placé près de la plus belle femme du navire et il laisse les autres lui faire des discours.

— Alors, mon ami, vous nous oubliez !

C'était le commandant qui lui rappelait poliment qu'il ne fallait plus s'attarder et qui lui faisait signe de venir s'asseoir. Confus, l'Académicien salua les messieurs et fit un baisemain aux dames. Une fois à sa place, il s'aperçut que la table était au complet, et il ne voyait ni Sophie ni Béatrice. Où étaient-elles ?

Le commandant crut deviner ses pensées.

— Je vous sens perturbé, lui dit-il. Vous connaissant, je suis sûr que vous regrettez les anciens liners au temps des feux de bois et des bibliothèques de cuir.

— Un peu, dit l'Académicien qui n'osa lui avouer ses véritables pensées.

— Il faudra vous habituer, le monde change. Sur le *France* nous voguons à l'heure de la conquête spatiale.

— Je vois, mon commandant, que vous êtes fier de ce nouveau paquebot, répondit l'Académicien en surmontant par souci de politesse le trouble dans lequel l'avait plongé l'absence de ses deux invitées.

— Comment ne pas en être fier, s'enthousiasma le commandant. Jamais dans ma longue carrière je n'ai eu entre les mains un bateau de cette trempe ! C'est le Flagship de la Compagnie !

L'Académicien souriait au commandant mais pensait à autre chose. Tout avait été arrangé avec le commissaire, les deux amies étaient inscrites ce soir au plan de table. Cela faisait deux fois de suite qu'on les annulait à la dernière minute. Pourquoi ?

— Vous n'êtes pas de cet avis ?

Le commandant le regardait, interrogatif.

— Bien sûr, répondit-il machinalement, mais... le *Normandie*, le *Liberté* sont de beaux navires aussi, non ?

— Certes, mais le *France* est unique...

Une flamme s'était allumée dans les yeux du commandant. Délaissant l'Académicien qui lui semblait préoccupé et peu attentif, il parlait maintenant en regardant ses invités tour à tour, heureux et pressé de leur transmettre sa passion.

— C'est de l'orfèvrerie. Pensez qu'il fallait 29 chaudières au *Normandie* pour atteindre une puissance de cent soixante mille chevaux ! Le *France* se contente pour la même puissance de huit chaudières ! Et savez-vous qu'en semi-marche automatique un officier seul à la barre peut le conduire en manipulant simplement l'entrée et la sortie des brûleurs ?

Les invités ne comprenaient rien à la marche des navires et encore moins aux explications techniques. Ils commençaient à être inquiets et se demandaient si tout le repas allait être voué à la description de la mécanique du navire.

— ... L'appareil propulsif du *France* est de quatre hélices et de quatre lignes d'arbres, enchaînait le commandant, enthousiaste. Rien que le poids d'une hélice avoisine les vingt-deux tonnes et fait cinq mètres quatre-vingts de diamètre. Une hélice de presque six mètres, à quatre pales ! Vous imaginez !

Emporté par la passion, le commandant avait oublié que sur les grands paquebots les voyageurs se désintéressent totalement des choses du réel. Ils ne viennent là que pour s'en échapper au contraire. Et s'ils paient leurs billets aussi cher, c'est pour accéder au rêve. Les passagers des grands paquebots ne veulent que du rêve et du plaisir.

— Permettez-moi d'ajouter, commandant, que le *France* est aussi et à mon avis, surtout, la plus élégante silhouette de navire qu'on n'ait jamais connue.

L'Américain, qui venait de prendre la parole en recentrant sur la beauté du paquebot avec un sens de la psychologie très à propos, était un inconditionnel du *France*. Marvin Buttles avait acheté sa place pour la première traversée le 19 octobre 1954. Il était le premier à l'ouverture des guichets, ce qui lui valait d'être à cette table si enviée du commandant. Il était aux anges et partageait la passion de ce dernier, mais avec un regard d'esthète plus que de technicien.

À l'inverse, agacé par l'excès de tous ces superlatifs sur le paquebot et contrarié par l'absence des deux amies, l'Académicien eut envie de jouer les rabat-joie. Ces privilégiés, dont il était d'ailleurs, lui donnaient furieusement envie d'être désagréable.

— C'est vrai, je suis de l'avis de Mr. Buttles, fit-il d'un ton volontairement pontifiant. La silhouette est belle, mais... je serais beaucoup plus réservé sur la décoration.

Le commandant plissa le front. Que se passait-il ? L'Académicien était bizarre ce soir. Lui si parfait en toutes circonstances, il n'allait quand même pas critiquer le *France* !

— Tout est si lumineux, ici, si frais. Qu'est-ce qui ne vous plaît pas dans ce décor ? demanda l'Américain dans un français impeccable tout en désignant la salle d'un geste ample du bras.

Ils se tournèrent tous ensemble et détaillèrent la salle comme si à lui seul le geste de l'Américain la leur faisait découvrir.

Dans une ambiance très grand luxe donnée par des cloisons recouvertes de feuilles d'or et relevées par une moquette vert vif, les passagers bavardaient sur des fauteuils aux lignes géométriques en tube laqué bronze, aux assises recouvertes de rilsan orange, marron ou gris. Secoués dans leurs habitudes anciennes par cette esthétique légère et nouvelle qui les mettait en situation de modernité, ils paraissaient séduits. Rayonnants, ils étaient même visiblement comblés.

— Vous demandez ce qui ne me plaît pas ? reprit l'Académicien qui voulait en démontrer à tout prix. Eh bien par exemple, ce dôme en forme de soucoupe volante illuminé comme dans une fête foraine, cet or partout. Ça brille trop à mon goût. Ce qui me dérange, en fait, je vais vous le dire en un mot : c'est ce côté « Hollywood ».

Le commandant blêmit. Comparer le décor raffiné de son navire à une fête foraine et aux paillettes de Hollywood, ça n'était pas possible. C'était bien la première fois que l'Académicien se comportait ainsi. Mais qu'avait-il donc ? Il s'apprêtait à le reprendre vertement quand il fut interrompu par un grand éclat de rire. L'Américain s'amusait beaucoup.

— Hollywood ! dit-il. Mais où voyez-vous Hollywood dans ce décor ? Et vous trouvez que ça brille ? Mais votre château de Versailles brille aussi, et de mille feux. Depuis votre Roi Soleil et bien avant même là-haut à Macchu Pichu chez les Incas il y a mille façons de briller, ne le saviez-vous pas ? La décoratrice, Mme Germain-Darbois a su transposer ici, je trouve, avec beaucoup de finesse, le brillant esprit du passé. De la classe mais sans prétention, un peu joueuse, et j'ajouterais surtout avant-gardiste. Et si je ne me trompe, l'avant-garde et la mode, c'est la France, non ? Reniez-vous vos talents ?

L'Académicien se trouva fort contrarié de cette démonstration qu'il n'avait pas prévue. Au lieu de convenir ou d'argumenter, il fit preuve de mauvaise foi et crut s'en tirer par une pirouette.

— Comme s'il suffisait d'être à la mode pour avoir du talent !

Mais l'Américain avait de la ressource, et un point de vue.

— Décidément, vous êtes bien curieux, vous les Français. Vous vous acharnez à dénigrer ce que vous faites de mieux. Hier soir vous regrettiez qu'on apprécie un peu trop excessivement votre champagne et ce soir vous regrettez qu'on apprécie votre sens de la mode et de l'élégance ! Vous voudriez couler votre économie que vous ne vous y prendriez pas autrement. C'est incroyable ! Parce que nous, les étrangers, cet art de vivre de la France, nous l'aimons. Tout comme (il regarda le commandant) nous aimons cette façon d'être accueillis à table par les membres de l'état-major, c'est unique dans l'histoire des compagnies. Aucune autre que la French Line ne pratique cette coutume pleine de tact et de charme. En Amérique nous disons : « Quelle classe ! C'est la French Touch. » Et vous (revenant à l'Académicien), vous comparez ce palace si raffiné aux paillettes de Hollywood ! Sans doute n'y êtes-vous jamais allé !

L'Académicien se sentait mal à l'aise, l'Américain avait pointé du doigt ses contradictions avec une pertinence malicieuse et efficace. En tout cas, pour ce qui était de Hollywood, Marvin Buttles avait mis en plein dans le mille. L'Académicien avait trop de savoir-vivre pour persister dans cette voie sans issue. En fin diplomate, il avoua.

— Vous avez raison, monsieur Buttles, je n'ai jamais mis les pieds à Hollywood. Mais il fallait bien un contradicteur dans ce concert de louanges. Râler, être un peu désagréable, ça aussi, chers amis, c'est la France !

Et, sur ces mots, il demanda que l'on boive une gorgée de champagne à la santé du *France*, qui, conclut-il avec un remarquable sens de l'adaptation, était le plus beau paquebot du monde. Soulagé, le commandant s'empressa de se lever après lui et, portant un toast, annonça d'une voix de stentor à l'intention de toute la salle :

— Champagne pour tous ! En l'honneur du *France* !

Il y eut un grand brouhaha et la salle, conquise, tendit ses verres, ravie de cet hommage festif et spontané. Roger, le maître d'hôtel, ouvrait des yeux ronds à cette initiative inattendue et les serveurs le regardèrent, interrogatifs. Que faire ?

Elles arrivèrent à cet instant précis, juste au moment du court silence qui suivit l'euphorie. Le groom leur avait ouvert les portes de verre et, sous l'œil perplexe de Roger, de l'Académicien et des convives dont beaucoup avaient encore leur verre à la main, Sophie et Béatrice descendirent d'un même pas plein d'assurance l'escalier central de neuf marches dont elles avaient tant entendu parler. À toute époque, en tous lieux et en tous pays, il y eut des instants comme celui-là où des femmes, arrivant dans un lieu en retard, créent par le décalage de leur arrivée et par leur élégance, une interrogation et une magie.

L'officier vit Sophie descendre les neuf marches telle une star de cinéma. Elle avait cette fierté insolente de la jeunesse quand elle se sait belle et inatteignable, à ce moment de pureté où les visages et les corps sont à leur apogée.

La brune Sophie dans sa courte robe *rose shocking* et la blonde Béatrice dans son long fourreau de soie beige, c'était l'impertinente beauté aux côtés de la plus classique élégance. Elles étaient si sûres d'elles dans le contraste qu'elles offraient. Elles s'arrêtèrent sur la dernière marche et les invités les observèrent, se demandant où elles allaient. Il ne restait plus une seule chaise de libre à aucune table. La salle Chambord était au complet. Pétrifiées, elles comprirent au même moment qu'on ne les attendait pas.

Conquérante l'instant d'avant, Sophie était désemparée, tout autant que Béatrice. L'officier la vit blêmir et ce décalage violent entre l'assurance de leur arrivée et leur désarroi soudain fit agir en lui le gentleman qu'il était. Avant que le maître d'hôtel ait eu le temps de s'interposer, l'officier repoussa son fauteuil et se dirigea d'un pas ferme vers les jeunes femmes. Pierre Vercors se tenait toujours très droit. Il avait l'allure des militaires de carrière dressés à l'obéissance. Mais quand il se déplaçait, le mouvement de son corps sous l'uniforme trahissait autre chose qu'une stricte discipline. Il y avait dans sa démarche quelque chose de souple et de félin, et la salle ne put, en le voyant, retenir un léger frisson. Il s'adressa à Sophie et à Béatrice avec une complicité spontanée, comme on parle à d'amicales connaissances. Elles le virent arriver comme un sauveur. Retrouvant grâce à lui une contenance face à la salle qui les observait comme des bêtes curieuses, elles reprirent des couleurs, mais Sophie avait si peur qu'il ne reparte et qu'elles ne se retrouvent à nouveau plantées là, stupides et ridicules, qu'elle s'accrocha à son bras et à son regard comme on s'accroche avec force et panique à une bouée en pleine mer, bien décidée à ne plus le lâcher. Il ne s'attendait pas à ce geste possessif, et il en fut troublé plus qu'il ne l'aurait voulu. Il marqua un léger recul imperceptible pour les autres, mais Sophie en fut mortifiée et elle lâcha son bras aussi vite qu'elle l'avait agrippé.

C'est alors que Roger prit les choses en main. Habitué à gérer les situations délicates, le maître d'hôtel entraîna Sophie et Béatrice derrière l'escalier, et en toute discrétion leur fit quitter la salle à manger de prestige. L'officier retourna à sa place.

En le regardant regagner sa table sous l'œil intrigué de toutes les femmes de la salle, l'Académicien s'interrogea sur la personnalité de cet officier, et la soirée, un bref instant interrompue, se poursuivit comme s'il ne s'était rien passé.

30

Déconfites, conscientes de s'être ridiculisées face au parterre brillant des personnalités de la salle à manger Chambord, encore perturbées par l'intervention chevaleresque de l'officier, Sophie et Béatrice avaient suivi Roger sans mot dire, avec stupeur. Car il les avait dirigées vers les cuisines ! Elles se retrouvaient maintenant au milieu des vapeurs et du bruit dans une atmosphère survoltée. Sur le côté, alignés au cordeau et prêts à entrer en salle en tenant chacun un plateau d'argent chargé de mets savamment décorés, les serveurs virent ces deux élégantes jeunes femmes arriver dans leur cuisine avec des yeux stupéfaits, comme si elles venaient d'une autre planète.

Roger les rappela à l'ordre en leur disant de l'attendre, qu'il donnerait le signal dans moins d'une minute. Et il guida rapidement Sophie et Béatrice jusqu'à une petite pièce vitrée, attenante aux immenses cuisines et de laquelle on pouvait voir toute l'activité qui régnait aux fourneaux.

— Il s'est produit une erreur, dit-il avec le plus de doigté possible tout en refermant la porte vitrée. Vous étiez bien prévues à la table du commandant, mais deux autres personnes se sont trompées de soir et sont arrivées parmi les premières. Vu leur notoriété et leur âge, il était impossible de les détromper, nous avons dû les installer au tout dernier moment. Nous en sommes désolés et très confus.

Sophie et Béatrice affichaient des mines consternées. Elles ressemblaient à des fleurs qu'on aurait brutalement passées sous la douche. Leur déception était monumentale. Se retrouver dans les cuisines grouillantes avec le petit personnel alors qu'elles avaient fait tant d'efforts de toilette pour être aux côtés de l'élite, c'était très loin de ce qu'elles avaient imaginé. Roger devait résoudre cette situation délicate au plus vite, les serveurs l'attendaient. Sur cette histoire, il s'était fait déborder. Il n'avait pas trouvé Sophie et Béatrice pour les prévenir que leur dîner était annulé comme le lui avait expressément demandé Michèle. Le jeune serveur qu'il avait discrètement envoyé à leur cabine avait trouvé cette dernière vide et il n'avait pu savoir où on les avait relogées. Il n'avait pas eu le temps de s'inquiéter plus que ça. Tout en maugréant contre Michèle et ses drôles d'idées, il s'était dit qu'il les cueillerait avant qu'elles n'entrent en salle. Mais la séance du champagne avait bousculé son plan et il n'avait pu réagir à temps. Maintenant il avait ces filles sur le dos, que faire ? Une idée très peu conventionnelle et très « style *France* » lui traversa l'esprit.

— Exceptionnellement, dit-il avec fermeté pour les convaincre qu'il savait pourquoi il les avait conduites en cuisine, je vais vous faire servir ici. C'est le bureau de notre chef des cuisines, il est loin d'être prestigieux comme la salle Chambord, mais vous serez les plus gâtées et les premières servies. C'est mieux !

Et, avant qu'elles ne puissent répondre quoi que ce soit, il s'empressa de leur tendre des sièges. Il fallait à tout prix tourner la catastrophe en réussite et il savait qu'il prenait la bonne décision. Dans le fait d'aller dîner « côté cour » auprès des professionnels des cuisines en plein travail, il y avait l'esprit du moment, le style *France*. Quelque chose de cette société nouvelle qui s'annonçait, libérée des anciennes règles de convenances sociales. Le chef serait ravi de voir arriver dans son QG deux jeunes femmes élégantes destinées à la salle Chambord, et

Michèle, responsable de cette situation délicate, serait comblée de les savoir reléguées à l'arrière. Roger se jura d'ailleurs de lui dire en face qu'il avait joué gros et qu'il ne céderait plus à ses lubies. L'Académicien, qui avait obtenu une place pour ces filles auprès du commissaire, lui aussi voudrait comprendre ce qui s'était passé et il faudrait trouver une raison solide à donner à ce dernier qui n'aimait pas du tout qu'on transgresse ses ordres. Enfin, pour l'heure, ça roulait. Soulagé, il quitta rapidement les cuisines après avoir averti le chef et organisé un dîner improvisé. De l'autre côté, la salle Chambord attendait. Il donna le signal et les serveurs entrèrent les uns derrière les autres, parfaitement coordonnés et souriants. Enfin ! Le dîner pouvait commencer.

Sonnées par ce violent retour à la réalité, Sophie et Béatrice n'essayèrent même pas de se parler tant le bruit des cuisines était infernal. Jovial, très actif, le chef vint les saluer et les oublia aussitôt. Il avait autre chose à faire que des discours et n'arrêtait pas d'entrer et de sortir, criant des ordres et laissant en permanence la porte de son bureau ouverte. Il régnait dans ces cuisines une activité étrange, digne d'un film de science-fiction. Le long d'un gigantesque fourneau électrique de plus de vingt mètres s'agitait en tourbillonnant une armada de toques et de tabliers. Chef et sous-chefs, cuisiniers, commis, assistants, premiers, seconds, pâtissiers, boulangers, chefs cafetiers, toastiers, ils étaient plus d'une centaine à s'interpeller, courant de gauche à droite dans un désordre très orchestré. Étuves, sauteuses, pétrin, battoirs, grils, friteuses, dans un boucan monstrueux de casseroles et de marmites, cette armée incroyablement bruyante et merveilleusement rodée préparait deux mille repas et au moins dix mille plats différents en une fournée.

— Mesdemoiselles ! Le temps de dresser la table et je vous apporte la première entrée. Ça ne prendra pas deux minutes.

Il parlait fort et agissait vite. D'un geste précis, le serveur qui leur fut dévolu déposa dans l'ordre une vaisselle de fine porcelaine blanche de Limoges au monogramme de la transat, une orfèvrerie brillante signée Ercuis, et enfin des verres et une carafe au cristal gravé des riches et prestigieuses Cristalleries Saint-Louis. Tout l'art de la table des grandes maisons françaises était maintenant devant elles ! Il ajouta la touche finale, des œillets rouges dans un soliflore d'argent puis, sans attendre, il tendit à chacune un menu imprimé et repartit aussi vite qu'il était arrivé. Le rituel commença. Sur le *France* on chuchotait qu'il serait exceptionnel, mais elles n'auraient pas pu imaginer un dîner tel que celui qu'elles allaient vivre.

— Regarde ! Vite, vite ! s'exclama Béatrice soudain ressuscitée.

Sophie leva précipitamment le nez du menu dans lequel elle commençait à peine à se plonger. Et elle vit une scène spectaculaire qu'elle n'oublierait jamais. Sur un chariot recouvert d'une toile blanche et argent, porté par deux serveurs tendus par l'effort et terriblement concentrés, elle vit passer, tel un empereur sur son trône, un aigle géant sculpté dans un bloc de glace. Il tenait entre ses ailes transparentes et déployées un trésor, une luxueuse boîte bleue et noire aux lettres dorées. Regards crispés sur l'échafaudage, bras levés pour prévenir une chute éventuelle, suivaient le chef, le sous-chef et quatre serveurs. Le fragile équipage passa devant les vitres de leur local puis disparut par les doubles portes en direction de la salle à manger. Le temps que les serveurs réquisitionnés gardent ces dernières ouvertes sur leur passage, elles entendirent monter la clameur de cris d'admirations. Sous le dôme illuminé de la salle à manger Chambord, l'aigle faisait une arrivée royale ! Dans les cuisines ils s'arrêtèrent tous un bref instant pour écouter, émus de l'accueil fait par les passagers à ce moment qu'ils avaient préparé de longue date et pour lequel, en raison de la dimension du bloc de glace sculpté à même le navire, il leur avait fallu déployer une incroyable ténacité. Puis les portes de la salle Chambord se refermèrent, étouffant les applaudissements, et la cuisine reprit son activité avec une frénésie supplémentaire.

Sophie se demandait ce qu'il pouvait bien y avoir de si exceptionnel dans cette boîte pour qu'on lui réserve un faste pareil. Le serveur apporta la réponse. Il se pencha vers elles et avança une coupe de cristal taillé dans laquelle luisait un étrange produit sombre. De petites billes noires. Elle plissa le nez, vaguement inquiète.

— Caviar ! annonça alors le serveur. Je vous propose le meilleur. Un sévruga de la mer Caspienne préparé façon malossol, dans la plus pure des traditions.

Impressionnée, Sophie afficha un sourire radieux. Le caviar était à son apogée, mais rares étaient les personnes qui avaient eu la chance d'en déguster. Le serveur déposa alors délicatement dans leurs assiettes respectives sept grammes de minuscules œufs au brillant gris acier. Sept grammes très précisément décomptés comme l'eût fait d'un diamant un orfèvre de la place Vendôme. Il avait des ordres, comme tous les serveurs qui s'étaient entraînés à prendre dans une cuillère de cristal et avec une précision extrême ces fameux sept grammes à ne dépasser sous aucun prétexte. Au prix du gramme de ce caviar d'exception, tout dépassement aurait pu faire basculer l'équilibre financier de la traversée tout entière.

Sophie n'avait jamais mangé de caviar mais, comme Béatrice, elle en avait beaucoup entendu parler.

— Je vous ajoute quelques blinis, précisa le serveur tout en déposant dans une coupelle en argent près de leurs assiettes des petites galettes dorées fraîchement sorties du four. Mais, ajouta-t-il, je vous conseille de déguster le caviar seul et surtout avec cette petite cuillère en cristal. Une cuillère en argent le gâterait. Ce caviar n'a besoin de rien. Sauf peut-être d'un peu de champagne. Bon appétit, mesdemoiselles, je fais venir le sommelier.

Du caviar ! Du sévruga ! Du cristal Saint-Louis ! Un sommelier ! Subjuguées par tant de raffinement et d'empressement, Sophie et Béatrice en avaient oublié leur humiliante mésaventure de l'escalier salle Chambord. Les choses s'étaient enchaînées avec une rapidité telle qu'étourdies par le bruit, le va-et-vient des cuisines et le luxe dont on les entourait, elles se laissaient faire.

Tablier blanc impeccablement noué dans le dos, le sommelier poussa près de leur table un chariot portant un seau d'argent rempli de glace duquel il tira une bouteille de champagne qu'il enveloppa d'une serviette de métis. Sophie le regardait faire. Il y avait dans les gestes de ces hommes au service des grandes tables un art dont elle ne se lassait pas. Dans le ballet millimétré des serveurs il y avait un tel talent que ceux qu'ils servaient se sentaient dans l'obligation de se comporter au même niveau d'élégance. Impressionnée par son style, Sophie, qui s'était un peu enfoncée dans sa chaise, se redressa.

Des bribes d'un poème revinrent à sa mémoire :

« *... et je n'ai pas connu toutes leurs voix, et je n'ai pas connu tous ceux qui servaient dans la haute demeure de bois, mais pour longtemps encore j'ai en mémoire des faces insonores, couleur de papaye et d'ennui, qui s'arrêtaient derrière nos chaises comme des astres morts.* »

Cette vision d'astres morts que le poète Saint John Perse enfant décelait dans les serviteurs de sa maison antillaise, elle les avait croisés parfois dans le visage des impassibles serveurs de certains grands hôtels ou de grands restaurants à l'occasion de repas de prestige donnés par de grandes maisons, et auxquels étaient conviés des habitués qui ne se rendaient parfois même plus compte de la chance qui était la leur. Peut-être ces serveurs professionnels de très haut niveau se demandaient-ils en ces moments-là si le long chemin qu'il leur avait fallu parcourir pour atteindre à l'excellence valait toujours la peine. Étaient-ils compris ?

En comparaison, ici, sur le *France*, tous affichaient des visages d'astres rayonnants. Cette aventure moderne était aussi la leur. La carte changeait tous les jours et l'imprimerie du bord éditait quotidiennement neuf menus pour lesquels des dessinateurs de renom avaient fait des illustrations sur des thèmes allant des châteaux de France aux gravures du tour du monde de Jules Verne, sans oublier les variétés infinies de fleurs et de fruits. Il y avait même des éditions spéciales au blason de la Compagnie en tirage limité pour les repas gastronomiques. Parce que le *France*, c'était aussi la cuisine française et ses vins dans toute leur splendeur.

— Veuve Clicquot !

Elles en dégustèrent une gorgée, et Sophie, bien que n'y connaissant rien mais impressionnée, afficha un large sourire pour marquer au sommelier son assentiment.

— Tu souris trop, intervint Béatrice quand ce dernier fut parti. Ça ne se fait pas. Tu vas nous faire passer pour des idiotes qui n'ont jamais rien vu.

— On ne sourit jamais assez, répliqua Sophie tout en s'essuyant le bout des lèvres sur la serviette de lin blanc. On nous traite comme des reines, autant montrer qu'on apprécie.

— Comme des reines ! C'est vite dit, s'étrangla Béatrice tout en s'essuyant à son tour les lèvres avec délicatesse. Bien servies, c'est vrai, mais dans quelles conditions ! N'oublions pas qu'on s'est fait jeter de la salle.

Qu'est-ce que tu crois ? En fait de dîner de reines, on nous fait manger comme le petit personnel. En cuisine.

Mais Sophie ne l'écoutait pas. Elle venait de s'apercevoir qu'en s'essuyant les lèvres elles avaient taché leurs serviettes immaculées et brodées qui étaient maintenant pleines de traces de rouge à lèvres.

— Mince, dit-elle, on a taché les serviettes !

— Et alors, dit Béatrice, agacée. Les serviettes, c'est fait pour ça, non ?

C'était évident et Sophie se trouva stupide.

— Quelle humiliation, continua Béatrice, et ce maître d'hôtel qui ose nous dire que manger en cuisine c'est une faveur ! Quel toupet !

Sophie n'était pas d'humeur à s'embêter pour rien, ni à râler comme Béatrice à cause de ce dîner raté.

— On s'en moque de ce dîner, quelle importance ! dit-elle, cherchant à se convaincre elle-même. C'est fabuleux de manger ici. On assiste à tout, c'est un privilège. Le maître d'hôtel a raison, on a tout le temps d'aller dîner comme tout le monde dans la salle un autre soir.

Béatrice bondit.

— La salle Chambord est la salle de restaurant la plus prestigieuse au monde et toi tu t'émerveilles d'être en cuisine ! Mais à quoi penses-tu ? Tu ferais mieux de te demander pourquoi on n'y arrive jamais, à la salle Chambord. Je suis sûre que quelqu'un s'acharne contre nous.

Contrairement à Béatrice qui se méfiait de tout, Sophie avait conservé une incroyable confiance en toutes choses, et elle gardait intacte sa capacité à l'émerveillement.

— Tu as de ces idées ! dit-elle en levant les yeux au ciel. Qui veux-tu qui s'acharne ? Personne. C'est le hasard.

— Le hasard a bon dos. Ce maître d'hôtel nous prend pour des gourdes, et je soupçonne l'Académicien de vouloir nous ridiculiser. Mais il a raté son coup, poursuivait Béatrice, grâce à cet officier qui s'est levé pour venir à nous. Ça, crois-moi, ça a dû leur en boucher un coin. Quelle allure ! En revanche, je suis incapable de me souvenir de ce qu'il nous a dit, j'étais dans tous mes états à cause de notre arrivée stupide. Au fait, tu le connaissais ?

— Non.

— Ah bon. Je pensais que c'était celui qui t'avait trouvée dans le petit salon et qu'il venait te saluer.

Sophie avait répondu non sans réfléchir. Elle ne voulait pas parler de cet officier. Le net recul qu'il avait eu tout à l'heure quand elle avait agrippé son bras avait heureusement échappé à Béatrice.

— En tout cas, reprit cette dernière, on a dû faire des envieuses parmi ces dames. Il faut voir comment elles le regardaient. Plus d'une aurait laissé sa place pour prendre la nôtre, quitte à aller ensuite dîner en cuisine. Qu'en dis-tu ?

Pour toute réponse, Sophie haussa les épaules.

31

Au moment même où les invités quittaient la salle Chambord, s'éparpillant sur le navire plongé dans la nuit, Chantal rejoignit le pressing.

— Alors ! Comment s'est passé ce déménagement des cabines ?

— Parfait, Michèle. Pas une erreur, j'ai fait le maximum.

— Ça ne m'étonne pas. Mais maintenant il faut enchaîner. Les garçons de salle viennent de tout m'apporter. Regarde !

Il était presque impossible de poser le pied dans le pressing. Le tas de nappes et de serviettes envahissait l'espace.

— Serviettes et nappes, on a trois mille pièces à faire. Tout doit être lavé, séché et plié pour demain matin. On en a pour un bon moment.

— Ça va aller, dit Chantal, rassurante. Ne t'inquiète pas. Je t'ai promis que je ferais double tache, je le fais ! Les extras, c'est en plus, je le sais, et je m'arrangerais à chaque fois. Tu n'auras pas de souci.

Michèle sourit, elle aimait cette capacité de Chantal à ne jamais paniquer et toujours voir le travail positivement. On la sentait capable de soulever des montagnes et elle ne se laissait jamais abattre. Pour fêter ça, elle alla chercher un « petit remontant », comme elle disait.

— Tiens, Chantal, goûte-moi ça. Ce sont les meilleurs chocolats de Paris, ils sont fourrés. Ça vient d'où tu sais, fit-elle avec un air mystérieux en ouvrant la boîte beige clair aux filets rouges et à l'étiquette dorée. C'est mon nounours qui me les a offerts, il veut que je profite de tout.

Michèle était conviviale. Elle aimait les bonnes choses et elle aimait surtout montrer que « Nounours », son amant chef cuisinier, la gâtait. Il la fournissait régulièrement en chocolats et sucreries diverses puisées directement à la source intarissable des cuisines de l'Élysée, et Michèle était fière comme si l'aura du Palais présidentiel rejaillissait dans le placard de son pressing.

— Je trinque à notre bonne étoile, dit-elle en enfournant le chocolat avec un large sourire qui éclairait joliment son visage rond.

— Mmmm, fit Chantal en croquant dans le fondant d'une ganache bien noire, c'est délicieux.

— Oui, et pas besoin pour ça d'aller s'installer à la salle Chambord. Au fait, je ne t'ai pas dit.

Chantal cessa de déguster.

— Quoi ?

— Roger a viré tes deux pimbêches de la salle Chambord.

— Non ?

— Si ! Il vient de m'appeler, il était en rogne parce qu'il n'a pas pu les avertir à l'avance et du coup elles y sont quand même allées. Elles ont descendu l'escalier et quand elles sont arrivées en bas, elles se sont retrouvées comme deux cruches. Tout était complet. Roger était vert en les voyant arriver, et du coup tu devineras jamais où il les casées.

— À la salle à manger Versailles, en classe touriste.

— Non. Mieux que ça, beaucoup mieux. Il te les a mises en cuisine, ni plus ni moins !

— Non ! Et qu'est-ce qu'elles ont dit ? Elles ont accepté ?

— Elles n'ont pas eu le choix, parbleu ! Ça leur apprendra de vouloir faire les intelligentes et de nous dire comment il faut parler. Non mais ! Cela dit, je ne dois pas refaire le coup à Roger une troisième fois. Il ne marcherait plus. Mais je doute que ces deux prunes y reviennent, la leçon a dû être rude.

Chantal secoua la tête, l'air de dire à Michèle : « tu exagères quand même ! », mais elle ne put s'empêcher d'éprouver une certaine satisfaction. Elle imagina Béatrice et Sophie dans le boucan au milieu des vapeurs, et elle sourit.

— Allez, au boulot, dit Michèle en prenant un dernier chocolat avant de ranger la boîte, satisfaite de sa petite vengeance.

Chantal ouvrit le hublot de la grosse machine à laver et y enfourna les serviettes sales les unes après les autres. La nuit était tombée et elle ne s'en était même pas aperçue. La journée avait passé si vite. Elle avait complètement oublié Gérard et l'affaire de la coursive. Personne ne l'avait fait chercher et Michèle ne lui en avait pas parlé non plus. Or, s'il avait dû se passer quelque chose de grave pour Gérard, elle l'aurait su. Chantal poussa un soupir de soulagement. Demain l'incident serait oublié, il y aurait autre chose de plus urgent à traiter et son frère ne serait pas inquiété. Elle se dit qu'encore une fois elle s'était fait du souci pour rien, comme toujours, et qu'elle aurait mieux fait de ne pas s'en mêler en allant voir cette passagère. Enfin, apparemment tout rentrait dans l'ordre.

— Heureusement ! pensa-t-elle.

Soudain elle s'interrompit :

— Oh là là, fit elle en montrant une serviette à Michèle. Tu as vu, regarde ces traces de rouge à lèvres. Mais... il y en a partout, sur toutes les serviettes !

Dépliant les serviettes les unes après les autres, elle désignait des traînées rouges, roses, beiges. Effectivement, il y en avait partout.

— Du linge si beau ! Quel massacre !

— Zut de zut, fit Michèle, consternée.

— Qu'est-ce qu'on fait ?

— Tout ce qu'on peut. Ça doit redevenir blanc de blanc. La consigne est impérative et il n'est pas question de faire dans l'à-peu-près. On me l'a répété mille fois aux réunions d'embauche : « Sur le *France*, le linge doit être absolument im-pec-cable. » J'aurais dû y penser, qu'elles forceraient sur le maquillage ! Une traversée pareille, elles mettent le paquet !

Michèle vérifiait les dégâts, désolée. Il y avait aussi beaucoup de traces de fond de teint.

— Tant pis, on va forcer sur les produits, mais je ne crois pas qu'on les aura du premier coup. Il faudra les passer deux fois, quelle galère ! On y est pour un bon moment ! Les rouges qu'elles mettent l'hiver sont toujours plus coriaces que ceux de l'été, ce n'est pas simple. Pourvu qu'on ne doive pas faire trois passages. J'aurais dû prévoir plus de café.

— Bof, fit Chantal, autant ne pas perdre de temps. De toute façon il est mauvais ce café. Je ne sais pas pourquoi, je n'arrive pas à le boire.

— Sur un bateau le café n'est jamais bon. C'est le roulis qui le gâche. Allez, continue d'enfourner, va, sinon on n'y arrivera jamais !

Au-dehors le vent soufflait par rafales, et, aux reflets de la lune sur l'océan, Chantal devinait par le hublot la houle qui enflait. La tempête s'était préparée toute la journée mais là, ça n'allait plus tarder à éclater. Il faudrait s'accrocher !

32

Devant la timonerie, le commissaire et Francis attendaient l'officier. L'affaire de la nuit commençait à tourner au vinaigre. Jusque-là, personne n'avait rien demandé. Francis avait seulement prévu de s'occuper d'Andrei parce qu'il était sûr que le coup ne pouvait venir que de lui. Mais il avait décidé de prendre son temps. Un des hommes finirait par cracher le morceau. Depuis très longtemps, Francis voulait régler son compte à Andrei, pratiquement depuis l'enfance, quand celui-ci était arrivé de Russie dans les bagages du père Moreau. À cause de lui, il y avait eu la pagaille au parti. Le père Moreau, convaincu de la première heure, avait même failli en venir aux mains avec le père de Francis qui était alors le secrétaire de la section. En réunion, celui-ci avait eu le malheur de dire que Staline avait peut-être du bon, que les purges n'avaient peut-être pas toujours été si inutiles que ça et que les parents d'Andrei méritaient peut-être ce qui leur était arrivé. Le père Moreau avait rendu sa carte ce jour-là, et il n'avait plus jamais remis les pieds à la section. C'est alors qu'avait commencé sa déchéance. Depuis ce temps, bien de l'eau avait coulé sous le pont, et le père Moreau était mort et enterré. Mais, pour Francis, Andrei restait un homme dangereux. Il le soupçonnait de garder enfouie une rancœur terrible.

— Ce type c'est une bombe à retardement, disait-il aux copains. Il faut s'en méfier.

Et puis voilà qu'en début de soirée le commissaire déboule dans son bureau. Le malade cardiaque avait repris ses esprits en même temps, hélas, que son mauvais caractère. À peine sur pied, déjà il commence à geindre, à dire qu'on a essayé de le tuer. Il veut qu'on trouve le coupable. Le médecin ayant signalé la présence d'un officier, le commissaire en avait rapidement déduit que ce pourrait être Vercors, qui finissait son quart à cette heure-là. Mais le commissaire pensait qu'il serait mieux que Vercors n'ait pas à intervenir. Qu'il vaudrait mieux trouver le responsable avant. Vercors était un homme de devoir, mais ce n'était pas le genre à dénoncer qui que ce soit. Lui imposer de le faire, c'était mettre le doigt dans un engrenage dangereux pour la paix de tous.

Francis, lui, n'avait rien à faire des états d'âme d'un officier. Il avait convaincu le commissaire de ne pas tourner autour du pot, d'aller illico lui montrer la photo d'Andrei et de lui demander tout de go s'il le reconnaissait. Voilà pourquoi ils l'attendaient maintenant devant la timonerie.

Quand l'officier sortit, le commissaire lui expliqua toute l'affaire et Francis se hâta de lui mettre la photographie d'Andrei sous le nez. Vercors regardait la photo. Il reconnut ce visage, c'était bien l'homme de la nuit passée. Celui en bleu de travail qui avait disparu dans l'escalier qui conduit aux machines. Mais pourquoi lui montrait-on sa photo ? Qu'attendait-on de lui ? L'explication vint de façon abrupte.

— Ce marin s'appelle Andrei, dit Francis dès que le commissaire eut exposé la situation, c'est un gars de la bordée de nuit. Et si c'est lui qui a fait le con, il doit payer. Il se planque derrière la bordée. Ce n'est pas juste et ce n'est pas bon pour le bateau que dès la première traversée il y ait de sales histoires qui traînent.

L'officier regardait Francis sans répondre. Cette avalanche de paroles n'était pas la meilleure solution pour le convaincre. Il se tourna vers le commissaire.

— Qui est cet Andrei et que me voulez-vous exactement ? lui demanda-t-il comme s'il n'avait rien entendu de ce que Francis venait de dire.

Mais ce dernier n'avait pas l'intention de se laisser impressionner, et avant que le commissaire ait pu ouvrir la bouche, il insista.

— On voudrait savoir si vous avez vu cet homme le soir de l'accident dans la coursive. Il parait que vous y étiez, vous avez pu l'apercevoir ?

L'officier paraissait réfléchir, mais il ne répondait toujours pas.

Cette fois un peu déstabilisé, Francis se tut et le commissaire répéta la question, en la reformulant.

— Cet homme sur la photo, si vous l'avez vu le soir de l'accident, il faudrait que nous le sachions. Nous voulons éviter qu'une histoire compliquée ne se mette en route. Si nous savons qu'il était sur les lieux, nous pourrons en parler avec lui.

— Il y était, mais nous étions plusieurs.

Le commissaire s'attendait à tout sauf à une réponse aussi rapide, précise et brève. Francis ouvrait déjà la bouche pour poser une autre question mais l'officier fit un salut et s'excusa. La tempête se levait et il devait impérativement rejoindre les tableaux de commande. Le navire se soulevait et des paquets de mer éclataient jusque sur le pont supérieur. Le commissaire jugea que ce n'était ni le moment ni la peine de prolonger cette situation. C'était déjà bien beau que Vercors ait donné une réponse sans qu'ils aient eu à insister davantage.

— Je ne comprends pas pourquoi vous prenez des pincettes avec cet officier, s'énerva Francis quand ils se retrouvèrent seuls. Il y a des règles sur un navire, il doit s'y plier comme les autres.

— Mais bien sûr, c'est ce qu'il a fait.

— Oui, enfin, c'est vite dit. Il l'a fait du bout des lèvres. On aurait pu en savoir davantage. Là, on reste le bec dans l'eau.

— Je ne vous le fais pas dire ! soupira le commissaire. Mais Vercors n'aurait rien dit de plus. Écoutez Francis, je vous aime bien mais laissez tomber l'officier. Puisque vous êtes sûr que c'est Andrei qui a fait le coup et que Vercors l'a vu ce soir-là dans la coursive, allons le chercher. Il finira bien par avouer.

— C'est ça. Vous croyez quoi ? Qu'à la bordée ils nous attendent avec des fleurs ? Vous ménagez vos hommes, mais les miens vous pensez qu'on peut les manœuvrer comme ça ? Vous vous mettez le doigt dans l'œil, et profond. Ils sont bien plus coriaces que votre officier. Vous n'imaginez pas jusqu'où peut aller la solidarité des gars des machines. Et je les comprends ! Ils se feront tous virer plutôt que de livrer un des leurs.

— Même s'il est coupable ?

— Coupable de quoi ? s'énerva Francis. D'avoir pété les plombs et secoué ce type qui est déjà debout et qui glapit qu'on a voulu l'assassiner ? Allons, commissaire, un peu de sérieux, vous savez comme moi que personne n'a voulu tuer ce passager.

— Mais alors, quelle explication avez-vous à ce sang et à ce silence des hommes ? insista le commissaire.

— Aucune.

— Alors ?

— Alors je cherche.

— Écoutez, Francis, il faut sortir de là. Je devrai très vite informer le commandant et à mon avis il évaluera le problème à sa juste mesure. Il voudra savoir qui a « pété les plombs », comme vous dites. Normal, parce que ça, c'est grave.

— Je sais, je sais... mais qu'est-ce que vous voulez que je fasse ? Je ne vais pas les interroger un à un ! De toute façon, ils diraient rien, alors...

— Pour l'heure la première chose à faire, c'est de calmer la colère du passager. C'est un pénible, il ne lâchera pas.

— Mentez. Dites lui que le type a avoué, qu'il avait bu et qu'il est à la prison du bateau, qu'il ne réapparaîtra pas.

— Vous n'êtes pas sérieux ?

— Si. Mentez et l'affaire est close.

Le commissaire se récria mais, après réflexion, il se dit qu'il y avait urgence et qu'après tout l'essentiel dans un premier temps était de calmer le passager guéri. Pour le reste, ils régleraient l'affaire plus tard, en interne.

33

Après le dîner, Béatrice et Sophie, qui avaient décidé de rentrer à leur cabine pour en profiter pleinement, étaient tombées dans le hall central sur toute l'équipe qui repartait comme la veille, au bar de l'Atlantique « faire la fête et finir la nuit ». Elles s'étaient laissé convaincre mais, cette fois, Béatrice s'était juré de ne pas boire. L'expérience de la première soirée l'avait refroidie.

Elles arrivèrent parmi les premiers. Sophie put apprécier l'élégance moderne du lieu. Avec ses cloisons en panneaux de vachette noire rivetés or, ses dalles de verre multicolores et ses chauffeuses de rilsan jaune, avec ses bouteilles d'alcool doré derrière le bar, ses bouquets d'œillets sur des tables basses aux piètements laqués et aux plateaux de formica ivoire ou orangé, le bar de l'Atlantique était d'un luxe intime et sensuel. Elles s'installèrent sur de hauts tabourets aux lignes géométriques et aux sièges gainés de cuir orange. Le photographe s'empressa. Mais alors qu'il tentait de tirer son siège pour se rapprocher d'elles, il s'aperçut qu'il était impossible de le déplacer. Son piètement d'acier était rattaché au comptoir du bar.

— Zut de zut ! fit-il, contrarié. Qu'est-ce que c'est ce que ces tabourets ! Si on ne peut même pas les tirer pour se rapprocher des belles filles, alors à quoi ils servent ?

Il se croyait réellement irrésistible. Or, après la façon dont il s'était comporté avec Béatrice, Sophie n'avait qu'une envie : le remettre à sa place. Elle saisit l'occasion.

— Vous vous demandez à quoi ça sert que ces tabourets soient accrochés ? dit-elle d'un ton impertinent. Mais tout simplement à éviter de se retrouver collées à des individus qu'on ne souhaite pas forcément avoir trop près de soi.

Cette pique agaça le photographe au plus haut point, d'autant qu'il souhaitait s'approcher de Béatrice et non pas de cette Sophie qu'il jugeait peu abordable et un brin pimbêche avec ses airs de moraliste qui ne boit pas, ne fume pas et ne participe pas aux fêtes au champagne. Lui, il aimait la fête et les filles qui ne voient pas d'inconvénient à passer de bons moments. Sa philosophie sur ce point était des plus simples. Il fallait commencer par boire une fois, deux fois, trois fois et bien au-delà. Il avait bien noté que même les jeunes femmes les plus réticentes devenaient plus sensibles à son bagout après avoir ingurgité nombre de flûtes de champagne. Il appartenait à la catégorie des séducteurs qui ne supportent pas de se voir repoussés, et chez qui la moindre réticence peut entraîner une violente fureur de vaincre.

— Tu vas voir celle-là comme je vais te la faire plier, dit-il à voix basse en se retournant vers l'ami installé sur sa gauche.

— N'essaie même pas, on la connaît et tu n'es pas son genre. Tu vas te démener pour rien, tu ne l'auras pas.

Il n'en fallait pas plus pour faire monter le photographe sur ses grands chevaux. Il mettrait cette Sophie dès ce soir dans son lit. Non mais !

— On parie ? dit-il d'un ton assuré.

— OK, dit l'autre. Combien ?

— Cinq cents francs.

— Cinq cents francs c'est ridicule, aucun intérêt. Si on parie, on parie gros. Moi je mise un zéro de plus.

— Quoi ? Cinq mille ! Tu es malade, ou quoi ?

— Tu es sûr de toi ou tu as peur de perdre ?

Piqué, le photographe accepta. Il était incapable de laisser planer le moindre soupçon qui aurait porté atteinte à sa réputation de séducteur. Dans ce petit monde de professionnels qui se retrouvaient très souvent ensemble sur les mêmes reportages, il avait réussi à se créer ce rôle qui lui donnait une existence réelle mais qui l'épuisait, car il fallait sans cesse l'alimenter. Quand ses alter ego parlaient filles, ils s'adressaient à lui. Il avait le don de créer une ambiance propice aux rapprochements. Ce qui, pour dire la vérité, n'allait pas bien loin et se limitait en général à commander des bouteilles, à les boire et à les faire boire.

— Champagne ! Et des verres pour tous, surtout pour ces demoiselles qui en ont grand besoin, commanda-t-il en lançant un clin d'œil à son collègue émoustillé.

Pas dupe une seule seconde de ce qui allait s'annoncer, Sophie fit semblant de ne pas avoir entendu et commanda une orange pressée.

— Du jus d'orange ! hurla-t-il, hors de lui. Quelle hérésie ! Mais c'est une offense au bon goût, comment osez-vous ! (Et, s'adressant au barman :) Si vous servez à Mademoiselle un jus d'orange, je vous préviens, je fais un scandale.

Et il se mit à scander en levant les bras et frappant dans ses mains pour entraîner les autres à reprendre avec lui :

— Pour Sophie ! du champagne ! pour Sophie ! du champagne ! pour Sophie ! du champagne ! pour Sophie !...

S'ils critiquaient les excès de leur collègue, les autres les encourageaient la plupart du temps, pour la raison simple qu'ils les trouvaient distrayants. Ravis de l'occasion, ils reprirent en chœur avec lui tout en tapant du pied.

— Pour Sophie ! du champagne ! pour Sophie ! du champagne ! pour Sophie !...

Elle se retrouva piégée, dans la désagréable alternative de refuser net, en passant pour une orgueilleuse qui ne sait pas s'amuser et en se mettant à dos toute la petite confrérie, ou d'accepter, en risquant de se voir entraînée après une coupe, à en boire une deuxième, puis une troisième... Or, Sophie ne buvait jamais d'alcool, car elle n'en aimait ni le goût ni les effets. Une seule coupe, et sa tête tournait, le rouge montait à ses joues cramoisies pour ne plus les quitter qu'après de longues heures. Ce dont elle avait horreur. Mais que faire ? Ils étaient là à crier comme des idiots, heureux d'avoir trouvé une victime. Elle devait boire sa coupe, ils n'en démordraient pas.

C'est alors qu'intervint le barman. Jamais Sophie ne dirait assez tout le bien qu'elle pensait des professionnels de talent, en quelque endroit qu'ils se trouvent. Et celui-là était hors pair. Prendre un verre au bar de l'Atlantique sur le *France*, ce n'était pas boire comme dans n'importe quel troquet où l'on vous laisse faire n'importe quoi pourvu que vous payiez l'addition. Bien sûr il fallait que la fête ait lieu, bien sûr il fallait accepter quelques arrangements avec les clients car il fallait remplir les caisses, mais ça ne devait en aucun cas se faire au détriment d'une règle incontournable : tenue et savoir-vivre.

— Puis-je vous aider, monsieur ? demanda-t-il très poliment au photographe. Je crois savoir ce qu'il faudrait à Mademoiselle. Un zeste de jus d'orange comme elle le souhaite, et un zeste de champagne offert par vous si gentiment qu'elle ne peut vous le refuser.

Et, sans attendre de réponse, sous les yeux médusés et interrogatifs du photographe qui se demandait s'il n'était pas en train de se faire avoir, il servit dans une coupe le jus d'une orange et, se saisissant de la bouteille de champagne, il en versa une larme légère sur le jus fraîchement pressé. Puis, après avoir questionné pour la forme le photographe qui ne put qu'accepter la permission de la servir, il tendit la coupe à Sophie.

— Ouf, se dit-elle, sauvée !

Et sans laisser le temps à quiconque de dire quoi que ce soit, le barman enchaîna. Il remplit les coupes des uns et des autres tout en les interpellant pour les leur distribuer rapidement. Il se mit à vanter les mérites du champagne, pressant les uns et les autres de questions. Chacun se mit à donner son avis et il ne fut bientôt plus question de Sophie. Elle lui adressa un grand sourire empreint de gratitude.

Pendant ce temps, le bar s'était considérablement rempli. Les femmes qui étaient allées changer leurs robes de cocktail en robes du soir et les couples qui s'étaient attardés à table étaient arrivés. On pouvait à peine bouger. Face à l'invasion de ces nouveaux arrivants auxquels se mêlaient des passagers de la classe touriste introduits par ceux qui adoraient transgresser les codes, le petit groupe s'était plus ou moins dissous. Mais le photographe n'avait pas digéré l'épisode du bar parce que l'autre ne le lâchait pas, son pari tenait toujours. Or il n'avait aucune envie ni de perdre la face ni de perdre cinq mille francs, somme astronomique pour sa bourse et il se maudissait d'avoir parié bêtement sur cette Sophie. Comme l'avait averti son ami, elle se révélait inabordable. Il avait fait diverses tentatives dans la soirée, mais en vain. Alors, poussé par son parieur qui le titillait sur son échec, il décida de tenter le tout pour le tout et annonça qu'il allait refaire le coup de la bouteille « à la russe ». Comme il avait déjà bu pas mal de coupes et qu'il était de plus en plus excité, l'ami, bien que fort éméché lui aussi, tenta de le dissuader.

— Mais tu es malade, ou quoi ? fit-il, effrayé. On ne va pas casser des verres dans ce bar.

— On ira sur la terrasse, comme hier soir.

— Impossible, dit un autre, tu as vu la pluie qui tombe dehors, et la tempête ?

— Laissez faire, je vous dis, et suivez-moi, on va aller la chercher. Cette fois, qu'elle le veuille ou non, elle viendra et ça va marcher.

Bien que réticents pour de multiples raisons qui parvenaient confusément à leurs cerveaux embrumés, ses complices le suivirent. Sophie et Béatrice les virent s'avancer vers elles près de la baie vitrée de la terrasse où elles bavardaient avec d'autres connaissances. Le photographe brandissait une bouteille de loin tout en se frayant un passage dans la foule et Sophie comprit qu'il revenait à la charge.

— Oh non ! fit-elle, exaspérée, en s'emparant du verre de Béatrice. Cette fois, s'il insiste, je lui jette ton verre à la figure.

— Chères amies ! lança le photographe d'une voix incertaine tout en affichant un grand sourire, nous venons vous convier à une fête à la russe sous la pluie.

Sophie eut du mal à se retenir. Mais ce n'était ni le lieu ni le moment de faire un scandale. Il avait beaucoup bu et les deux autres qui l'accompagnaient visiblement aussi. Il fallait éviter qu'il ne se braque et couper court. Comment ? Que dire pour s'en débarrasser ?

— Vous ne pouvez pas refuser ! insista-t-il alors en prenant d'autorité le bras de Sophie.

Hélas pour la suite des événements et pour le calme que Sophie souhaitait garder afin de ne pas provoquer le pire, Béatrice, très énervée après ce photographe qui courait après les trophées, et sans doute aussi un peu vexée de cet intérêt soudain porté à une autre alors que la veille elle était le point de mire, s'interposa.

— On ne veut pas de votre compagnie, dit-elle d'un ton sec et méprisant. Nous n'avons aucune envie de trinquer avec vous, ni à la russe, ni à la française, ni d'aucune façon.

Piqué au vif comme on pouvait s'y attendre, le photographe monta immédiatement sur ses grands chevaux.

— Mais ce n'est pas à toi que je parle, ma chère Béatrice. J'ai déjà trinqué avec toi et je n'ai pas envie de remettre le couvert. C'est à ton amie que je m'adresse.

Béatrice blêmit.

— Ça suffit ! coupa Sophie qui sentait que la conversation allait dégénérer. Personne ici ne lancera plus de bouteilles ! Vous avez fait assez de dégâts comme ça hier soir !

Le photographe faillit s'en étrangler.

— Des dégâts ! Quelques malheureuses bouteilles vides et quelques verres à la mer et tu parles de dégâts ! Ma pauvre, si comme moi tu étais allée sur des terrains de guerre, tu saurais ce que c'est que des dégâts et tu ne parlerais pas à tort et à travers.

Il avait pris son ton de grand professionnel mais il n'eut pas le temps d'en dire davantage. Béatrice, au comble de la rage de le voir insister avec ses insinuations et ses airs de baroudeur, avait pris son verre des mains de Sophie et lui en avait jeté le contenu à la figure. Cela se passa si vite que Sophie n'eut pas le temps d'intervenir et que le photographe, suffoqué, dégoulinant de champagne et l'esprit obscurci par l'alcool, crut que c'était Sophie qui lui avait jeté le verre. Ridiculisé et comprenant qu'il allait perdre son pari et ses cinq mille francs, il vit rouge et décida que cette fille allait voir ce qu'elle allait voir ! Il en appela à ses amis qui n'attendaient que ça.

— Cette fille est folle, dit-il en riant exagérément pour faire croire qu'il maîtrisait encore la situation, il faut la jeter à l'eau. Venez m'aider !

Sophie n'eut pas le temps de comprendre ce qui allait se passer qu'ils l'entouraient déjà. Ils s'y mirent à trois pour la pousser vers la terrasse avec la ferme intention de lui donner une leçon en lui faisant peur. Après une légère bousculade où seule Béatrice tenta de s'interposer, ils se saisirent de Sophie sous les yeux mi-figue, mi-raisin des autres clients qui n'osaient intervenir, pensant à une farce qui allait cesser au seuil de la terrasse. Sophie elle-même affichait un sourire crispé et, bien qu'inquiète, elle ne se démenait pas plus que ça pour les faire lâcher, pensant qu'ils n'iraient pas loin vu le temps qu'il faisait à l'extérieur. Mais ils ne s'arrêtaient pas et l'emportèrent jusqu'au-dehors. Là, le froid glacial les saisit et sembla un instant réveiller leur lucidité.

— Mince, fit l'un, il gèle.

Mais le photographe était lancé et il tenait à donner une leçon à Sophie. La colère l'avait gagné au point qu'il ne mesurait plus le danger. Il trouvait que pour régler son compte à cette pimbêche, le froid ne suffisait pas. Il voulait qu'elle ait la peur de sa vie. L'océan était déchaîné et la pluie tombait par rafales. À l'intérieur, les clients qui avaient assisté à la scène ne paraissaient pas se rendre compte de ce qui se passait vraiment. Ils pensaient que ces jeunes gens allaient cesser ce jeu et qu'ils allaient revenir. L'un avait même refermé les portes de verre à cause du froid qui s'engouffrait dans le bar. Sophie savait bien que le photographe n'avait pas l'intention de la jeter réellement à l'eau, mais elle le sentait tellement furieux contre elle et dans un tel état d'ébriété que le pire pouvait arriver. Quant aux deux autres, inutile de compter sur eux, ils avaient bu et suivaient comme des idiots. Le bateau se soulevait au rythme puissant de la houle. Ils se rapprochèrent du bord en la tirant. Sophie se débattait maintenant et criait, mais, bien qu'affaiblis, ils avaient plus de force qu'elle et le bruit de la tempête couvrait ses cris. Euphoriques, ils semblaient n'avoir aucune conscience du danger qui était immense.

— C'est toi qu'on va mettre à l'eau ! hurla soudain le photographe. Hier soir c'était les bouteilles qu'on jetait par-dessus bord, ce soir c'est toi qu'on va balancer. Il faut changer d'amusement, tu as raison.

Et sans qu'elle pût les en empêcher, ils la prirent aux poignets et aux chevilles et ils se mirent à la balancer, faisant mine de la jeter par-dessus bord.

— Allez, un, deux, trois...

Le balancement redoubla dans les rires et le vent. Ils glissaient sur le sol trempé de la terrasse mais se reprenaient, hilares, euphorisés par le contexte et la violence des éléments. Sophie ne voyait plus rien, la pluie se déversait par trombes et l'aveuglait, collait sa robe et ses bas. Entre le jeu et le drame, la ligne est parfois si étroite que ceux qui au cours de leur existence y ont été confrontés savent l'atroce frayeur que l'on éprouve quand l'on voit les autres rire alors que l'on est seul à pressentir le drame. Sophie hurlait et appelait au secours, mais ses hurlements se perdaient dans le vent. Elle voyait le visage triomphant et ruisselant du photographe et des deux garçons. Ils n'étaient plus capables d'évaluer le danger à sa juste mesure et avaient l'air de fous. Elle se vit jetée au milieu de ces eaux déchaînées et glaciales. La scène ne dura pas plus de quelques minutes, mais pour Sophie ce fut une éternité. Elle sut que si elle ne se dégageait pas immédiatement de leur emprise elle allait tomber dans l'océan et mourir. Elle eut alors un de ces sursauts puissants que seule donne la peur de la dernière heure, et elle se secoua avec tant de force et de violence, les mordant aux poignets jusqu'au sang, qu'ils lâchèrent prise et roulèrent tous ensemble sur la terrasse. La tête de Sophie s'en alla heurter l'acier du bastingage auquel elle s'agrippa de toutes ses forces. En contrebas les eaux noires de l'océan cognaient, furieuses. Elle se crut perdue mais une main se tendit, déjà on l'entourait. Béatrice avait réussi à alerter d'autres amis qui, inquiets de ne pas les voir revenir, étaient sortis pour tirer Sophie de ce mauvais pas.

Maintenant, autour d'elle ils s'empressaient et la seconde d'après elle se retrouvait à l'intérieur, enveloppée dans un grand plaid de laine. Trempés et dégrisés, accablés par les clients qui n'en revenaient pas d'une telle inconscience, le photographe et les deux autres semblaient à peine prendre la mesure de leur acte.

— Vous dramatisez ! expliquait l'un. On la tenait bien et on allait rentrer, on voulait juste s'amuser un peu, il n'y a rien de grave. Un peu d'eau ça n'a jamais tué personne !

Béatrice était suffoquée de ce qu'ils avaient été capables de faire sous l'influence de l'alcool.

— Mais vous êtes de vrais malades, oui ! Vous vous rendez compte qu'elle aurait pu passer par-dessus bord, et vous avec !

— Tout de suite les grands mots, on la tenait bien, on te dit. On est vivants et il n'est rien arrivé, non ! On ne va pas en faire un drame !

Gêné, sentant l'hostilité générale et comprenant soudain que ses amis et lui-même avaient fait les idiots, le photographe, dégrisé, tentait encore de minimiser. Mais au lieu de reconnaître son erreur, il tentait de faire croire qu'il était toujours resté maître de la situation. En fait, il n'en menait pas large, et les deux autres non plus. Ils proposèrent de ramener Sophie à sa cabine pour qu'elle se change et que la fête continue, mais Béatrice les envoya promener. Ce qui donna au photographe l'occasion de se tirer d'affaire, entraînant ses amis pour trouver des passagères agréables et moins compliquées.

Béatrice aurait pu le foudroyer sur place qu'elle n'eut pas hésité une seconde. Mais il fallait s'occuper de Sophie qui était bien mal en point. Elle la ramena à la cabine, la frictionna, lui prépara un bain bien chaud et fit monter un lait bouillant avec du miel. Et quand Sophie fut enfin allongée dans son lit, remise de ses émotions, elle en tremblait encore.

— Tu sais, lui dit-elle, ce qui était terrible c'est que je n'arrivais pas à faire comprendre aux autres que tu étais réellement en danger. Ils me disaient tous que ce n'était qu'une blague. J'ai eu du mal à les convaincre.

Jamais Sophie n'aurait cru que Béatrice pourrait se montrer aussi éprouvée de quelque chose qui lui arrivait. Elle en fut touchée. Béatrice ne l'avait pas habituée à s'inquiéter pour quiconque. Ce qui ne gênait pas Sophie outre mesure et qui, jusqu'alors, lui convenait même parfaitement. Elle était comme elle. Les autres n'entraient dans son champ de vision que s'ils avaient quelque chose à y faire, ce dont elle seule décidait. Ainsi, cette Chantal, qui avait tenté une percée en jouant sur sa fibre sensible et avait failli aboutir, s'était-elle vue balayée sans plus d'états d'âme que ça la seconde d'après. Mais ce soir, dans cette tempête, face au danger et à l'inconscience, une autre Béatrice venait de se découvrir. Bien que personnellement blessée par l'attitude de ce photographe, elle avait dépassé ses rancœurs sans l'ombre d'une hésitation pour aller au secours de Sophie.

— On frappe.

— Quoi ? Je n'ai rien entendu, tu es sûre ?

Deux coups discrets se firent entendre. Béatrice avait raison.

— Je vais voir, dit-elle. Je te parie que ce sont les autres, ils viennent aux nouvelles pour s'excuser. Comme s'ils étaient excusables ! Reste couchée, je vais leur dire que tu vas très, très mal, comme ça ils passeront une mauvaise nuit.

— N'en fais pas trop quand même.

— Comment ça, n'en fais pas trop ! Ils mériteraient bien pire. On devrait les virer immédiatement du navire. Ils ont de la chance qu'on soit en pleine mer et qu'on ne puisse pas faire de scandale.

Béatrice se faisait encore quelques illusions sur la lucidité de ses collègues qui, au moment même où elle parlait, avaient tout simplement repris le cours de leur soirée arrosée. Le visiteur tardif qui venait de frapper à la porte de leur cabine n'était autre que l'Académicien.

— Ah, c'est vous, dit Béatrice, contrariée.

— Je vois, dit-il sans illusion. Vous attendiez nos amis, sans doute.

— Euh... non.

— Vous auriez pourtant de bonnes raisons. Je suis au courant de ce qui s'est passé.

L'Académicien lui expliqua qu'après avoir joué au bridge avec les Américains, il était passé au bar de l'Atlantique pour s'excuser de cette invitation au dîner « encore ratée ». C'est là qu'il avait appris ce qui s'était passé sur la terrasse.

— Pour nos amis, dit-il, sachez que l'affaire est classée. Ils avouent avoir un peu exagéré, mais ils sont très loin d'en être convaincus. Ils affirment que ce n'était qu'une blague sans gravité et que vous en avez rajouté dans le pathos et dans le drame pour vous faire plaindre.

— Comment ! Nous faire plaindre alors qu'on est parties aussitôt pour ne pas faire d'histoires, alors qu'on aurait pu rester et leur créer de sérieux problèmes !

— Vous avez bien fait de partir. Il valait mieux ramener Sophie au chaud. Mais sachez qu'eux ne se font aucun souci. Votre soupirant d'hier soir était même parfaitement remis. Il fêtait encore ça « à la russe » tout seul sur la terrasse.

— Non !

— Hélas !

L'Académicien avait l'air si furieux après les confrères que Béatrice, qui l'avait jusqu'alors laissé dans l'entrée l'introduisit dans le salon pour voir si Sophie ne s'était pas endormie, et s'il pouvait lui dire un mot. Mais alors qu'il s'avançait, ébloui par la cabine qu'il découvrait, l'Académicien oublia à la seconde où il entrait le motif de sa visite.

— Quelle merveille ! dit-il, époustouflé.

Béatrice eut un temps de réflexion avant de comprendre qu'il parlait du salon. Effectivement, l'appartement Provence offrait une vue sur le Sundeck et l'océan, grâce à un pan entièrement vitré.

— Quel spectacle !

L'Académicien n'avait pu s'empêcher d'écarter les voilages blancs de la baie vitrée.

— Et quelle tempête ! Le commandant me disait en partant à la timonerie qu'il n'en avait jamais connu de pareille sur l'Atlantique Nord. Il avait l'air pressé d'en découdre. Ah, ces marins ! Ils ne sont pas tout à fait comme nous, plus ça tangue, plus ils sont contents !

Un paquet de mer s'écrasa sur le pont et vint éclabousser les vitres de la baie. L'Académicien fit un bond en arrière.

— Quelle tempête, grands dieux ! Nous allons être engloutis !

Vue de cet endroit confortable et élégant, la tempête qui sévissait à l'extérieur était encore plus effroyable qu'elle ne l'était sur la terrasse. Les eaux semblaient jaillir de derrière le paquebot, prêtes à engloutir le salon et ses occupants. Puis elles retombaient en éclatant contre l'acier du pont, ruisselaient et, enfin, disparaissaient jusqu'à ce qu'une autre vague arrive. C'était une scène apocalyptique. On entendait le grondement terrible de l'océan et le sifflement des vents violents. Le navire se soulevait.

— Eh bien ! fit l'Académicien, impressionné, en laissant retomber les rideaux sur la baie vitrée, heureusement que nous avons un état-major de première, parce que sinon je ne dormirais pas tranquille.

Tout en parlant, il se promenait dans la pièce, aussi à l'aise que s'il était chez lui.

— Mais, vous n'aviez jamais visité ce salon ? dit Béatrice légèrement agacée de voir qu'il semblait avoir complètement oublié qu'il était venu pour s'excuser des dîners ratés et pour prendre des nouvelles de Sophie.

— Non, je n'y étais jamais entré.

— Pourtant, c'est bien à vous qu'on doit d'être ici, non ?

— Oui, mais ce n'est pas moi qui y logeais. C'est une star et elle ne m'y avait pas invité. Elle est comme vous, elle préfère les beaux jeunes hommes aux lunettes noires.

Il souriait, moqueur, mais Béatrice n'avait vraiment pas le cœur à rire. Cette soirée l'avait épuisée. Accaparé par sa curiosité, l'Académicien n'avait pas conscience de son agacement et continuait à regarder autour de lui. Il aimait les décors, c'était plus fort que lui, chaque fois qu'il entrait quelque part il s'attardait. Le *France* était un concentré de cette nouvelle gamme de coloris à la mode et si particuliers. Murs et moquette traités dans un jaune ocre et or, voire un peu moutarde, canapé et fauteuils vert olive aux fins piètements de métal en biais, tapis de laine rectangulaire beige aux motifs bruns et noirs, vases de métal aimantés avec bouquets d'œillets rouges et blancs et d'anémones assorties, le salon Provence décoré par Moulin était un must et un concentré de ces nouveaux goûts. Nostalgique des temps passés, l'Académicien avait beau tenter de comprendre cette beauté, il ne s'y faisait toujours pas.

— Ça alors ! s'exclama-t-il comme s'il avait enfin trouvé ce qu'il cherchait depuis longtemps, Brayer ! Brayer est ici. Je ne le savais pas.

Béatrice ne comprit pas qu'il parlait de la toile du peintre en vogue, Yves Brayer. Ses connaissances en art étant limitées, elle crut qu'il avait vu quelqu'un.

— Non, dit-elle, surprise, il n'y a personne ici à part Sophie et moi.

Fort heureusement pour elle, il ne l'entendit pas et se dirigea vers sa découverte accrochée au mur. Passionné d'art, il aurait laissé en plan l'interlocuteur le plus prestigieux pour une peinture. L'Académicien était un homme courtois mais, l'âge avançant, il avait développé des manies de vieux garçon. Oubliant Béatrice, il s'approcha de la grande toile de près de deux mètres de long sur quatre-vingts centimètres de large qui représentait un mas dans la garrigue. Brayer était un peintre coté et l'œuvre avait été signalée comme un achat majeur du *France*. Il voulait vérifier.

De l'autre côté de la cloison, dans la chambre, Sophie avait reconnu la voix de l'Académicien. Elle se leva et vint aux nouvelles.

— Tiens, c'est vous ? fit-elle d'un air mi-figue, mi-raisin. Vous venez admirer les tableaux ou nous inviter pour la troisième fois à un dîner inexistant ?

— Je suis heureux de vous voir remise, dit-il en se tournant vers elle, et je constate que votre sens de l'humour est intact. C'est bon signe, j'en profite pour vous dire combien je suis contrarié de ce qui s'est passé pour vous ce soir, pour la terrasse et pour le dîner. Si vous saviez combien j'étais confus en vous voyant descendre l'escalier alors qu'il n'y avait plus de place à la table. Je venais moi-même d'arriver et je n'ai pu intervenir sur l'instant, mais ensuite j'ai essayé de savoir ce qui s'était passé. En vain, je n'y comprends rien et c'est bien la première fois que ça m'arrive.

Il avait l'air si sincère qu'elles comprirent qu'il disait la vérité.

— Dites-moi, interrogea-t-il alors comme si une révélation venait de lui traverser l'esprit...

Elles crurent qu'il avait une idée soudaine et qu'elles allaient enfin savoir qui les empêchait d'aller à ces dîners, et pour quels motifs. Elles déchantèrent vite.

— Est-ce que vous me laisseriez jeter un coup d'œil dans la chambre ? Je crois que c'est là que se trouve la tapisserie de Picart le Doux.

Avec le sans-gêne dont il était capable quand une préoccupation le guidait, il alla vérifier sans attendre la réponse. Elles l'entendirent s'exclamer tout seul, enthousiaste.

— Cette *Pluie d'étoiles* est superbe, dit-il en revenant au salon. Je ne suis pas amateur de tapisserie, mais ces grands papillons, ces fleurs étoilées dans ce décor jaune et bleu de la chambre, c'est splendide !

Elles le regardaient, perplexes, et il sembla seulement alors réaliser ce que son intrusion pouvait avoir de déplacé.

— Excusez-moi, dit-il retrouvant d'un seul coup tout son savoir vivre. Je dois vous paraître bien indiscret, mais je tenais tellement à voir cette tapisserie. Vous ne m'en voulez pas j'espère ? Je visite, je visite, j'en oublie la bienséance.

Avec l'Académicien elles passaient d'un état à un autre. Charmant et délicat, il pouvait tout à coup devenir mal élevé, puis à nouveau émouvant. Difficile de lui en vouloir, il était insaisissable. Et, de toute façon, Sophie était encore si secouée qu'elle en oublia de râler.

— Vraiment, vous êtes très bien installées, reprit-il. Et la compagnie d'artistes comme Yves Brayer et Picart le Doux, avouez que c'est autre chose que celle d'un photographe qui lance des bouteilles à la mer. Non ?

— Ah, ne parlez plus de ces bouteilles de champagne ! s'exclama Sophie. Après ce qui s'est passé j'espère qu'on n'est pas près de le voir en lancer à nouveau !

— Quelle naïveté, ma chère ! Vous ne pensiez tout de même pas que ce qui s'est passé ce soir lui suffirait comme leçon ? Il y est revenu et il y est encore à l'heure même où nous parlons.

Sophie n'en croyait pas ses oreilles.

— Mais ce n'est pas possible ! On ne peut pas le laisser faire, c'est grave !

Elle s'en étouffait presque de colère.

— Grave, grave, le mot est un peu fort, tempéra l'Académicien. Disons que c'est idiot, complètement idiot.

— Non ! C'est grave, je sais ce que je dis !

Et Sophie raconta l'accident qui s'était produit en bas quand le frère de Chantal avait reçu la bouteille sur le crâne et tout ce qui s'était ensuivi.

— Effectivement, ce n'est pas drôle, marmonna l'Académicien. Mais comment savez-vous tout ça ?

Sophie se mordit la langue. Elle s'en voulait déjà d'avoir tout raconté alors qu'elle avait promis à Chantal de ne rien dire. Maintenant elle allait devoir avouer sa présence sur les lieux la veille dans la coursive. Autant ne pas tourner autour du pot, elle dit tout, le blessé, le sang, l'officier, les médecins, la visite de Chantal. Tant pis pour sa promesse.

— Mais dites-moi, chère Sophie, il vous en arrive des choses ! Quel début de voyage !

— Oui, et je m'en serais bien passée.

— Pour ce soir je vous comprends mille fois. Le jeu était dangereux, mais pour l'autre histoire, si j'ai bien compris, l'incident est clos et le malade guéri, conclut l'Académicien. Toute cette affaire de bouteille de champagne jetée par-dessus bord aurait pu mal tourner, c'est vrai, mais ça n'est pas le cas.

— Peut-être, s'énerva Sophie, mais, s'ils recommencent ça pourrait mal finir justement

— Sophie a raison, s'insurgea Béatrice. Pourquoi n'avez-vous rien fait pour empêcher le photographe de recommencer ?

— J'aurais voulu vous y voir ! se récria l'Académicien. Avec la tempête, personne ne s'est aventuré dehors. Et puisque vous abordez le sujet, je n'aurai pas le mauvais goût de vous rappeler que les premières bouteilles, vous les avez lancées vous-même...

Prise en flagrant délit, Béatrice ne trouva rien à répondre.

— Mais ne vous inquiétez pas, continua l'Académicien, notre confrère n'avait qu'une bouteille cette fois. J'ai cru comprendre, à ce que m'ont dit les autres, qu'après coup il s'est senti un peu stupide de vous avoir fait subir ce jeu et qu'il a voulu montrer qu'il n'était pas déstabilisé. Ils l'ont laissé faire, pour qu'il se calme. C'est de la psychologie très basique, vous savez.

— De la psychologie très basique ! Mais vous voulez rire ! Ce n'est pas de la psychologie, c'est de la folie furieuse, oui ! Ils ont bu, et parce qu'ils tiennent debout on les croit encore capables de jugement. Or, ils font n'importe quoi.

— N'exagérons rien, chère Sophie. Le seul qui prenne un risque, c'est ce photographe qui, au vu de son état, pourrait bien passer par-dessus bord avec sa bouteille. Mais il est grand et il sait ce qu'il fait, non ? Ce n'est pas à moi de jouer les rabat-joie et d'aller lui faire la leçon. D'ailleurs personne ne m'aurait écouté parce que personne ne m'aurait entendu. Le bar n'est pas immense et il est bondé, la musique est assourdissante, j'ai eu un mal fou à entrer. Il y avait de la fumée de cigarette partout, mes yeux piquaient et, au bout d'une minute j'ai préféré repartir. On se demande à quoi sert le magnifique fumoir des premières ! Tout le monde fume partout, alors... Ne comptez pas sur moi pour y retourner. Je rejoins ma couche et vous conseille d'en faire autant.

34

L'officier avait terminé son quart. Le commandant, époustouflé par la résistance et les capacités du *France* dans la tempête, avait décidé de rester au poste et il avait intimé à Vercors l'ordre d'aller se coucher. Le lendemain, il tiendrait la barre et devrait avoir l'esprit clair.

— Nous avons la responsabilité de trois mille personnes, Vercors, ne l'oubliez pas. Allez dormir, demain vous reprendrez le quart.

L'officier aimait ce moment, quand après des heures de veille et de combat à guider le navire dans la tempête le corps et l'esprit tout entiers se relâchent. Il quitta la timonerie et resta un instant immobile, seul, à respirer le froid et la pluie qui continuait à tomber par rafales se mêlant aux eaux de la mer. Celles-ci éclataient contre l'étrave et retombaient sur le pont, ruisselantes. L'officier agrippa la rampe de l'escalier de fer de la passerelle pour descendre sur le pont inférieur. Le vent dépassait maintenant les dix-huit nœuds. L'officier aimait les tempêtes. Il n'était jamais aussi bien que lorsqu'un navire était en danger, au bord de se fracasser. Il fallait alors concentrer tout son savoir et tout son instinct pour le garder en vie. Durant ces heures de lutte, encore plus intenses la nuit, peut-être parce qu'elles évoquaient la furie et le drame, l'officier pensait à ce père qu'il avait perdu à l'âge où l'on n'a pas de souvenirs. Ce père qui aimait la mer et les bateaux, cet homme de devoir, militaire de carrière, qui était mort avec des centaines d'autres marins, piégé dans une rade où il attendait sans méfiance, gardien d'un cuirassé de la flotte française qui arborait sur sa tôle d'acier gris un beau nom du pays, le *Dunkerque*. L'officier Vercors avait très longtemps ignoré le drame de Mers el-Kébir et sa cause terrible. Un silence s'était fait autour de l'enfant qu'il avait été, comme une bulle qui avait résisté aux années, aux voisins, aux amis, à l'école, et surtout, à la famille. Sa mère avait dans le regard une tristesse anormale qui ne la quittait qu'à de trop rares occasions, le temps d'une floraison printanière dans le jardin de la maison, d'un bon carnet de notes, et le jour où il fut reçu à Navale. Mais ces moments ne duraient jamais. Pierre Vercors comprit beaucoup plus tard que ce n'est pas à elle, mais à son grand-père qu'il devait ce silence triste. C'était lui qui avait ordonné qu'on se taise. Lui qui ne pouvait supporter ce qui s'était passé, et c'est pour lui que les femmes, la grand-mère et la mère de Pierre, sa belle-fille, s'étaient mises d'accord. Comme il entrait dans des colères noires quand il entendait un seul mot sur Mers el-Kébir, elles avaient décidé de l'occulter totalement, de ne plus jamais l'aborder et surtout de ne pas raconter à l'enfant qui grandissait ce qui s'était passé. Et le grand-père s'était accaparé le petit. Il récupérait son fils perdu et pour lui rien n'était assez beau. Il lui racontait sans cesse des histoires, des contes de fées maritimes pour petits garçons. Tout était beau dans le monde des marins et dans les récits du grand-père. Les corsaires étaient valeureux et les grands voiliers magnifiques, les sous-marins étaient de splendides jouets d'où l'on admirait paisiblement les grands fonds, et d'où l'on tirait de temps à autre des obus dévastateurs sur des ennemis toujours abominables. Les bars à marins étaient des lieux fascinants et inoubliables, et les filles qu'on se payait pour un soir servaient à alimenter une nostalgie de bazar dans laquelle le vieil homme excellait. Dans la bouche du grand-père, la mer était le territoire des grands hommes, le seul qui échappait à l'asservissement quotidien des terriens ordinaires. Et Pierre rêvait, en l'écoutant, des corsaires, des filles à marins et des bateaux aux grandes voiles blanches. Pour préserver un vieil homme qui refusait de voir la réalité en face et de penser à l'avenir de son petit-fils, Pierre avait grandi dans une autre violence, non moins dévastatrice, celle des illusions et des non-dits. Il avait toujours senti peser sur sa vie d'enfant ces paroles furtives attrapées çà et là au hasard des visites, quand on se parle à mots couverts. « Comme il lui ressemble ! » s'exclamait la cousine, « Son grand-père l'embobine avec ses récits de vieux baroudeur des mers, il projette sur lui ce qu'il a perdu avec son fils », insistait l'oncle. « Et tu le laisses faire l'école Navale, tu n'as pas peur qu'il lui arrive la même chose qu'à ton mari ? ».

Pierre Vercors connut la vérité sur ce qui était arrivé à son père le matin où, plein de fierté et de reconnaissance pour ce grand-père qui lui avait donné le goût de la mer, il entrait dans cette école mythique : Navale. Ce jour-là, la mer et les grands océans changèrent de couleur. Inconscient de ce qu'il allait provoquer, un professeur lui parla de son père. Il raconta, le drame terrible, la tuerie qui s'était déroulée un jour de juillet 1940 dans la rade de Mers el-Kébir. Vercors l'écoutait sans l'interrompre, il aurait été dans l'incapacité de dire un seul mot. Mais au fur et à mesure que le professeur parlait et que Pierre découvrait le secret de sa famille et la façon dont son père était mort, une immense vague couleur de sang submergeait en lui toutes les mers de tous les continents. Ce fut dévastateur. Les marins broyés et engloutis dans la rade de Mers el-Kébir remontèrent à la surface tous en même temps, ressuscités par la mémoire intacte de l'enseignant. Et leurs cris de terreur, leurs appels déchirants arrachèrent d'un seul coup le cœur de l'enfant qui était devenu un homme. Ce fut une abominable révélation. Tout le folklore du grand-père fut englouti dans la terrible vague rouge et le jeune Vercors balaya Navale et tous les marins du monde. On perdit sa trace pendant plus d'une année. Après avoir idéalisé le monde de la mer et des marins pendant tant d'années, il avait tout fait pour en connaître la face noire. Le grand-père en mourut de désespoir et Vercors ne réapparut qu'à son enterrement. C'est à l'amour de sa mère et de sa grand-mère qu'il dut de faire le choix définitif du devoir. Elles l'écoutèrent raconter sa douleur, ses errances, la violence dans laquelle il avait plongé, et elles lui parlèrent à leur tour. Elles s'en voulaient d'avoir laissé faire le grand-père, et d'avoir si longtemps caché une vérité qui, si douloureuse et terrible fût-elle, devait se dire, même à un enfant. Elles lui expliquèrent que, le temps passant, elles n'avaient plus su comment faire. Pierre les écouta, réfléchit, et le mois suivant sa décision était prise. Il réintégra Navale. Un conseil se tint dans la prestigieuse école et on le reprit immédiatement à l'unanimité des décideurs présents. Depuis, dans un cercle restreint mais au plus haut niveau du commandement des navires, on connaissait l'histoire du commandant Xavier Vercors, assassiné au devoir sur le *Dunkerque*, et celle de son fils, qui avait quitté Navale le jour même de son intégration. Dans les cercles intimes des états-majors, on disait de l'officier Pierre Vercors qu'il était « un indiscipliné qui avait choisi la discipline ».

Du haut de la timonerie, le commandant regardait la haute silhouette de son officier, debout sur le pont contre la tempête.

— Drôle de type, mon commandant, fit l'homme de barre près de lui.

L'homme de barre était un de ces non-gradés qui ont la confiance et le respect de leurs états-majors. Ces êtres indispensables qui font de très longues carrières et suivent leur gradé de bateau en bateau.

— Oui, Lanier, lui répondit le commandant. On se demande toujours s'il ne prépare pas quelque chose à quoi on ne s'attend pas. Mais je pense qu'on attend en vain. Vercors est un homme sûr. À Southampton, il a été parfait. Enfin... presque.

— Vous pensez à la bouteille de champagne qu'il voulait ouvrir, pour l'Anglais ?

Les paroles que Vercors avait prononcées, deux jours seulement auparavant, résonnaient encore intactes dans la mémoire du commandant : « Je veux être le premier à faire entrer le bateau le plus beau et le plus pacifique du monde dans un port britannique. » Le commandant comprenait ce que ces mots portaient en eux de hautement symbolique pour l'officier Vercors.

— Le champagne était peut-être un geste dérisoire, dit-il, mais ça a suffi. En souvenir de son père il lui fallait... disons, marquer le coup face aux Anglais qui avaient coulé le bateau de son père. Je vais vous dire, Lanier, pour moi Vercors a dépassé son problème, la seule chose que je n'évalue pas chez lui, c'est la trace qu'a laissée en lui cette année où il a disparu après avoir quitté Navale et avant de la réintégrer. Je me suis laissé dire qu'il n'y a pas été de main morte, mais je ne sais pas trop ce que ça cache.

— Vous pensez qu'il pourrait à nouveau partir sur un coup de tête ?

— Non. J'ai confiance, le passé est bel et bien derrière lui. L'officier Vercors n'est pas un homme à cultiver les états d'âme. Je lui confierais la direction du *France* sans aucun souci.

En contrebas, fouetté par les vagues qui passaient au-dessus du pont et trempé par la pluie, l'officier tenait bon contre les vents. Il s'attardait. Il faisait corps avec le navire, il percevait sa respiration, il l'entendait mugir. Il croyait même sentir battre son cœur. Le grand amour du monde de la mer le reprenait et la fantasmagorie du grand-père revenait malgré lui, le submergeant dans ces moments extrêmes avec toute sa force. L'officier connaissait sa capacité à rêver, et il savait que les récits de l'enfance seraient toujours plus forts en lui que la réalité. Il ne se sentait pas simple officier exerçant son métier et allant d'un continent à un autre. Il était le marin de toutes les mers du monde, celui de tous les ports et de tous les bateaux. Le grand-père avait réussi au-delà de toutes ses espérances, et Pierre Vercors luttait contre lui-même, se rappelant sans cesse à son simple devoir, et à sa simple identité de mortel.

Le *France* traçait sa route contre la furie de l'océan avec une insolente facilité. L'Atlantique Nord avait enfin trouvé un animal à sa mesure, lui qui avait causé tant de naufrages et qui avait roulé dans ses eaux glaciales tant de cadavres hébétés.

— Quel magnifique paquebot ! murmura l'officier dans un souffle.

C'est alors qu'il se décidait à rentrer dans la coursive qu'il fut attiré par des bribes de voix portées par le vent. Ça semblait venir du pont supérieur, de la terrasse du bar de l'Atlantique. Il trouva curieux que des passagers soient dehors à cette heure et par ce temps. Il décida d'aller voir.

35

Béatrice s'était endormie mais Sophie ne pouvait trouver le sommeil. L'histoire du photographe reparti sur la terrasse l'inquiétait, même si l'Académicien avait dit que si le photographe jetait la bouteille encore une fois par-dessus bord, personne ne l'entendrait tomber dans le bruit de la tempête. Pourtant, Sophie supportait mal de rester là, sans rien faire. Après ce qu'elle venait de subir, et maintenant qu'elle avait retrouvé ses esprits, elle pensait à Chantal et à son frère et elle comprenait mieux le désarroi et la colère de cette jeune femme. Elle sentit la colère la gagner contre ces individus qui ne savent pas se tenir, boivent plus que de raison et créent des problèmes aux autres sans que personne ne les arrête. Remontée, elle se remémora d'autres occasions où elle avait côtoyé dans des fêtes et des dîners d'autres personnes du même genre, et sa rage monta d'un cran. Elle décida d'aller trouver le photographe sur la terrasse, bien décidée à le traiter de tous les noms si elle l'y trouvait encore. Après le moment de terreur par lequel elle venait de passer et qui avait anéanti ses réactions, elle retrouvait son tempérament combatif et se préparait à une entrevue musclée. Elle enfila un ciré mis à disposition dans le dressing et sortit. Elle avait pensé rejoindre l'avant du paquebot par le pont pour aller plus vite, mais devant la force de la tempête elle recula et préféra filer par les coursives. À cette heure de la nuit, ces dernières étaient faiblement éclairées et il n'y avait personne. Sophie n'était pas téméraire et, à un tout autre moment, elle aurait sûrement fait marche arrière, mais là, sa colère l'emportait. Une fois arrivée à l'avant du navire, elle prit conscience que pour aller sur la terrasse il lui faudrait passer par l'intérieur, et donc par le bar de l'Atlantique. Or elle ne voulait croiser personne.

— Zut ! se dit-elle. Comment faire ?

Bien décidée à ne pas repartir bredouille, elle descendit les marches qui menaient au pont inférieur juste au-dessous de la terrasse. Plus abritée de la tempête à cet endroit, elle se dit que de là elle apercevrait facilement le photographe s'il y était sans que personne d'autre ne la voie. Il lui suffirait de crier pour le faire venir près d'elle au bastingage en surplomb. De là, elle lui hurlerait ses quatre vérités et ça la soulagerait.

Mais rien ne se passa comme prévu. Le photographe était bel et bien là, sa bouteille à la main, mais il n'était pas seul. Sur la terrasse ils étaient deux. Surprise, car ils étaient juste à côté de la sortie de la porte de la coursive, contre le bastingage en surplomb, Sophie se plaqua contre l'encoignure du pont pour ne pas être vue. Elle ne risquait rien, ils étaient visiblement très occupés et ça se passait mal. Elle entendait le photographe crier sur l'homme qui devait être un machiniste car il portait un bleu de travail. Il le haranguait. Contrairement au photographe qui gesticulait dans tous les sens et paraissait très excité, l'autre ne bougeait pas. La tempête s'était un peu calmée mais le photographe, lui, était de plus en plus remonté. Il se mit à insulter l'homme et ses paroles arrivèrent jusqu'à Sophie. Il n'y allait pas de main morte, comme à son habitude quand il avait bu, et tout y passait. L'autre ne bougeait toujours pas. Sophie ne pouvait voir son visage car il était de dos, mais elle l'aperçut soudain qui glissait discrètement sa main dans une poche située sur le pan arrière du pantalon de son bleu de travail. Il était à peine à un mètre d'elle et la pluie s'était remise à tomber. Quand l'homme retira sa main, Sophie devina entre ses doigts l'acier brillant d'une lame. L'homme la dissimula dans son dos, plaquée contre sa cuisse, prête à servir. Inconscient du danger, le photographe gesticulait toujours avec sa bouteille à la main. Terrifiée, Sophie comprit qu'il risquait à tout instant de recevoir un coup de lame rapide et mortel. Elle essaya de crier pour l'avertir, mais aucun son ne sortit de sa bouche.

C'est alors, tournant son regard vers le pont pour y chercher une aide, qu'elle vit l'officier. Lui ne la vit pas, il avait les yeux rivés sur les deux hommes au-dessus de lui sur la terrasse, et sur la bouteille du photographe qui tournoyait de plus en plus dangereusement au-dessus de la tête du machiniste. À le voir, si calme dans son uniforme, personne n'aurait pu soupçonner chez lui la violence dont il allait faire preuve l'instant d'après. Personne n'aurait pu soupçonner la moindre trace de cette force soudaine qui allait s'abattre sans prévenir. De la vie de cet homme si discipliné, si cultivé et si sociable, on oubliait le trou noir d'une année entière pendant laquelle il avait disparu. Et quand il avait réapparu, de sa vie et de ce qui s'était passé, il n'avait jamais rien raconté à personne. Personne ne savait que l'officier Pierre Vercors n'avait pas fait ses classes que dans l'univers civilisé de l'école Navale où l'on apprend à diriger des hommes et des navires avec un sens de la hiérarchie et de l'ordre. Il avait plongé dans l'univers des mondes parallèles et appris la dure et froide réalité des ports. Celle des bas-fonds où ne s'aventurent que les hommes perdus et où les seules règles qui vaillent pour survivre sont celles de son propre instinct. L'officier avait appris à reconnaître l'odeur du danger et du sang. En voyant les deux là-haut, l'un qui gesticulait de trop, et l'autre qui restait de marbre, il sut qu'il y avait urgence et réagit à la seconde même avec la rapidité d'un félin. Agrippant le bastingage d'une seule main, il se hissa entre les deux hommes, et, avec une violence qui laissa Sophie stupéfaite il les plaqua au sol en laissant échapper un cri rauque et bref. Son attaque fulgurante ne donna aux deux hommes aucune chance de réaction. Le photographe lâcha la bouteille qui vola dans les airs avant d'aller s'abîmer dans les flots, et le couteau du machiniste glissa sur la terrasse mouillée et tomba aux pieds de Sophie. Il s'en fallut d'un millimètre qu'il ne lui transperce le pied. Glacée par la soudaineté de la scène, Sophie regardait maintenant cette lame briller à ses pieds avec terreur. Au-dessus, bien que sonné, l'homme en bleu de travail s'était relevé et il cherchait fébrilement son couteau. En se penchant il l'aperçut en contrebas. Sans un seul regard pour Sophie, il sauta pardessus le bastingage, ramassa son couteau, ouvrit la porte de la coursive et disparut. Elle eut juste le temps d'apercevoir la fine cicatrice qui barrait sa joue.

Le photographe aussi s'était relevé et, dégrisé, il regardait incrédule l'officier face à lui. Qu'un officier se soit permis une pareille violence le laissait sans voix. Encore retourné, il trouva pourtant la force de glapir.

— Ça ne se passera pas comme ça, vous vous prenez pour qui ? Votre uniforme ne vous donne aucun droit, j'en ai vu d'autres moi, des uniformes, sur les terrains de guerre et ils ne m'ont pas fait peur Qu'est-ce que vous croyez ! Que je vais m'aplatir ? Vous allez voir, moi aussi j'ai mon arme secrète.

Tout en parlant, il avait attrapé le Leica qui ne le quittait jamais et qui pendait en bandoulière à son épaule et il s'apprêtait à photographier l'officier, pour preuve de l'agression qu'il venait de subir. Mais il n'eut pas le temps d'aller plus loin. L'officier lui arracha son appareil d'un seul geste et, sans l'ombre d'une hésitation, il l'envoya se perdre dans les eaux déchaînées. Sophie en eut le souffle coupé. Un tel geste de la part d'un officier contre l'outil « sacré » d'un professionnel était impensable. Le photographe n'arrivait plus à trouver sa respiration. Ses derniers clichés étaient perdus et Sophie le voyait ouvrir la bouche pour parler mais il était en tel état de choc qu'il n'y arrivait pas et il pointait le doigt vers l'officier d'un geste qui se voulait menaçant. Sophie vit alors ce dernier le prendre au collet sans ménagement.

— Quand on balance des bouteilles contre la coque d'un navire sans tenir compte de ceux qui l'ont construit, on court un grand risque : voir quelqu'un d'autre faire subir le même sort à son outil de travail.

— Vous... vous êtes un fou, un malade. Tout mon reportage est fichu, mon journal se plaindra, je dirai tout. Un officier normal ne ferait jamais ça, jamais ! Je vais... vous faire...

— Je ne suis pas un officier normal ! Mettez-vous bien ça dans la tête et fermez-la. Vous allez rentrer dans le bar et ravaler votre salive. Si, à cause d'un seul mot de vous, le premier voyage du *France* est entaché, vous regretterez de m'avoir croisé.

Le photographe n'en menait pas large, il grogna pour la forme et s'éloigna sans en rajouter. Sophie avait tout suivi de cette scène invraisemblable et tout entendu. Maintenant l'officier était seul sur la terrasse, il ajustait son caban et relevait son col. D'une minute à l'autre, il allait sauter le bastingage, redescendre sur le pont où elle se trouvait, et la surprendre. Effrayée à la perspective de se retrouver face à l'homme qu'elle venait de découvrir sous un autre jour, elle fila sans demander son reste.

Elle avait à peine rejoint sa cabine que la tempête reprit, plus forte encore qu'au début de la nuit. Nez collé à la baie vitrée, elle repensait à l'appareil du photographe englouti dans les eaux noires et furieuses. Un frisson la parcourut. Elle était encore sous le choc de toute cette fureur des événements de la nuit, quand elle vit l'officier Vercors arriver au plein cœur des gerbes de mer, dans l'écume qui s'écrasait sur l'acier blanc du pont. Il regagnait sa cabine après la bagarre, et il la découvrit dans le halo doré du salon, juste quand il fut à sa hauteur de l'autre côté de la vitre. Elle paraissait irréelle, isolée dans la douce chaleur de l'intérieur du navire, alors qu'il était au cœur des eaux glacées et du froid bleu de la nuit sombre. Dans le long et fin déshabillé de soie blanche qu'elle avait eu le temps de passer en rentrant, elle le regardait venir. Il s'arrêta. Ils étaient maintenant face à face. Une seule vitre les séparait. La pluie ruisselait sur l'officier. On aurait cru qu'il sortait tout droit de l'enfer. Son visage était tendu, ses traits marqués. Devant la souffrance qui se lisait sur son visage, les craintes de Sophie s'évanouirent. Oubliant la violence à laquelle elle avait assisté, elle posa sa main contre la vitre, à hauteur de son visage, dans un de ces gestes instinctifs d'apaisement qu'ont parfois les femmes. Il vit cette main venir à lui et les traits de son visage se relâchèrent petit à petit, comme si, par-delà le verre, la main de Sophie avait touché sa peau et qu'à ce seul contact de douceur la paix soit revenue.

Ce sont des moments simples et purs comme celui-là qui donnent aux êtres humains leur part de grâce en ce monde. Tout le mal disparaît, toutes les souffrances et toutes les peurs. Le cœur de l'homme en ces brefs instants accède à des sentiments infinis.

Sophie n'avait aucun maquillage, aucun apprêt. L'émotion de ce qu'elle venait de vivre se lisait sur son visage encore inquiet, et Pierre Vercors en fut touché. Elle vit son regard s'éclairer, et devant l'étrange beauté de cet homme dans la nuit, elle se sentit gagnée par une immense fièvre. Il la regardait, ému, la pluie ruisselait sur son front. Il la balaya d'un revers de la main et c'est alors que Béatrice appela depuis la chambre :

— Sophie ? Que se passe-t-il ?

Sophie se retourna pour lui répondre.

— Rien, rien, rendors-toi, c'est rien.

Mais quand elle se retourna à nouveau, l'officier avait disparu.

Elle se colla à la vitre et le chercha fébrilement du regard sur le pont. En vain. Seules les eaux déchaînées continuaient à rugir.

36

La journée du lendemain se passa sans qu'apparemment rien ne vienne troubler le cours des choses. En ce troisième jour, les passagers manifestaient une gaieté particulière, comme si la tempête de la nuit avait donné au paquebot une aura de plus. Le bruit avait couru qu'elle avait atteint un record de violence et on savait que le commandant était resté à la barre toute la nuit. On le disait époustouflé par les capacités de son navire. Le *France* avait surmonté les difficultés sans effort et il n'avait jamais été contraint de dévier de sa route, ni montré le moindre signe de faiblesse. Le bruit de cette performance s'était propagé partout et il donnait à tous les passagers le sentiment d'être invulnérables. Ils avaient subi l'épreuve des grands fonds et ils en étaient sortis vivants. Rien ne pourrait plus leur arriver, et si certains avaient gardé au fond d'eux quelque peur cachée, quelque souvenir d'affreux naufrage, quelque image entrevue du *Titanic* sombrant, cette peur avait été balayée par l'exploit de ce paquebot moderne qui faisait basculer le monde envoûtant mais suranné des lourds transatlantiques dans une ère nouvelle, dynamique, légère et fiable.

Le soleil de février brillait, et le ciel était redevenu d'un bleu pur. On se promenait sur les ponts, on souriait, on affichait d'élégantes tenues de jour, sportives, à la façon du champion de tennis Borotra qui faisait un footing matinal sur le pont supérieur, tout de blanc vêtu. Enfin, clou très attendu de la promenade, on allait tour à tour se lever contre les vents, à la proue, comme si de cet endroit seulement on pouvait faire corps avec ce magnifique animal d'acier blanc. On restait là, on s'agrippait fermement à la rambarde, et on respirait à pleines narines en écartant les bras pour faire entrer en soi la force de cet air qu'on imaginait plus pur que tous les airs du monde, parce qu'il se trouvait là, en plein océan, au milieu de nulle part. Enfin, après avoir bien inspiré à s'en faire éclater les poumons, on repartait en titubant un peu, grisé de puissance, bouleversé, avec le sentiment d'avoir vécu quelque chose d'unique.

— Tiens, regarde qui voilà, dit Béatrice en désignant l'Académicien qui semblait au mieux de sa forme.

Lui aussi les vit de loin et leur fit un petit signe amical mais, alors qu'elles s'attendaient à le voir venir vers elles et à prendre des nouvelles de la veille, comme il eût convenu, il continua sa promenade, mains dans le dos, concentré sur sa discussion avec son compagnon. Apparemment, il était subjugué par cet homme auprès duquel il déambulait sur le pont véranda et ne semblait pas tenir le moins du monde à interrompre ce moment.

— Quel mufle ! dit Béatrice.

— Entre votre conversation et celle de ce type, je peux le comprendre, lança un confrère, narquois.

— Ah bon ! Et qu'est-ce que tu fais avec nous, alors, tu devrais courir te joindre à eux, répartit Béatrice.

— Je ne sais pas si l'Académicien apprécierait mon intrusion, et, moi, je préfère me promener avec de jolies filles qu'avec un écrivain, si brillant soit-il.

Sophie avait horreur de ce genre de remarque qui les plaçait toujours sur le terrain de la séduction et jamais sur celui du savoir ou de l'intelligence. Comme si l'un et l'autre étaient incompatibles. Mais elle n'avait pas envie de parlementer.

— Vous savez qui est le type à ses côtés ? continua alors le confrère, soucieux de montrer ses connaissances en matière de célébrités.

Cette fois, Sophie ne put se retenir. Elle en avait assez que celui-là les prenne pour des gourdes, voire pour des incultes. Sans lui laisser le temps d'en placer une, elle rétorqua :

— C'est Joseph Kessel. Et je peux même te dire quel est le sujet de leur conversation sans craindre de me tromper.

Le confrère en fut coi. Il allait ouvrir la bouche pour en rajouter, mais elle ne lui en laissa pas le temps.

— ... L'Académicien et lui se sont connus au Mercure de France et au *Figaro*, et on parle de Kessel pour le prochain siège à l'Académie en remplacement de Brion, en novembre. Forcément, ça intéresse notre ami au plus haut point puisqu'il se voit lui aussi un jour sous la coupole. Il cherche des alliés futurs.

Elle fit une pause et, devant les yeux ahuris de l'autre qui venait de se faire souffler l'information, elle enchaîna à toute vitesse :

— Kessel, l'écrivain nomade qui a volé au Sahara sur l'Aéropostale et navigué sur la mer Rouge avec les négriers. Kessel qui a écrit *Belle de jour*, *Le Lion* et... *Les Cœurs purs*, entre autres...

Elle cessa les citations. Son interlocuteur reprit ses esprits et à nouveau ouvrit la bouche pour parler. Mais continuant la course et le devançant, elle enchaîna.

— Kessel qui a tout vu, tout fait : la guerre d'Espagne et les deux grandes guerres, la Résistance, Kessel qui a vu la Chine, l'Inde et l'Afghanistan et...

— ... ?

— Kessel qui a passé les Pyrénées par chez moi pour rejoindre de Gaulle à Londres et qui a écrit les paroles du *Chant des partisans* avec son neveu, l'écrivain Maurice Druon.

Il était bouche bée.

— Autre chose ?

— Bon, fit-il, beau joueur. J'abdique et je jure que je ne chercherai plus à vous prendre en défaut.

Il fit son sourire le plus charmeur mais, à peine l'avait-il esquissé, qu'un autre confrère, poursuivant le jeu des devinettes, pointa le doigt droit devant lui.

Un couple s'avançait, élégant.

— Et eux, qui c'est ?

Sur un costume gris souris impeccablement coupé, l'homme portait un trench court et souple de cachemire noir et une écharpe malmenée par le vent. À son bras, dans un manteau jaune vif aux lignes pures Pierre Cardin, la femme marchait à l'amble de son compagnon en vérifiant discrètement l'effet qu'ils produisaient sur les autres passagers.

— Qu'est-ce que tu t'imagines ? dit alors Béatrice. Que tu es le seul à être invité aux soirées parisiennes ? Ce couple, c'est le baron et la baronne Empain.

Le confrère poussa un grand soupir pour montrer combien il était bluffé, et Béatrice éclata de rire. Pris par leur amusement, ils continuèrent ainsi à jouer à qui est qui au gré des rencontres, pointant ça et là un petit homme à lunettes avec un appareil photo qui s'avéra être le dramaturge Marcel Achard, une rousse sulfureuse sur laquelle il leur fut impossible de mettre un nom, un monsieur au style très sérieux dans lequel ils reconnurent un grand joaillier de la place Vendôme, un groupe de mannequins venu pour le défilé de haute couture française de la collection été prévu à l'arrivée à New York, et ainsi de suite. Seule Sophie était ailleurs. Prétextant l'oubli de son foulard Hermès à la suite Provence, elle les quitta juste avant qu'ils n'aillent à la proue et parvint enfin à se retrouver seule. Ce qu'elle souhaitait depuis le tout début de cette journée. L'euphorie des premiers moments, où elle avait eu plaisir à jouer à la passagère du *France*, en prenant un chic distant et indifférent digne d'une star de cinéma, avait disparu. L'insouciance l'avait quittée. Elle n'était plus la jeune femme gâtée et trépignante qui avait décidé de faire de ce voyage une parenthèse éblouie. Sophie ne voyait plus rien, n'entendait plus rien et ne pensait plus à rien, qu'à l'officier. Elle fermait les yeux pour faire réapparaître son visage trempé de pluie tel qu'il était apparu dans la fureur de la tempête. Ce Pierre Vercors, elle voulait le revoir à tout prix, et ceux qui la croisèrent s'étonnèrent de la voir marcher avec sur les lèvres un sourire béat et un regard perdu. Elle marcha longtemps, arpenta tous les ponts de la proue jusqu'à l'arrière, de bâbord à tribord. Elle fermait les yeux pour ressentir à nouveau, et retenir plus longtemps dans sa mémoire, ce moment de douceur quand, posant sa main contre la vitre, elle avait vu le visage de Pierre Vercors se détendre, apaisé de ce contact virtuel sur sa peau. Elle ferma sa main et la tint bien fermée comme si elle voulait garder quelque chose de ce contact qui avait presque été plus fort que s'il avait eu lieu réellement.

— Comme les hommes sont étranges, se disait-elle en repensant à la lutte sur la terrasse. On rêve de se blottir entre leurs bras et, quand on y est, on risque tant de choses.

Elle repensait à la violence stupéfiante de l'officier, aussi à ce photographe qui n'était ni meilleur ni pire qu'un autre, et qui pourtant avait failli la jeter à l'eau quand son orgueil avait été atteint. La violence gagnait vite les hommes. Et cet officier, qui était-il vraiment ? Elle ne le connaissait pas, ne savait même pas son nom. Elle avait cru qu'il était un homme de devoir, peut-être même un homme rigide, et elle l'avait découvert tout autre dans la nuit. Violent, instinctif, animal. Et depuis qu'elle l'avait vu ainsi, il la fascinait. Elle savait sans le dire jamais qu'elle n'aimait que les indisciplinés, ceux qui risquent tout, même ceux qui s'abîment. Sophie était ainsi, toujours à se pencher au bord des gouffres.

Malgré ses airs d'aventurière, elle avait suivi la rigoureuse ligne familiale faite de valeurs simples et de travail, mais elle n'aimait que les insoumis, et, tout au fond d'elle, elle avait toujours espéré en rencontrer un qui sorte de la norme. Depuis cette nuit, elle savait qu'elle l'avait traité. Le destin l'attendait dans cet homme. Elle l'avait pressenti dès le premier jour de l'embarquement, au Havre. Et elle aurait pu redire au mot près ses pensées d'alors : « Personne n'échappe à son destin. Le mien viendra un jour de grand vent ou de violente tempête, et il balaiera tout sur son passage, la banalité des jours et l'ennui. Rien ne résiste au destin. »

Voilà ce que croyait Sophie le jour où elle posait le pied sur le *France* pour la première fois, le jour où elle devenait la passagère du *France*. Et les événements venaient peut-être de lui donner raison, elle en était sûre !

L'officier avait penché la tête en arrière pour regarder le ciel bleu. Tout en lui vibrait encore au souvenir de cette passagère apparue dans la nuit et de cette bulle d'or. Il se demandait ce qui se serait passé si elle ne s'était pas retournée juste au moment où il avait décidé d'aller ouvrir la porte et de la prendre dans ses bras. De la serrer fort tout contre lui et de faire glisser la pluie sur son déshabillé de soie blanche.

De n'avoir pu le faire, il ressentait une grande frustration. Et, en ce moment même, il n'avait qu'une envie, partir à sa recherche.

— Dites-moi, Vercors. Qu'est-ce qui s'est passé cette nuit sur la terrasse ?

L'officier n'avait pas entendu arriver le commissaire. Pourtant il répondit aussi clairement que s'il était justement en train de se poser la même question. Il avait acquis une aisance redoutable dans l'art de passer du monde des pensées intérieures à celui du réel. Il pratiquait l'exercice en quasi-permanence.

— Ce qui s'est passé ? Rien que de très banal, commissaire. Deux hommes prêts à en découdre, dont l'un très éméché. J'ai réglé le problème au plus vite. C'est tout.

— Ah bon ! fit le commissaire, pensif. Mais... ces hommes, ils voulaient quoi ?

Pierre Vercors n'aimait pas qu'on le prenne pour un imbécile.

— Vous devez le savoir puisque vous êtes au courant de ce qui s'est passé.

— Au courant, c'est vite dit. Je sais juste qu'un photographe a eu une altercation avec un officier et un homme en bleu de travail. Il s'en est vanté en petit comité, sans donner de détails, et ça nous est revenu. Mais je n'en sais pas plus. Le photographe a tenté de minimiser quand je suis allé le voir. Il a même nié que ça a eu lieu.

— Vous voyez, ça n'était pas grave.

— Oui, enfin, sans doute, puisque vous le dites. Mais vous savez ce que le gars des machines faisait là ?

— Non. Ils étaient visiblement en conflit.

— Heureusement que vous passiez par là. Ça ne doit pas être facile de calmer un homme excité qui a bu. D'ailleurs... comment vous y êtes-vous pris ?

Le commissaire cherchait la faille, mais l'officier n'avait rien à cacher.

— Je m'y suis pris rapidement. C'était la seule chose à faire pour que ça n'aille pas plus loin.

Le commissaire comprit-il ce que signifiait ce « rapidement » ? En tout cas, il n'insista pas.

— Je vous remercie d'avoir réglé le problème de façon aussi discrète, Vercors. Personne ne s'est aperçu de rien et la tempête nous a bien servis, avec en plus la musique et le bruit qu'il y avait dans le bar. Ce matin, le photographe dort, il digère le champagne. Le barman est prié d'être plus vigilant avec lui ce soir.

— Donc, tout est en ordre.

— Pas vraiment. Mon problème c'est l'autre. Il s'appelle Andrei. Ça fait deux soirs de suite qu'il est sur des affaires de dérapage.

— Personnellement, je ne l'ai pas vu déraper, comme vous dites.

— Peut-être, mais ça fait deux fois qu'on le trouve sur des lieux où il n'a rien à faire. C'est trop, et ça ne me dit rien qui vaille. La discipline est sévère, on ne peut sous aucun prétexte tolérer deux écarts pareils. Il risque fort d'être débarqué.

L'officier ne répondit rien et manifesta un très léger signe d'impatience. Il voulait retourner à ses pensées et estimait que les problèmes de gestion du personnel ne le concernaient pas.

— L'embêtant, continua le commissaire qui n'en avait pas fini et paraissait très ennuyé, c'est qu'un autre ouvrier des machines, un dénommé Gérard, est venu me voir. Il a avoué que c'est lui qui a taché la moquette de son sang et effrayé le malade.

Cette fois Pierre Vercors ne voyait pas où le commissaire voulait en venir.

— Et alors ?

— Alors, ça ne nous arrange pas. Les deux sont amis et celui-là est syndiqué, très apprécié de tous. Le syndicat va se croire obligé de le défendre.

— Jusque-là, rien que de très habituel.

— Justement ! répliqua le commissaire, agacé. Il faut sortir des habitudes. Pas question de commencer la vie du *France* par un conflit. Personne n'en a envie, les syndicats pas plus que nous. Or, je ne peux pas en sanctionner un et pas l'autre. Ils nous ont bien eus, à la bordée, pour protéger cet Andrei. Faire bloc, rien de tel pour nous empêcher d'agir.

— C'est de votre ressort. Je m'occupe du navire, pas des hommes. Je ne peux rien vous apporter.

Cette manière de clore la discussion était des plus correctes, pourtant le commissaire y trouva quelque chose d'agressif. Il faillit envoyer l'officier sur les roses. Il ne supportait pas cette barrière que dressait Vercors entre lui et les autres.

— Effectivement, vous ne pouvez rien m'apporter, reprit-il, du moins pas pour l'instant. On fait le point entre nous pour essayer de débloquer discrètement l'affaire avant que je sois obligé d'en faire part officiellement au commandant à la réunion de l'état-major. Tant qu'il n'est pas au courant, on peut régler la chose. Il le faut, mais si ça va jusque-là, on se reverra pour signer le rapport, puisque je signalerai votre présence. Et il ne faudrait pas qu'il y ait d'autres nuits comme celle-ci, on est sur un navire civilisé.

L'officier ne répondit rien et partit. Le commissaire grommela quelque invective et reporta son agacement sur la secrétaire en rejoignant son bureau :

— Je vous avais demandé d'appeler le syndicat et de me faire venir Francis ! Où ça en est ?

— C'est fait, répondit-elle, imperturbable. Il m'a dit que si vous vouliez le voir, son bureau était ouvert. La dernière fois il s'est déplacé, cette fois c'est à vous. Il dit qu'il est très occupé.

Le commissaire prit une longue inspiration pour calmer ses nerfs. Pour la énième fois de sa vie, il constatait que gérer des êtres humains, avec leurs états d'âme, c'était l'enfer. Il se demandait souvent pourquoi il avait choisi un métier pareil et rêvait d'avoir à s'occuper de machines inertes dépourvues de sentiments. Et, sur ces pensées qui ne le menaient à rien, entre autres parce qu'en fait il aimait ses hommes, il sortit rejoindre Francis au bureau du syndicat.

37

Épuisée de ses vaines déambulations à la recherche de l'officier, Sophie se souvint subitement de leur rencontre dans ce petit salon privé où elle s'était endormie, et où il lui avait confié aimer venir trouver le calme. Après de longues recherches dans ces coursives qui n'en finissaient pas, elle retrouva le salon et en ouvrit la porte, le cœur battant, espérant le trouver dans un large fauteuil, endormi peut-être, jambes allongées sur le tapis de laine jaune d'or.

Hélas, il n'y était pas.

Le petit salon était désert et, comme la première fois, il était plongé dans une totale obscurité. Elle trouva l'interrupteur et attendit que les néons sous le plafond de verre dépoli l'éclairent en douceur. Sur les murs, les panneaux de laque rouge et la flamme jaune étaient aussi mystérieux et apaisants que la première fois. Elle s'apprêtait à s'installer dans un fauteuil pour rêver à l'officier, espérant peut-être qu'il arrive, quand elle entendit des voix derrière la porte. Instinctivement et sans trop savoir pourquoi, comme si elle était en faute, elle éteignit et se cacha derrière le seul endroit possible. Un large et épais rideau qui faisait office de cache-porte quand on le tirait.

Une femme entra la première. Elle alluma et fit rapidement passer Andrei et Gérard, puis elle referma la porte à clé derrière eux.

— Pourquoi tu fermes à clé ? demanda sèchement Andrei. Ce n'est pas bon de faire ça, on n'a rien à cacher.

Et pourquoi tu nous as amenés ici ? Je n'aime pas cet endroit. Il n'est pas fait pour nous, on n'a rien à y faire. On peut parler ailleurs.

— Ah oui ! Et où ? Tu peux me le dire, toi qui es si malin ? répliqua-t-elle, vexée. Aux toilettes éventuellement, sinon, pour être vraiment seuls, moi je ne vois pas.

— Ne vous disputez pas, ce n'est pas le moment ! intervint Gérard pour calmer le jeu. C'est très bien, sœurette, tu ne pouvais pas trouver mieux. Mais tu es sûre que personne ne vient ici ?

— Oui, j'en suis sûre. C'est un salon qui doit servir pour des réunions privées. Normalement, il devrait toujours être fermé à clé mais les filles du ménage le laissent ouvert pour ne pas avoir à aller chercher et ramener la clé à chaque fois. Je l'ai prise en douce pour qu'on s'enferme, au cas où. Ici on peut parler en paix, on ne sera pas interrompus toutes les deux minutes.

Sophie avait reconnu la voix de Chantal et, derrière son rideau, elle entendait parfaitement toute la conversation. Très gênée de se retrouver dans cette position indiscrète et peu flatteuse, elle ne savait plus quoi faire. Sortir de derrière le rideau et se mettre en situation de devoir expliquer ce qu'elle y faisait ? Y rester et attendre ? Après réflexion, elle se décida à sortir quand elle s'aperçut que, de l'autre côté du rideau, la conversation s'était interrompue. Elle tendit l'oreille, pas un bruit. Ce silence la plongea dans une grande perplexité. Que faisaient-ils ? Qui étaient ces deux hommes ? L'un avait dit « sœurette », c'était sans doute le frère dont Chantal lui avait parlé, et l'autre, son ami des machines. Mais pourquoi s'étaient-ils enfermés ? Une inquiétude l'envahit. Coincée derrière le rideau dans une attitude inhabituelle, elle se laissa gagner par un profond malaise. Elle pensa bien à sortir et à quitter le salon par surprise, mais Chantal avait refermé la porte. Elle se sentit prise au piège. Dans sa tête, et après ce qu'elle avait vécu dans la nuit, les suppositions les plus rocambolesques commencèrent à germer et elle se retint de respirer pour que personne ne soupçonne sa présence.

— On va devoir quitter le *France*, Chantal, reprit soudain la voix du frère. On ne peut pas continuer à laisser la bordée en porte à faux avec le syndicat et la direction. Ils ont fait ce qu'il fallait, mais après ce qui s'est passé cette nuit, c'est à nous de prendre nos responsabilités.

Sophie ne le voyait pas, mais au son de sa voix et à la façon lente et abattue avec laquelle il s'exprimait, elle mesurait l'émotion qui l'étreignait.

— Quitter le bateau ! Tu dis ça pour me faire peur !

C'était Chantal. Sophie tendit l'oreille, elle ne comprenait pas bien, Chantal parlait à voix basse.

— ... Non, Gérard ! Non, non et non ! Tu ne partiras pas ! Ce n'est pas juste, ce n'est pas toi qui dois payer, tu n'as rien fait de mal. Je ne veux pas...

Elle s'interrompit et Sophie l'entendit s'effondrer, en larmes. Elle hoquetait et, au rythme haché et douloureux de ses pleurs, Sophie comprenait la profondeur de son désarroi. Chantal avait haussé le ton, elle en voulait au monde entier. Elle ne comprenait pas pourquoi le sort s'acharnait toujours sur les mêmes, sur eux, les plus démunis et qui avaient enfin trouvé la paix et le bonheur dans le travail.

— Mais pourquoi tu es allé là-haut hier soir, Andrei ? cria-t-elle soudain. Pourquoi ? Si tu n'avais rien fait, l'affaire serait oubliée, personne ne voulait qu'il y ait de problème, mais maintenant que cet officier t'a vu une deuxième fois et que Gérard s'est dénoncé pour te sauver la mise, on est fichus. À cause de toi, encore ! Tu nous as porté malheur et ça continue ! Papa n'aurait jamais dû te ramener de Russie, il est mort et c'est toi qui aurais dû mourir. Avant toi, on était bien, mais depuis, c'est l'enfer !

Andrei était devenu blême. Tout en parlant, Chantal le regardait et il soutenait son regard, mais il ne disait rien. Ce qui augmentait la colère de cette dernière. Elle aurait tant aimé qu'il réagisse, qu'il la prenne à partie, en vain. Derrière la porte, Sophie retenait son souffle. Elle réalisait que cet homme que Chantal appelait Andrei était celui qu'elle avait vu tirer un couteau de son pantalon. Ce revirement de situation l'avait totalement prise au dépourvu. Elle sentait monter la rage de Chantal aussi forte que son désespoir et une autre histoire que celle qu'elle avait imaginée commençait à se faire jour. Cette serveuse lui avait donc bien dit la vérité quand elle était venue lui demander de l'aide. Un drame terrible se jouait entre elle, son frère, et cet Andrei. Étaient-ils complices de quelque chose, s'était-il passé quelque chose d'irréversible, mais quoi ? Qu'avait fait Andrei ?

— Tu ne penses pas ce que tu dis, Chantal, reprit la voix de Gérard. Andrei n'y est pour rien. C'est lui, au contraire, qui s'est mis en danger en revenant sur cette terrasse arrêter le photographe et ses lancers de bouteilles, pour ne pas que je l'entende et que je me remette en rogne.

— C'était idiot ! Ce photographe n'avait qu'une bouteille, je l'ai su par Francis.

— Oui, peut-être, mais Andrei ne le savait pas.

— Tu défends toujours Andrei ! Même contre moi tu le défendrais ! Et moi je ne pense qu'à toi, qu'à t'aider ! On dirait que c'est lui, ton frère, et que moi je ne suis rien !

— Mais c'est mon frère, Chantal ! s'écria Gérard, hors de lui. Et c'est le tien aussi. Tu la connais, son histoire ! Il est arrivé seul, orphelin. Tu le sais que ses parents ont été tués en Russie dans des conditions atroces.

— Non, justement ! cria Chantal. Je ne sais rien. Papa t'a tout dit à toi, et rien à maman et à moi, comme si on n'était pas capables de comprendre. Alors un jour, maman est partie, et aujourd'hui je sais pourquoi. Il aurait fallu qu'elle la ferme et qu'elle accepte tout sans qu'on lui explique rien. Et moi ? Ça veut dire quoi maintenant de me dire que je sais tout, alors que justement vous êtes bien placés pour savoir que je ne sais rien, puisque vous n'avez rien dit !

— Ce n'est pas vrai. Papa a parlé à maman de ce qui se passait là-bas, de ce qu'il avait ressenti.

— Tu penses ! Il a seulement dit que les parents d'Andrei étaient morts à cause de Staline qui avait décidé de faire du nettoyage parmi des « traîtres ». Mais moi je sens qu'il y a autre chose. J'ai horreur de vos secrets. Toute mon enfance et ma jeunesse, il y a eu ce silence autour d'Andrei, sa complicité avec toi et papa. Et moi vous m'avez toujours exclue. Pourquoi ? Tu peux me le dire ?

Chantal avait tout avoué, la rage qu'elle contenait depuis si longtemps avait enfin éclaté.

— On n'a rien dit pour te protéger, répondit Gérard, bouleversé et pensant tempérer sa colère.

Mais ce fut l'inverse. Chantal n'entendait pas se contenter d'une réponse qui n'en était pas une. Elle était hors d'elle, surtout qu'Andrei ne réagissait toujours pas.

— Me protéger ? Et de quoi ? Je hais tes grands mystères, j'en ai rien à faire aujourd'hui et je vous le dis bien en face à tous les deux : ça ne m'a protégée de rien, au contraire, ça nous a rongés et ça a tué la famille. Maman est partie, papa est devenu alcoolique et il est mort, et toi tu fais semblant de croire que c'est pour me protéger ! Fais attention, Gérard, je pourrais partir moi aussi et ne plus jamais te revoir, puisque tu me mens encore après toutes ces années !

— Assez ! Je vais le dire, moi, ce secret.

Andrei venait de sortir de son mutisme et, au ton de son intervention, Chantal se calma aussitôt. Gérard tenta de s'interposer, en vain. Andrei était décidé à parler. Lui aussi en avait assez. Toutes ces années à sentir peser sur lui le poids menaçant du regard des uns et des autres, la culpabilité dès l'enfance et durant toute sa vie d'un mal terrible dont il n'avait en fait été que la première victime, c'en était fini. Il fallait raconter. Tant pis pour les idéaux de ses parents qui avaient rêvé d'un monde meilleur, tant pis pour ceux du Parti et des chantiers qui avaient cru aux lendemains qui chantent. Il avait assez payé, et Chantal aussi. Il comprenait que ce qu'ils avaient voulu lui cacher pendant toutes ces années avait fait des dégâts considérables. Ce secret, ce qui n'avait pas été dit par le père de Chantal parce qu'il ne voulait pas porter tort à son parti et à ses amis, avait rongé les femmes de cette famille qui l'avaient accueilli. Et ça avait été pire que tout. Il l'entendait dans le cri de souffrance de Chantal.

Alors il commença à raconter d'une voix lente et posée, en prenant soin des mots qu'il employait, ce qu'il gardait enfoui depuis des années, ce secret qui n'était que l'histoire des hommes emportés par le flot de la Grande Histoire et broyés par elle. Il raconta ses parents, leur rêve, leur mort, ce qui n'avait pas été dit parce que c'était indicible. Qui les aurait crus ?

— Ce qu'il y a eu d'abominable dans la mort de mes parents, c'est qu'ils ne sont pas morts tués comme d'autres lors des purges sauvages de Staline…

Chantal écoutait Andrei et avait ouvert tout grand ses oreilles pour savoir enfin. Elle s'attendait au pire, mais elle ne se doutait pas de ce que cela pouvait recouvrir. On commençait à entendre parler des fameuses purges de Staline qui avaient décimé l'élite intellectuelle de

Russie et tué les révolutionnaires de la première heure. Mais on ne savait pas tout.

Avec une voix blanche, sans émotion apparente, Andrei raconta la terrible histoire de son père et de sa mère.

— On est venu chercher mon père et ma mère un jour, en plein après-midi. J'étais là. Ils ne comprenaient pas ce qu'on leur voulait, mais je sentais bien qu'ils avaient peur, ils étaient serrés l'un contre l'autre, ils se soutenaient. Papa disait à maman de ne rien craindre, qu'on s'apercevrait qu'ils n'avaient rien fait, qu'on s'était trompés et qu'ils seraient vite relâchés...

À ce moment du récit, Andrei dut s'arrêter. Il reprit petit à petit, plus doucement. Il raconta par bouts de phrases, en respirant difficilement comme pour chercher l'air qui lui manquait, comment un jour, devant un tribunal où on les avait conduits après les avoir traînés de prison en prison, ces deux êtres qui s'aimaient, épuisés par les tortures et tremblants de peur, avaient fini par s'accuser mutuellement de haute trahison envers le pouvoir suprême.

— Au lieu de continuer à dire la vérité. Qu'ils n'avaient rien à se reprocher, qu'ils étaient fidèles au Parti et qu'ils croyaient aux lendemains meilleurs, ils se sont dénoncés de choses qu'ils n'avaient pas commises, poursuivit Andrei d'une voix qui faiblissait au fur et à mesure... Ils se sont accusé l'un l'autre. Des voisins qui voulaient montrer leur fidélité au Parti sont venus dire à ma grand-mère qu'à la fin ils s'insultaient.

Sur ce dernier mot sa voix se brisa et dans le petit salon feutré le silence avait pris une épaisseur étouffante. Cachée derrière son rideau, Sophie découvrait, effarée, un pan atroce de l'histoire des hommes. Elle non plus ne trouvait plus sa respiration. Les paroles d'Andrei sonnaient vrai. Et ce récit était pire qu'effrayant.

— Depuis toutes ces années, reprit Andrei à voix basse, il n'y a pas une nuit où je n'ai rêvé à ce qu'ils avaient dû penser au tout dernier moment. Juste avant de mourir... j'aurais voulu... ne pas leur survivre.

Un lourd silence s'installa, aucun des trois ne disait plus rien. Seule Chantal pleurait. Au bout d'un moment Gérard reprit la parole. Il expliqua que son père et lui avaient cru protéger la famille et la vie même d'Andrei en ne disant rien.

— Papa nous a dit de garder ça pour nous. Il voulait préserver la mémoire de ses amis. Il disait que c'était leur rendre justice, qu'ils ne méritaient pas ce à quoi on les avait contraints par la torture et la peur, que personne ne méritait ça. Et c'est à cause de cette histoire terrible que, depuis, il doutait de tout. Il a beaucoup souffert, Chantal, et ce n'est pas à cause d'Andrei, c'est à cause de ses doutes. Il ne pouvait plus être le militant plein d'espoir et de convictions qu'il avait été.

De longues minutes s'écoulèrent.

— Avec Andrei, on va repartir travailler sur les chantiers, y a du boulot, reprit Gérard au bout d'un temps qui parut interminable à Sophie.

— Et tu dis ça comme ça ! se récria Chantal. Tu dis ça comme si de rien n'était, comme si c'était normal et comme si c'était déjà fait. On doit se battre. Vous n'avez pas mérité de partir. Je veux que vous restiez... tous les deux.

Chantal était sous le choc de ce qu'elle venait d'apprendre. Elle comprenait que, quand l'horreur est trop grande, ceux qui l'ont vécue préfèrent la taire. Alors elle ne trouva que ces derniers mots, où elle associait Andrei à son frère, pour lui laisser entendre qu'elle pardonnait le silence et qu'elle s'en voulait de l'avoir tant haï alors qu'elle avait tant voulu l'aimer. Mais elle ne put en dire plus. C'était trop lourd et il y aurait eu tant de choses à essayer de comprendre chez Andrei. Il avait toujours été si secret, si sombre.

— Écoute, Chantal, reprit Gérard en revenant volontairement aux préoccupations du présent pour couper court à l'émotion qui les avait gagnés. Pour ce qui arrive aujourd'hui à cause de mon dérapage dans la coursive, il ne faut pas faire d'histoire. Tout le monde s'en mêle déjà trop. Le syndicat, le commissaire, cet officier, la bordée. Il faut arrêter cet engrenage, parce que, si on laisse faire, ça va dégénérer. Tu te rends compte si on va au conflit ? On fait quoi, la grève ? On bloque les machines ? En plein océan ? Tu nous y vois ? Et le *France*, tu l'y vois ? Je ne ferai jamais ça à notre paquebot. Pour lui, et d'abord pour lui, j'accepte la sanction et voilà tout. C'est la vie.

Il y eut à nouveau un silence. À force de serrer le rideau parce que son émotion était grande, Sophie avait une crampe dans le bras et ses jambes commençaient à la lâcher. Ce qu'elle avait entendu l'avait profondément secouée. C'est alors qu'elle entendit la clé tourner dans la serrure, la porte s'ouvrir et claquer violemment.

— Chantal !

Au cri poussé par Gérard, Sophie comprit que Chantal venait de sortir. Elle espérait qu'ils allaient la suivre, pour qu'elle puisse enfin quitter cette affreuse situation et faire cesser cette crampe, quand Andrei parla à nouveau.

— Va voir ta sœur et calme-la. Elle souffre.

— ...

— Tu entends, Gérard, va voir Chantal. Il ne faut pas la laisser seule, elle a mal.

— Ce n'est pas une raison. Toi aussi, tu souffres, et moi aussi. Putain de putain ! On l'aime ce bateau, c'est le nôtre, on se l'est gagné ! Qu'est-ce qu'elle croit ? Qu'on s'en moque ?

— Va la voir, je te dis. Va l'apaiser.

— Et toi ?

— Je te rejoins.

À nouveau la porte s'ouvrit et se referma puis, à nouveau, le silence. Elle crut qu'Andrei allait partir après Gérard, qu'il attendait juste un peu. Mais les minutes passaient et elle n'entendait rien. Était-il toujours là ? Que faisait-il ? Tant que Chantal et Gérard étaient là elle n'avait pas eu peur de lui, mais maintenant qu'elle se retrouvait seule, une angoisse la gagnait. Elle priait le ciel pour qu'il parte vite et ne la trouve pas. Cet homme l'avait bouleversée avec son histoire mais elle n'oubliait pas qu'il était aussi celui qu'elle avait surpris à tirer un couteau de sa poche. Elle se retint de respirer. Le silence était total, et elle ne l'entendait toujours pas. Bientôt elle n'y tint plus. Le plus doucement possible, tout en tremblant, elle écarta légèrement le rideau. Andrei était assis, la tête dans les mains. Soudain, il la releva et elle se replia rapidement derrière le rideau. L'avait-il vue ? Persuadée qu'il allait venir la tirer de là, et peut-être lui donner un coup de couteau et se débarrasser d'elle, elle paniqua. Les idées les plus folles se bousculèrent dans sa tête. Cherchant à toute vitesse ce qu'elle allait bien pouvoir dire pour le calmer et le convaincre de la laisser en vie, elle fut tout étonnée quand elle l'entendit. Il parlait doucement, en russe, en rythme régulier, comme une mélopée. C'était beau et émouvant, et au fur et à mesure, en l'écoutant, elle retrouva son calme. Ces paroles lui rappelaient quelque chose de sa propre enfance quand, le soir avant d'aller se coucher, sa grand-mère leur faisait réciter à elle et à ses sœurs une litanie de « Je vous salue Marie » et de « Notre Père ». En repensant à ses propres souvenirs d'enfance et en réentendant ces phrasés si particuliers des litanies, elle comprit qu'Andrei priait. Il aurait pu prier en chinois, en américain, en arabe ou en turc, Dieu, Allah, Mahomet ou Bouddha, le dieu des arbres ou des océans, elle aurait reconnu la prière. C'était la même mélancolie, et sans doute aussi le même abandon. Elle ne put s'empêcher de tirer légèrement le rideau. Andrei fixait la flamme jaune sur le mur de laque rouge, à l'opposé de là où elle se trouvait. Elle vit son profil aigu et l'entaille qui barrait sa joue. Il resta ainsi quelques instants, puis il sortit en refermant la porte doucement derrière lui.

Sophie put enfin lâcher le rideau, et dénouer ses crampes avec une grimace de douleur.

38

Quand elle arriva enfin dans l'appartement Provence, Sophie était épuisée et son cœur abîmé. Elle n'avait plus envie de jouer à la star de cinéma. Elle enleva délicatement les lunettes noires qu'elle avait pris soin de mettre en quittant le petit salon pour cacher ses yeux rougis de fatigue. Elle dénoua son foulard Hermès et le posa sur la table basse en verre du salon, puis elle s'affala dans le grand canapé vert olive qui lui tendait les bras.

Elle entendait encore résonner la voix d'Andrei, son récit, et elle avait gravé dans son esprit ces mots affreux : « J'aurais voulu ne pas leur survivre. »

Survivre ? Ce mot lui avait rappelé que, même aux plus belles heures de l'existence comme celles que tous les invités vivaient sur ce navire, il y avait au même endroit des êtres qui souffraient. Aucune vie ne ressemble à une autre. Sophie avait toujours cru qu'elle avait une vision claire du monde des humains. Parce que son éducation avait été faite de valeurs simples et qu'elle en connaissait la force, parce qu'elle avait appris à avoir le goût du bonheur et qu'elle croyait en un avenir heureux, elle se sentait épargnée à la fois des illusions du paradis mais aussi des réalités de l'enfer. Sophie savait bien qu'en ce moment même, alors qu'elle voguait sur ce bateau dans un décor de rêve, sur un autre continent, en Algérie, la guerre menaçait et des familles entières s'inquiétaient pour leur avenir. Elle avait aussi entendu parler de la torture qu'on y pratiquait au nom de la guerre, mais cela restait abstrait, lointain, dans les reportages, ou les livres et les récits de l'Histoire. Les drames n'avaient pas dans la vie de Sophie la terrible consistance de la réalité.

Andrei, lui, était réel. Il n'avait pas parlé longtemps, mais sa voix avait résonné de façon étrange. Est-ce parce qu'elle repensa à la lame d'acier qu'il avait tirée de sa poche, toujours est-il qu'il lui sembla que cette voix saignait. La torture qui avait été infligée aux parents d'Andrei par les hommes de Staline pour qu'ils en arrivent à se trahir, eux qui s'étaient tant aimés, cette torture qui avait eu lieu il y a plus de vingt-cinq ans continuait à ronger leur fils jusqu'au sang. Le calme trompeur d'Andrei dissimulait une plaie béante. Maintenant qu'elle l'avait entendu raconter son passé de sa propre bouche, Sophie percevait le danger de cette douleur dans tout ce qu'Andrei était. Son corps trop sec, presque noueux, cette blessure qui rayait sa joue, son regard qui semblait ne rien accrocher du réel. La douleur était en lui, pire qu'une arme qui tue une fois pour toutes, elle avait traversé les jours et les années, et même les continents. Elle ne s'arrêtait pas. Il suffisait d'approcher Andrei une seule fois, comme Sophie venait de le faire, pour comprendre qu'il ne serait jamais un homme comme les autres. Ce qu'il avait vécu avait été trop dévastateur.

Sophie regarda autour d'elle. L'appartement était d'un calme et d'une douceur infinis. Les femmes de cabine avaient changé les fleurs et un splendide bouquet d'œillets blancs s'élevait dans un haut vase de baccarat. Le jour ensoleillé brillait sur la table de verre et il éclairait l'œuvre de Brayer d'une lumière franche. Un fragment de Provence semblait s'être posé dans le salon. On aurait presque entendu les cigales. Sophie aurait dû être comblée, elle se sentait seulement à bout de forces. Une tristesse la submergeait. La vie d'Andrei, de Chantal et de Gérard modifiait la couleur de son propre voyage. Elle savait l'injustice qui se préparait contre eux, et elle savait aussi l'impunité de ses amis, premiers responsables de ce qui allait se passer. Pour de simples bouteilles jetées négligemment par des fêtards nocturnes, Andrei et Gérard allaient subir l'injustice du sort.

Qu'allait-il se passer pour eux ?

Sophie se le demandait tout en regardant bouger la lumière du soleil sur la trame des rideaux. Les voiles blancs de la baie vitrée étaient si légers, et le soleil y dessinait de si joyeuses clartés, au rythme des reflets de l'océan, qu'il semblait impossible en pareil moment de lumière d'imaginer que l'humanité ne soit pas faite que de bonheur. La vie avait de ces douceurs simples... parfois.

Une autre pensée vint alors se superposer à la précédente. Une autre image, d'autres rideaux blancs sur de hautes fenêtres. Celles de la maison du Sud-Ouest, où vivait la famille de Sophie. Dans sa maison de Bigorre, au pied des Pyrénées, il y avait de la lumière et aussi des ombres qu'il n'y avait pas dans ce salon Provence éclairé au néon jusqu'au moindre recoin. Une pénombre due aux volets qu'on entrebâillait pendant qu'au-dehors le soleil brûlait les herbes des champs et ramollissait le goudron des routes. Sophie avait toujours aimé ces heures intérieures quand, des murs épais et des objets du quotidien des familles, resurgissent les âmes anciennes. Contrairement aux atroces souvenirs d'Andrei, les âmes des disparus de la maison du Sud-Ouest ne saignaient pas, elles ne transmettaient pas de ces douleurs abominables qui empêchent les enfants de dormir. Elles étaient apaisantes, elles parlaient de la vie qui va, des soirées en famille, des travaux des champs et des usines, des machines nouvelles qui facilitaient la vie, des fêtes de village et des cousins qui arrivaient du Béarn et du Pays basque pour les grandes tablées. Elles parlaient des chants du pays qu'on entonnait tous ensemble et d'un monde où tout semblait aller de soi pour le meilleur, où tout était en devenir et où les femmes ne portaient plus dès le premier deuil ces habits noirs qui ne les quittaient plus jusqu'à la fin de leur vie, mais s'habillaient de couleurs. Dans toutes les familles on achetait de nouvelles voitures, des 204 Peugeot, des Ami 6, des Simca 1 000, et on entendait régulièrement cette phrase dite avec enthousiasme à propos des uns ou des autres : « Ils font construire. » Car le bâtiment allait bon train. La vie fleurissait pour tous et partout dans cette France des années 1960, comme un printemps qui ne s'arrêtait pas.

Loin de la hanter, les souvenirs de Sophie la protégeaient de la peur et de toutes les angoisses de la vie. Au contraire des souvenirs d'Andrei qui ne croyait plus en rien, ils ouvraient devant elle un chemin confiant.

— Mais où étais-tu passée ? Qu'est-ce que c'est pénible d'avoir toujours à te chercher partout !

Béatrice venait d'entrer dans le salon et à la tête qu'elle faisait on ne la sentait pas disposée à une aimable conversation.

— Pourquoi ? Tu me cherches ? répondit Sophie en émergeant de ses pensées.

— Elle est bien bonne celle-là ! Et le cinéma, alors ? Je croyais qu'on avait rendez-vous devant la salle pour la projection. Je te signale qu'à cause de toi j'ai failli manquer la séance. Je t'ai attendue devant les portes, heureusement que les autres m'avaient gardé une place. Non sans mal d'ailleurs, parce qu'il y avait foule, c'était plein à craquer.

— Mon Dieu, j'avais complètement oublié le film ! s'exclama Sophie qui se remémora soudain qu'elle tenait à voir non pas le *La Fayette* de Dreville que l'on diffusait en raison du symbole qu'il représentait pour l'amitié franco-américaine, mais le documentaire d'Étienne Lallier sur le lancement du paquebot *France* et sa construction.

— C'était génial, dit Béatrice, trop heureuse d'en rajouter. Ils ont tout montré, c'était passionnant. Et puis c'était la séance à ne pas rater, il y avait Juliette Gréco qui va donner le concert ce soir, et aussi Tino Rossi avec sa femme et leur petit garçon. La folie ! Et la salle, je te dis pas. Un rêve ! Des fauteuils à accoudoirs pour chacun et une hauteur incroyable sur deux niveaux. C'est bien simple, sur six cent soixante-deux places, il n'y en avait pas une de libre ! Michèle Morgan est arrivée au dernier moment avec le président d'honneur de la Compagnie générale transatlantique, Jean Marie, et Gustave Anduze-Faris, le président actuel, et sa femme. On leur avait réservé les meilleures places au rang du milieu de la salle...

Béatrice adorait montrer qu'elle connaissait les gens qui comptent, cela semblait lui donner une légitimité, comme si le fait de pouvoir citer leur nom la faisait entrer dans l'intimité de leur cercle. Sophie ne comprenait pas ce besoin et d'ordinaire elle envoyait Béatrice sur les roses avec son chapelet de mondanités. Mais là, elle laissait son amie vider son sac de connaissances, elle était ailleurs.

— Et je peux te dire que quand Michèle Morgan est entrée, tout le monde s'est retourné pour la voir. On entendait des murmures d'admiration... Qu'est-ce que ça doit être bien, quand même, d'être une star ! Tout le monde la regarde, elle rayonne. C'est là que tu vois que, quand on t'admire, tu es encore plus belle. On peut dire ce qu'on veut mais ça compte beaucoup. Ça doit quand même être... fabuleux à vivre. Non ? Qu'est-ce que tu en penses ?

L'état d'esprit virevoltant de Béatrice était à l'opposé des heures graves que Sophie venait de vivre. Entendre raconter un pan d'une histoire humaine récente dans sa désespérante vérité, écouter les douleurs de ceux qui en ont été les victimes est une expérience qui ne laisse personne indemne. Les guerres, les règlements de comptes aveugles, les folies démoniaques des grands dictateurs de l'Histoire, il y a dans le cycle de l'humanité de véritables gouffres. Sophie s'était, bien malgré elle, penchée au bord de celui de Staline.

— Tu m'écoutes ! À quoi tu penses encore ?

— Ben... marmonna Sophie, qui fit un effort de concentration, à rien. Mais... j'aurais bien aimé voir le document sur la construction du *France*. Tu crois qu'ils le repasseront ?

— Le repasser ! Tu es folle ? Toutes les soirées sont prises, ce soir c'est la soirée de gala avec le concert de Juliette Gréco. Elle va chanter son succès,... heu... zut je l'ai sur le bout de la langue. Aide-moi, je ne trouve pas le titre...

— *Si tu t'imagines, fillette, fillette.*

— Oui ! Voilà, c'est ça ! Et demain soir, il y a le concert de piano puis le bal costumé au profit des œuvres de la mer. J'ai entendu dire qu'il y aurait aussi un concours de twist. Tout est programmé. Alors pour le documentaire, tant pis pour toi, tu dois en faire ton deuil. Il était génial. Moi, j'ai été impressionnée par l'envergure du chantier avec les hommes tout petits qui soudaient sous la grosse coque noire. Il fallait voir ! On avait peur pour eux, si les cales avaient bougé, ils auraient été écrasés comme des mouches ! Affreux ! Et puis après il y a eu tout un passage sur la décoration, et c'était étonnant d'entendre tous ces différents corps de métier discuter pour le moindre détail, les tissus, les couleurs, les matières, les éclairages, le mobilier, les vases et jusqu'aux fleurs qu'on mettrait dedans. Du début à la fin de la construction, on a senti la passion qui guidait ces gens. J'ai appris plein de choses !

Essoufflée par son compte rendu à vive allure, Béatrice, qui était restée debout jusqu'alors, s'assit dans un fauteuil

— Et toi, demanda-t-elle, où étais-tu passée ?

Sophie attendit qu'elle soit bien calée et qu'elle ait repris sa respiration. Puis, calmement, elle raconta ce qui lui était arrivé.

Béatrice écoutait, incrédule, le passé d'Andrei en Russie et l'histoire du père de Chantal et de sa famille détruite. Mais, au moment de raconter la lutte sur la terrasse, Sophie omit l'épisode du couteau d'Andrei. Quelque chose la retint, elle se disait que Béatrice n'était pas l'interlocutrice idéale pour ce genre de révélation. Elle hurlerait qu'il fallait dénoncer Andrei et irait voir le commissaire. Or, depuis qu'elle avait surpris le marin en prière dans sa solitude, Sophie sentait qu'il ne le fallait pas. Elle aurait voulu plutôt en parler avec l'officier, ce qui en plus aurait été une bonne façon de le revoir. Mais elle ne savait pas encore comment s'y prendre parce qu'elle ne voulait pas lui avouer qu'elle était cachée sur la terrasse au moment de la lutte. Elle pensait qu'il n'aimerait pas avoir été surpris dans ce moment violent. Alors elle ne dit rien, et reparla de l'accident de la bouteille de champagne. Béatrice, visiblement contrariée qu'elle y revienne, fronça les sourcils. Sophie expliqua l'engrenage qui s'était ensuivi après ce geste idiot, et la sanction de licenciement pour faute grave que risquaient Gérard et Andrei.

— Tu te rends compte, à cause de cette fichue bouteille, ces deux hommes vont devoir quitter le *France* ! Le navire qu'ils ont construit et qui est toute leur vie. C'est quand même incroyable !

— Oui, et surtout c'est complètement idiot ! jeta négligemment Béatrice qui ne voyait pas où Sophie voulait en venir avec tout ce charabia.

— Idiot ! s'exclama Sophie, qui trouvait la remarque sérieusement déplacée. Injuste, tu veux dire ! Terriblement injuste. Et je peux te dire que, eux, ils ne rient pas.

Béatrice n'avait aucune envie de sortir des mondanités qu'elle n'avait pas encore fini de raconter dans le détail. Elle s'agaça :

— Si on ne peut plus faire la fête sans que ça fasse un drame, c'est la fin de tout ! Cette histoire de bouteilles, c'est la faute de personne. C'est le destin, c'est tout. On n'a rien fait de mal, des fêtes à la russe, ça se fait partout et ça n'a rien d'illégal. On n'y peut rien si c'est tombé sur la tête de ce pauvre type.

— Ce pauvre type ! Tu as de ces expressions !

— Écoute, tu veux quoi ? Qu'on aille dire que c'est nous, que c'est notre faute parce qu'on avait un peu trop bu et qu'on a jeté des bouteilles par-dessus bord ! C'est ça que tu veux ? Dis-le ! Je peux le faire, je peux, si tu veux, aller chercher les autres, et on dira au commissaire que c'est nous.

— Si ça servait à quelque chose, je l'aurais déjà fait sans hésiter. Mais ça ne servirait à rien. Ce qu'ils reprochent à ces marins, ça n'est pas que l'un d'eux ait été blessé par la bouteille, tu t'en doutes. Ce qu'ils leur reprochent, c'est de ne pas avoir gardé leur calme.

— Ah, tu vois ! Et c'est vrai, d'ailleurs. Je ne vois pas pourquoi ces marins se sont tant énervés, il n'y avait pas matière ! Ce paquebot est fait pour le plaisir et la fête, pas pour voyager en se couchant à la nuit tombée comme des vieux sans boire ni danser.

— Mais ils y tiennent, eux, à leur bateau, et ils sont là pour en prendre soin. Alors d'entendre que vous jetiez des bouteilles contre cette coque magnifique qu'ils ont eu tant de mal à souder, ça les a révulsés. On peut comprendre, non ?

— Je suis d'accord qu'hier soir nos amis sont allés beaucoup trop loin avec toi sur la terrasse et que ce qu'ils ont fait était très dangereux, mais l'autre soir on avait juste un peu trop bu et lancé quelques verres. On ne va pas non plus battre notre coulpe pendant tout le voyage à cause de ça !

— Pourtant, tu devrais... Ça ne te fait rien de savoir que ces deux hommes vont être sanctionnés alors qu'ils prenaient seulement soin de leur navire ?

Béatrice fit un geste désabusé de la main. Elle entendait balayer cette histoire et passer enfin à autre chose.

— Écoute, dit-elle d'un ton vif, j'en ai assez de t'entendre parler de ça. Si l'état-major veut licencier ces marins, il sait ce qu'il fait.

— Non justement, puisqu'il n'est pas informé de tout.

— Mais qu'est-ce que tu en as à faire ! C'est insupportable à la fin ! S'ils sont dans cette situation, c'est qu'ils le méritent. C'est parce qu'ils travaillent au fond du bateau au lieu d'être comme nous à se promener sur les ponts supérieurs que tu te sens concernée ? D'habitude, ça ne te fait ni chaud ni froid, et parce que, aujourd'hui, ça te touche, moi je devrais pleurer ? Ils n'avaient qu'à pas aller travailler aux machines. Tout le monde ne réussit pas sa vie. Il y a des injustices, on le sait. Il y a toujours eu les riches et les pauvres, les bien et les mal lotis. Ça n'est pas nouveau et ce n'est pas toi qui vas changer cette évidence du jour au lendemain. Tu es en train de nous gâcher le voyage ! On a beaucoup mieux à faire et ça n'est pas notre problème. Passons à autre chose !

Ce ton, cette assurance, Sophie d'ordinaire ne les aurait pas approuvés mais elle n'en aurait pas fait toute une histoire. Là, les mots de Béatrice résonnèrent d'une autre façon, crue, violente. Elle explosa.

— Mais tu te rends compte de ce que tu dis ? cria-t-elle en se levant d'un bond de son fauteuil. Comment peux-tu dire des choses pareilles ! Que ces gens ont mérité ce qui leur arrive ? Que ça n'est pas notre problème ! Et comment, que c'est le nôtre, de problème, puisque c'est toi-même qui l'as provoqué ! Je te préviens, tu as intérêt à changer de discours et à réfléchir au plus vite à ce qu'on peut faire pour ces deux marins, parce que, moi, je ne vais pas accepter qu'ils subissent une pareille injustice sans bouger le petit doigt. Pour le coup de la bouteille, tu es sacrément responsable, puisque tu l'as jetée !

Refroidie par la virulence soudaine et très inhabituelle chez Sophie, Béatrice préféra ne pas en rajouter. Elle ne comprenait pas ce qui se passait. Bien que détestant l'idée de se mêler de cette affaire et ne voyant pas pourquoi son amie y tenait à ce point, elle n'était cependant pas aussi sûre d'elle qu'elle voulait bien le laisser croire et elle réfléchissait à l'attitude à tenir. Il lui fallait d'abord calmer la colère de Sophie qui semblait très remontée. Cette soirée « à la russe » où elle avait trop bu, Béatrice la regrettait mille fois, pas à cause de ces deux marins dont le sort lui était indifférent, mais à cause de ce photographe par lequel elle s'était laissé séduire et qui s'était ensuite montré odieux. Et elle n'avait aucune envie que cette soirée qu'elle souhaitait voir définitivement passée aux oubliettes revienne sur le tapis à cause de ces marins et de Sophie.

— Bien, fit-elle calmement. Et tu comptes t'y prendre comment, pour aider tes marins ? Tu vas aller voir le commandant et lui dire avec un grand sourire : « Monsieur le commandant, ne faites pas de mal à ces pauvres hommes. Ils n'y sont pour rien, c'est la faute de mon amie qui, avec un imbécile, jouait à lancer des bouteilles à tort et à travers » ?

La colère de Sophie tomba d'un seul coup. Si elle était déterminée à faire quelque chose, elle n'avait aucune idée de la façon dont il fallait procéder. Aller donner des conseils à l'état-major du *France* pour ces deux marins, la démarche s'annonçait compliquée, pour ne pas dire irréalisable, et surtout complètement déplacée. Si elle racontait tout ce qu'elle savait et qu'elle avait vu, ça tournerait immanquablement, entre ces hommes, à la sanction, au conflit, et à la lutte. Ces dernières heures lui avaient révélé ce dont ils étaient capables. Une idée lui vint alors. Et si les femmes agissaient ensemble ? Sophie se sentait capable de les convaincre. Elles comprendraient et arriveraient peut-être à désamorcer cet engrenage. Elle décida d'aller trouver Chantal. Elle lui dirait qu'elle avait réfléchi et qu'elle était prête à l'aider.

— Je t'accompagne, dit Béatrice, très contrariée de cette initiative mais qui préférait suivre l'histoire de près, au cas où. Sais-tu au moins où elle est, cette Chantal ?

— Oui, répondit Sophie. Elle m'a dit qu'elle travaillait au pressing.

39

Quand Michèle vit arriver Sophie et Béatrice dans son carré de vapeurs suffocantes et de buées épaisses, elle fut immédiatement sur ses gardes. Ces élégantes ne venaient sûrement pas pour une histoire de linge, elles étaient plutôt du genre à laisser le petit personnel de service se débrouiller avec. Alors, que venaient-elles faire au pressing ?

Tirant sur sa blouse blanche, elle releva ses cheveux du plat de la main en mettant bien en évidence ses ongles rouges vernis et, d'un pas lent de reine dérangée, elle s'avança avec son air des mauvais jours.

— Vous désirez ?

— Est-ce qu'une certaine Chantal serait là ? demanda Sophie tout en notant son ton désagréable.

Ça alors ! se dit Michèle, stupéfaite. Et qu'est-ce qu'elles lui veulent à Chantal ?

— Une « certaine » Chantal, dites-vous ? répondit-elle alors ironiquement en appuyant volontairement sur l'adjectif.

Tout en parlant, elle surprit Béatrice qui la regardait de son air hautain et elle s'imagina que cette dernière la prenait de haut. Or l'air hautain de Béatrice était tout simplement celui qu'elle avait en permanence. Contrariée, Michèle décida alors que, quel que soit le renseignement que ces filles lui demanderaient, elles ne l'obtiendraient pas. De son côté, Sophie comprenait que si elle voulait arriver à ses fins avec cette femme, il lui faudrait faire preuve de diplomatie.

— Excusez-moi, dit-elle, je ne voulais pas être désagréable. Mais une jeune femme qui s'appelle Chantal est venue me voir hier matin et je n'ai pas pensé à lui demander son nom de famille. C'est pour ça que je disais une « certaine » Chantal. Elle avait des soucis...

Michèle fronça les sourcils. Ainsi Chantal aurait des soucis, ces filles seraient au courant et pas elle ?

— Ah bon, lâcha-t-elle, intriguée, elle a des soucis ? Et lesquels ?

— Oh, rien. C'est personnel. On peut la voir ? Elle est ici ?

Sophie venait de mettre le pied sur un territoire sensible, celui de Michèle, première informée de tout ce qui se passait sur ce navire. Rien ne lui échappait et elle ne pouvait admettre que ces deux pimbêches viennent lui en apprendre.

— Chantal n'est pas là mais, si ce que vous avez à lui transmettre est personnel, vous ne pouviez pas mieux tomber, dites-le-moi, et je lui ferai la commission.

Agacée par cette femme qui jouait les gardes-chiourmes, Béatrice s'interposa.

— Écoutez, dit-elle d'un ton sec, c'est une affaire entre elle et nous. Ça ne vous regarde pas. On vous demande simplement de nous dire si elle travaille ici, oui ou non. Et si elle est là, allez nous la chercher, on veut la voir.

Sophie se mordit les lèvres. Après une telle sortie, il ne fallait pas s'attendre à ce que cette Michèle les aide.

— Dites-moi, fit cette dernière d'un ton de miel, dans quelle cabine êtes-vous ?

— En première au sundeck, s'empressa Béatrice qui, bien que ne voyant pas le sens de la question, pensait l'impressionner à l'annonce d'une cabine aussi prestigieuse.

— À l'appartement Provence, peut-être ? insista Michèle, toujours d'un ton de miel.

— Tout à fait ! Comment le savez-vous ? s'étonna Béatrice, de plus en plus hautaine, comme à chaque fois qu'elle sentait une résistance chez quelqu'un qu'elle jugeait subalterne à sa propre personne.

Michèle jubila. Ces deux filles étaient bien celles qui donnaient des leçons de vocabulaire et qu'elle avait fait rayer du dîner à la table du commandant.

— Une intuition, répondit-elle en mijotant intérieurement sa revanche contre cette prétentieuse qui croyait pouvoir lui parler de haut, à elle, Michèle, qui avait ses entrées à l'Élysée. Cette Béatrice qui ne payait même pas la première où elle logeait et qui prenait ses grands airs, tout ce que Michèle haïssait. Une fille persuadée de tout détenir, la beauté et le bon goût. Michèle avait assez souffert de se faire mépriser à cause de son poids ou de sa situation quand elle n'était qu'une modeste employée au pressing de sa ville et qu'elle repassait les robes de ces dames. Ce temps était révolu. Elle n'allait pas se gêner pour remettre cette fille à sa place. Pas dupe, elle savait que la plupart de ces filles qui se la jouaient n'étaient pas si heureuses qu'elles en avaient l'air. Michèle était aimée, et cet amour la plaçait au-dessus de tout. De la position sociale, du bon et du mauvais goût, de tout ce qui écrase pour rien et qui n'est qu'apparence. Et elle ne supportait plus la moindre parcelle de mépris.

Sophie sentait que l'affaire était très mal partie. Elle commença à douter de son idée de réunir les bonnes volontés féminines. Le dialogue tournait au conflit et ça n'allait pas être simple à rattraper.

— Je crois savoir, continua Michèle en regardant Béatrice droit dans les yeux, que c'est vous qui désiriez tant dîner à la table du commandant.

— Qui vous a dit ça ? répondit Béatrice, interloquée.

— Et à ce qu'on m'a dit aussi, continua Michèle, imperturbable, vous n'y êtes pas encore parvenues.

— Ça alors ! explosa Béatrice. Mais de quoi vous mêlez-vous !

— De tout, trancha Michèle d'un ton cinglant. J'ai peut-être l'air de rien, mademoiselle, de quelqu'un à qui on peut parler comme à une serpillière, mais sur ce paquebot, sachez que je me mêle de tout. Et ce dîner vous n'êtes pas près de l'obtenir !

Et sur ces paroles sans ambiguïté qu'elle lâcha avec un immense soulagement, elle qui avait si souvent courbé l'échine, Michèle tourna le dos à Béatrice et disparut dans les vapeurs du pressing en faisant claquer ses mules à talons.

Béatrice était abasourdie. Un tel culot de la part d'une simple employée, ça la laissait sans voix. Mais qui était cette femme pour oser les traiter de la sorte ? Elles quittèrent le pressing et, une fois dehors, Sophie hurla.

— Bravo ! Tu es contente de toi ? Et on fait quoi maintenant ? On la retrouve comment, Chantal ?

— Ça, c'est la meilleure ! Je fais tout pour obtenir des informations et tu cries après moi ? Non, mais tu as vu comment elle parle, cette femme ? Je ne vais pas me laisser faire ! C'est inadmissible, j'en parlerai au commandant. Qu'est-ce qu'elle croit, celle-là, et pour qui elle se prend ?

— Par pitié, arrête d'en appeler toujours au commandant qui a autre chose à faire qu'à te répondre et qui t'enverra promener ! Tu as tort, et si tu avais été plus diplomate on n'en serait pas là.

C'en était trop ! Toutes ces histoires avec le petit personnel, Béatrice ne voulait plus en entendre parler. Tant pis si ça remettait sa soirée trop arrosée avec le photographe sur le tapis et si elle était contrainte de s'en expliquer ! Elle n'allait tout de même pas se laisser traiter de la sorte par une simple employée de pressing ! Non mais !

— Je pars, fit-elle, au comble de l'énervement. Ta Chantal, retrouve-la toute seule.

— Quoi ? Tout est de ta faute et tu crois pouvoir partir comme ça sans m'aider sur un coup de colère parce qu'une simple employée, comme tu dis, a osé te tenir tête ?

— Ben oui. Parce qu'en fait je ne me sens pas du tout en faute de quoi que ce soit et que je ne vois pas ce que je fais là alors qu'il y a mille choses passionnantes à faire et des gens bien plus agréables à voir que ces femmes qui ont un comportement grossier.

Sophie désespérait. Ces chamailleries pour rien, ces susceptibilités de femmes entre elles, on n'en sortait pas.

— Comme tu veux, s'énerva-t-elle à son tour. C'est ton droit, mais avant tu m'aides à retrouver Chantal.

— Et pourquoi tu aurais besoin de moi ? Ça ne doit pas être bien compliqué.

— Pas compliqué ? Après la scène que tu viens de faire on a peu de chances d'obtenir une information, et si cette femme ne nous dit pas où elle est, où veux-tu chercher ? Il y a mille employés sur ce paquebot. Je ne vais pas poireauter ici, et je ne vais quand même pas faire le tour des ponts et des services ?

— Vous cherchez quelqu'un ?

Sophie se retourna. Chantal se tenait juste derrière elle, une pleine panière de linge sale appuyée contre sa hanche.

— Ah, c'est vous ! Quelle chance ! s'écria Sophie avec un large sourire qui en disait long sur son soulagement.

— Quelle chance ? s'étonna Chantal, qui ne voyait pas la raison d'un accueil aussi enthousiaste.

— Oui, expliqua Sophie. Je voudrais vous parler.

40

L'officier avait sillonné tout le paquebot de long en large sans apercevoir Sophie. Après avoir quitté le commissaire, il avait parcouru tous les ponts puis était allé du côté du fumoir, à la piscine, à la bibliothèque, il avait cherché dans la foule de ceux qui assistaient à la projection du film, il était allé voir du côté des boutiques puis au salon d'écriture, il était passé et repassé devant la baie vitrée du salon Provence, et il était même allé jusqu'à la chapelle, à la salle de jeu des enfants et tout en haut du navire près des grandes cheminées, là où se trouve le chenil. On ne sait jamais. Elle a peut-être un chien, se disait-il, bien que sceptique. Hélas ! Alors, en toute fin, il était allé au petit salon, là où il l'avait vue la première fois. En s'approchant très près et en tendant l'oreille, il avait entendu un homme qui parlait à voix très basse, puis plus rien. Il en avait conclu que le salon, prévu pour des réunions privées, devait être occupé par des clients et que la passagère n'y était pas. Il avait alors osé une dernière tentative. Il était allé jusqu'à frapper à la porte de la cabine Provence en espérant qu'elle lui ouvre. Il avait attendu le cœur battant, mais personne n'avait répondu.

C'est seulement après qu'il se demanda ce qui lui avait procuré tant d'audace. Il ne comprenait plus ce qui l'avait poussé à vouloir la revoir à ce point. Maintenant qu'il y repensait, il était soulagé de ne pas l'avoir trouvée dans la cabine. Qu'aurait-il pu lui dire si elle avait ouvert ? Non pas qu'il fût timide envers les femmes, mais il n'était pas du tout du genre à manifester pareille offensive sans y avoir été encouragé. Il réfléchit à son attitude. Il se demandait ce que cette envie de revoir la passagère à tout prix signifiait. L'officier se méfiait des grands mots et des grands sentiments. Il avait eu ses heures comme tout le monde. Et ses désillusions.

La lutte sur la terrasse avait fait remonter en lui d'autres souvenirs, d'autres combats. Au cours de l'année qu'il avait passée loin de sa famille, il avait brûlé la vie sans lui accorder d'importance. Un ancien militaire lui avait donné le goût de la bagarre et lui avait enseigné les méthodes fortes. La violence avait pris chez lui le dessus sur toute autre chose et il avait aimé le plaisir ambigu que donnent le combat et la force exercée sur autrui. Il avait aussi rencontré une femme. Mais il n'avait pas su l'aimer et elle était partie. Il avait alors ressenti un grand vide. Quelque chose comme un vertige. C'est là qu'il avait appris le décès de son grand-père et qu'il avait pensé à sa vie d'avant, à sa mère, à sa grand-mère. Il avait voulu les revoir et il était rentré. Depuis cette époque, il n'avait plus fréquenté personne et il ne sortait pas. Aussi s'étonnait-il de ressentir à nouveau quelque chose qui ressemblait à l'envie d'aimer, ou d'être tout simplement amoureux. Mais il se méfiait. Comme si l'amour n'était pas pour lui.

L'officier Vercors éprouvait en cet instant une profonde mélancolie. Il se disait que jamais il ne serait comme tous ces gens qui avaient des vies normales et paraissaient heureux. Des gens qui se mariaient, avaient des enfants puis vieillissaient, et devenaient ensuite des grands-parents fiers de recevoir leurs petits-enfants dans des maisons de famille bien tenues. Des gens qui ne semblaient jamais seuls. On les enterrait même ensemble, dans des caveaux de famille où, à nouveau, ils étaient rassemblés en fratries. On gravait leurs noms côte à côte dans la pierre et il y avait toujours quelque descendant pour continuer à tenir leurs maisons et à fleurir leurs tombes. Il revoyait l'image de certains cimetières avec ces lourds caveaux et ces tombes fleuries. Et, lui qui ne pensait jamais à la mort, il se demanda qui graverait son nom sur une pierre grise. Qui viendrait se pencher sur son souvenir ? Cette étrange pensée lui fit peur, il n'avait jamais envisagé la vie comme ses camarades d'études qui, dès le samedi après les cours, rentraient dans leurs familles et avaient de petites fiancées qu'ils épousaient une fois leur diplôme obtenu. De ces vies dont on disait qu'elles étaient le cours des choses. Pourquoi sa vie à lui se trouvait-elle si éloignée de ce chemin qui avait l'air si simple pour tous ? Il aurait eu l'âge d'aimer depuis longtemps, et même d'avoir déjà des enfants. Or il était seul. Et ce qui le surprenait le plus, maintenant qu'il y réfléchissait, c'est qu'il ne se voyait pas autrement. Pourtant, et c'était bien là le paradoxe, il ne se voyait pas non plus sans l'amour d'une femme. Mais comment aimer et être aimé un jour si on n'a pas pour intention de fonder au moins un couple et de vivre ensemble, une famille stable avec une maison, des enfants qui grandissent ? Comment aimer si on ne projette rien ? C'est dans ces questions qui restaient sans réponse que l'officier Vercors trouvait sa limite. Et c'est pour cette raison que la femme qu'il avait aimée était partie un jour. Elle l'avait attendu en vain. Elle disait qu'elle voulait bâtir quelque chose avec lui, avoir des enfants, et lui ne pouvait pas répondre à cette demande pourtant si simple. Il aurait voulu aimer sans associer à l'amour un but précis. Il aurait voulu que l'amour, ce soit comme la mer, comme les océans mouvants, comme une étendue infinie.

Penché à l'arrière du paquebot, l'officier regardait les eaux bleues et blanches se refermer au loin derrière la ligne de passage du *France*. Pour la première fois de sa vie, il réfléchissait à son comportement et il essayait de savoir pourquoi il était ainsi. Le drame qui avait enlevé son père à sa famille de façon si brutale n'expliquait pas tout. C'est le mensonge qui avait tué en lui la confiance et fait naître un instinct de méfiance qui ne le quittait jamais. La violence qu'il avait vécue n'avait rien exorcisé, au contraire. Jamais, depuis le jour où il avait appris la vérité sur la mort de son père et sur le monde des mers aussi violent que le monde terrestre, l'officier Vercors ne se souvenait d'avoir eu confiance dans la vie. Quand il n'était encore qu'un gamin, un mystère planait. Ça l'avait fait grandir dans une immense instabilité intérieure que personne ne devinait et dont il était le seul à connaître les désastreuses conséquences. Depuis, il fuyait tout ce qui ressemblait aux familles, personnelles ou professionnelles. Où pourrait-il trouver la confiance pour y croire à nouveau, et pour aimer ? Il se surprit à en avoir envie, mais en y réfléchissant il doutait fort que cette passagère ait la force de la lui redonner. Il la revit sautillant avec sa robe de bal et ses chaussures à la main, descendant l'escalier en jouant à la star de cinéma, et il se dit qu'elle devait être loin du compte et qu'il ferait mieux de passer à autre chose.

Il poussa un soupir et releva le col de son caban, puis tira de longues volutes de fumée d'une cigarette brune. Ces Gitanes que personne ne fumait plus dans son milieu. Sur les ponts supérieurs, on préférait les blondes aux noms américains qui sonnaient mieux et qui donnaient le sentiment d'appartenir à une catégorie sociale plus moderne. Leurs paquets de couleur en jetaient quand on les posait ostensiblement devant le nez des filles, au comptoir des bars ou sur les tables. Mais l'officier était insensible à l'air du temps et aux codes d'appartenance sociale quels qu'ils soient, y compris à ceux de son corps d'origine. Comme la plupart des marins dans les ports et dans le ventre des navires, il n'aimait que les Gitanes au goût âcre, et il était attaché à leur paquet bleu qu'il froissait au fond des poches de son caban de laine rêche. Par une sorte d'instinct primitif qui ne trouvait sa source nulle part dans ses ascendances familiales bourgeoises, l'officier aimait tout ce qui le reliait aux marins de la base. Et c'est à ce genre de détails aussi dérisoires qu'un paquet de cigarettes que les autres officiers percevaient chez leur camarade une différence qui ne cessait de les intriguer.

La fumée des Gitanes que l'officier Vercors faisait s'envoler haut vers le ciel de l'Atlantique interrogeait jusqu'au commandant qui notait en son for intérieur que, en dépit de sa parfaite discipline au travail et contrairement à ses égaux soucieux d'appartenir à une élite et de le montrer, son officier gardait une curieuse distance avec son grade et avec son milieu.

En le surprenant accoudé au bastingage à fixer les lointains comme s'il était seul au monde, le commandant se disait que Vercors semblait n'appartenir à rien. Sauf peut-être aux grands océans et à ses rêves. Et il ne pouvait s'empêcher d'éprouver pour cet officier si particulier un sentiment de tendresse mêlé de fascination.

— À quoi pensez-vous, Vercors ? lui dit-il en s'approchant.

L'officier se retourna et sourit. Il aimait ce commandant que les hommes surnommaient en riant « Brigitte Bardot », parce qu'en raison de son poste sur le *France* il était aussi photographié et sollicité par les médias que la star de cinéma qui était alors à l'apogée de sa beauté et de sa carrière. Dans la réalité, l'homme n'avait rien d'une star. Au contraire, il avait passé sa vie aux postes les moins en vue et les plus exigeants et il avait débuté sa carrière dans le cabotage aux Antilles. Depuis, il avait sillonné pour la Compagnie toutes les mers du globe et fait le tour du monde sur toutes sortes de bateaux, des cargos, des paquebots, à tous les grades.

— Et vous, mon commandant, à quoi pensez-vous ? répondit machinalement l'officier à cette question banale, la prenant comme un bonjour, une façon de parler sans but précis.

— Oh, vous savez, Vercors, j'évite de m'égarer. Avec ce navire de trois cent quinze mètres je reste concentré.

L'officier, qui venait d'être surpris en pleine rêverie, sourit, gêné. Mais le commandant n'avait aucune mauvaise pensée.

— J'espère que je serai à la hauteur des espoirs de la Transat, Vercors. Le *France* a une mission de prestige et aussi une mission économique. On doit être viables, et garder le marché du transport de passagers ne va pas être simple. J'ai hâte de voir notre correspondant à New York. Il travaille pour nous là-bas et il a installé un réseau dense de relations, de Beverly Hills aux Grands Lacs. C'est un grand professionnel, on compte beaucoup sur lui...

L'officier écoutait son commandant avec intérêt, l'homme ne se lançait pas souvent dans de pareilles confidences. Il devait véritablement être soucieux, ou du moins très concentré sur les enjeux.

— Dites-moi aussi, Vercors, puisque je vous vois...

L'officier dressa l'oreille.

— Vous êtes au courant de cette histoire d'hommes à la chaufferie qui auraient jeté des bouteilles de champagne par-dessus bord ?

L'officier ne put se retenir de froncer les sourcils. Il avait cru comprendre que le commandant ne serait pas informé de ce souci et que le commissaire réglait seul l'affaire en amont. Or l'information avait circulé, et de la façon la plus détestable qui soit, c'est-à-dire complètement déformée. Ce n'était pas la première fois que l'officier entendait une histoire se modifier au fur et à mesure des interlocuteurs entre lesquels elle se transmettait. Une vérité devenait tout autre quand elle parvenait en bout de chaîne, et il avait remarqué que ce n'était pas obligatoirement par malveillance. Souvent c'était dû à ce qu'au lieu de l'énoncer clairement une fois pour toutes, elle surgissait par bribes, était mal interprétée et parvenait enfin à son destinataire final complètement déformée. Ce n'étaient plus les ouvriers qui avaient reçu les bouteilles sur la tête, c'était eux qui les avaient lancées. Un comble ! Il hésita. Que savait exactement le commandant et pourquoi lui posait-il cette question à lui au lieu de la poser en toute logique au commissaire ? Il comprit quand le commandant reprit la parole.

— Pour vous dire toute la vérité, c'est un bruit qui m'est parvenu par un passager. Il paraît qu'il y aurait eu une bagarre due à des bouteilles et que des ouvriers y seraient mêlés, et aussi un des nôtres. Vous savez quelque chose ? Parce que je ne vous cacherai pas qu'il me déplairait fortement que ce bruit, pour l'instant très circonscrit à un petit cercle de journalistes, se propage.

— Pourquoi me posez-vous cette question, commandant ? Vous pensez que cet homme, c'est moi ?

Le commandant n'hésita pas une seconde.

— Non, parce que je ne vous vois pas du tout dans une bagarre. Mais... à l'heure à laquelle cela se serait passé, vous rentriez du quart, et je pensais que... peut-être vous auriez vu quelque chose ?

Mentir, l'officier n'en était pas capable, même pour satisfaire à la demande du commissaire qui souhaitait garder l'affaire secrète. Car l'officier Vercors haïssait le mensonge. Au vu des dégâts que cela avait engendré dans sa propre vie, il ne croyait qu'en la force de la vérité et n'aimait que la limpidité des relations humaines. Il n'eut pas l'ombre d'une hésitation. Il raconta ce qui s'était passé. Tant pis pour ce qu'il adviendrait quand il avouerait avoir usé de la force sur un marin et sur un passager.

Le commandant l'écouta et hocha la tête, soulagé. Quand l'Académicien lui avait fait part du bruit qui circulait dans le petit milieu des journalistes à propos d'un incident sur la terrasse réglé par un officier, il avait immédiatement reconnu Vercors à la description qui lui en avait été rapportée. Il avait réfléchi à ce qu'il fallait faire et avait convoqué le commissaire.

— Si Vercors n'avait pas calmé ce photographe et cet Andrei de façon certes brutale mais très efficace, avait dit celui-ci, je suis certain que ça aurait dégénéré et que tout le bateau serait au courant. Il nous a sauvé la mise en agissant tout de suite. Bien sûr, en un sens il a enfreint la règle, mais d'un autre côté il l'a appliquée au mieux.

Le commandant avait convenu que l'affaire n'était pas simple et que son officier avait effectivement agi pour le mieux. Ils avaient décidé de passer l'éponge pour cette fois. Mais le commandant n'avait pu s'empêcher de vérifier si Vercors était capable de mentir ou même simplement de dissimuler. Et maintenant qu'il savait, il s'en voulait d'avoir douté. Il n'aurait pas su dire pourquoi il restait si vigilant à son encontre, car, à part son coup d'éclat de la première année où il avait quitté Navale au moment de l'intégrer, rien dans l'attitude de Pierre Vercors ne l'avait jamais conforté dans cette voie du doute, bien au contraire. Mais là il venait d'avoir la preuve que son officier si discipliné gardait tout au fond de lui une profonde capacité à l'indiscipline. Et il se demandait jusqu'où ça pouvait aller.

41

— On est prêtes. Ça y est.

— Je ne sais pas si tu te rends bien compte de ce que tu fais.

— Si justement. Et c'est pour ça que je vais le faire.

— Tu crois vraiment que tu vas oser ?

— Oui, et au cas où tu l'aurais oublié je ne serai pas seule. On va faire ce qu'on a dit, toutes ensemble. Toi comprise.

— Oui, oui, ne t'inquiète pas. J'ai donné mon accord. Mais c'est toi qui seras en première ligne. Tu as l'air bien sûre de toi, mais... je ne sais pas si tu iras jusqu'au bout.

Sophie réfléchit avant de répondre à Béatrice. Dans la vie, c'était toujours comme ça. Il y avait ceux qui voulaient faire des choses et ceux qui essayaient toujours de les en dissuader. Ceux qui voulaient soulever des montagnes même s'ils voyaient bien qu'elles étaient plus grosses qu'eux, et ceux qui sans cesse leur en rappelaient la hauteur au lieu d'en voir le sommet. C'était fatigant.

— Écoute, Béatrice, libre à toi de te retirer. Je ne t'oblige à rien, mais tu n'arriveras pas à me faire changer d'avis. On a mis deux jours entiers à s'organiser et, des filles de la boutique à Michèle et Claudine, elles sont toutes enthousiastes pour aider le frère de Chantal. Ça n'a pas été simple de leur faire entendre raison, surtout Michèle et Claudine qui ne juraient que par leur syndicat. J'ai réussi à les convaincre que pour cette affaire ce n'était pas la bonne voie. Alors maintenant je ne lâcherai pas ! Tu entends ! Je ferai ce qu'on a décidé. Et toi ? Décide-toi maintenant ou pars, après on ne revient plus en arrière, je te préviens.

Béatrice hésita. Sophie était si incontrôlable parfois. Quand elle voulait accomplir une chose à laquelle elle croyait, elle ne s'embarrassait pas des obstacles qui se dressaient devant elle. Elle avait tendance à faire comme s'ils n'existaient pas. Béatrice aurait bien déclaré forfait, mais elle était trop concernée par cette histoire pour s'en désolidariser aussi facilement.

— Je ferai comme on a dit mais j'ai quand même le droit de m'interroger, non ? Ce n'est pas simple, ce qu'on va faire.

— Ne te pose plus de questions et ne traînons pas. On a rendez-vous dans deux minutes à la manucure, puis on enchaîne avec le coiffeur et le maquillage. Pour l'arrivée à New York et pour ce qu'on a à faire, on doit être calmes et belles. Irréprochables !

— À quelle heure on arrive exactement ?

— Vers midi et demi, une heure, par là.

— Et nos robes ?

— Chantal nous les apporte dès qu'elles sont prêtes. Elle les pose sur le lit où on les trouvera au retour du maquillage.

— Tu crois que la Michèle les aura repassées ?

— Mais bien sûr. Je te répète qu'elle a bien compris qu'on fait tout ça pour Chantal et elle va suivre, t'inquiète pas.

— Et les autres ?

— Je ne me fais pas de souci pour les autres non plus.

Béatrice leva les yeux au ciel. Avec Sophie les gens étaient toujours aimables et parés des meilleures intentions. Elle voyait le meilleur plus que le pire.

— Aucun souci, aucun souci, c'est vite dit... grinça-t-elle.

— Arrête ! On file sinon on va être en retard. Sors, je ferme.

Béatrice respira un grand coup et sortit en se demandant pour la énième fois ce qu'il lui avait pris le premier soir, sur cette terrasse, de jeter une bouteille de champagne à la mer. Si elle avait su !

42

La lumière matinale de ce 8 février 1962 était exceptionnellement belle, comme si pour l'arrivée du *France* à New York le ciel lui-même avait compris qu'il devait donner le meilleur.

Sophie souriait, sûre d'elle.

Entre l'Académicien et Béatrice, comprimée à l'avant du paquebot par les centaines de passagers qui se pressaient sur les ponts et s'agglutinaient les uns aux autres, elle ne se souvenait pas d'avoir jamais été à la fois aussi concentrée et aussi calme. Ce 8 février changerait quelque chose dans sa vie, elle le savait et pensait à l'officier en se demandant où il pouvait être en cet instant. Il était midi très exactement, le *France* arrivait à New York.

Il y eut les incontournables vérifications portuaires, l'attente, et, enfin, le longiligne paquebot put se diriger vers le chenal du port. Il passa lentement sous le Verrazano Bridge qui enjambe la rade de Brooklyn jusqu'à Staten Island et, déchirant la brume de l'hiver au pied des gratte-ciel de Manhattan, il entra dans la majestueuse baie d'Hudson avec une escorte digne des plus grands. Remorqueurs, embarcations privées, bateaux à pompe lançant des jets de toutes parts tels des feux d'artifice fluviaux, hélicoptères tournoyant dans le ciel, même la statue de la Liberté semblait avoir levé plus haut pour lui son flambeau de pierre. Les ponts et les quais étaient noirs de monde, ils étaient des dizaines de milliers à agiter la main. Une souris n'aurait pu y trouver sa place ni même y respirer tant ils étaient nombreux. Sur l'autoroute en surplomb de la 12e Avenue, dans un concert de klaxons, des centaines de voitures piégées dans les embouteillages inextricables tenaient elles aussi à rendre un hommage au paquebot français.

Ils étaient tous venus pour accueillir le *France*.

Et c'est alors que de légers flocons blancs s'éparpillèrent, gracieux, au-dessus de l'Hudson. Une larme d'émotion brillait au coin des yeux de l'Académicien. Lui qui, une heure seulement auparavant, avait encore la nostalgie de l'ancien New York aux murs de briques noires près desquels accostaient aux quais de la French Line les paquebots luxueux du temps de sa jeunesse, il ne s'attendait pas à être aussi bouleversé. Porté par cette joie américaine merveilleusement excessive, il oublia de ressasser que « c'était mieux avant » et il se sentit vibrer avec la même passion que celle du temps de sa jeunesse. Il profitait pleinement de cette joie nouvelle. Près de lui, l'écrivain Joseph Kessel, sourire figé sur les lèvres, semblait statufié de bonheur.

L'Amérique venait de faire au *France* un accueil d'une générosité inoubliable. Tous, même les plus réticents à la culture d'outre-Atlantique, sentirent faillir leur cœur devant le débordement de gaieté et d'enthousiasme qu'ils manifestèrent au paquebot.

— Ces Américains sont incroyables, lâcha l'Académicien en chassant du revers de la main un joli flocon blanc venu se poser sur le bout de son nez. Je vais même finir par les trouver attachants.

Comme il ne trouvait aucun écho auprès de son ami écrivain bien trop absorbé par le spectacle, il se tourna vers Sophie et s'aperçut qu'il n'était pas le seul à être ému. Sur ses joues rougies de froid, Sophie laissait couler les mêmes larmes.

— Si vous pleurez trop, vous allez gâcher votre maquillage, dit-il, malicieux, en se penchant vers elle. Et pour la grande arrivée vous ne serez pas présentable.

Sophie lui sourit et fila se remaquiller. L'Académicien avait raison. Pas question d'arriver dans cet état, les officiels allaient monter à bord avec Jackie Kennedy. Sophie n'attendait qu'elle et, s'il y avait bien une chose dont elle était consciente, c'est que, pour aborder la Première Dame, elle devait être irréprochable.

43

La première chose que Sophie aperçut quand la femme du président des États-Unis entra dans la boutique des Galeries Lafayette entourée de tous les costumes sombres et noirs des officiels qui l'entouraient, ce fut la ravissante couleur rose de son tailleur.

— Mon Dieu ! pensa-t-elle, affolée. Du rose ! Ça ne va pas être facile.

Un coup d'œil aux deux vendeuses qui se tenaient derrière les comptoirs lui fit comprendre qu'elles avaient la même pensée. Béatrice aussi, qui était déjà en place. C'était elle qui devait commencer l'opération. Sophie la vit dans son ensemble cintré beige clair se faufiler entre les costumes sombres telle une sirène, poussant l'un puis l'autre avec un sourire charmeur. Bien que bousculés sans ménagement, ces messieurs, charmés par sa classe, n'osèrent pas la rabrouer et elle réussit rapidement et comme l'avait prévu Sophie à s'approcher sans difficulté de Jackie Kennedy jusqu'à presque toucher le tissu de son tailleur. Sophie la vit qui en scrutait jusqu'au moindre détail des fibres. Juste ce qui était nécessaire avant qu'elle ne soit vivement repoussée par un garde du corps plus prudent que les autres. Béatrice lui fit son plus efficace sourire et disparut derrière les costumes sombres sous son regard courroucé et interrogatif. Elle réapparut comme convenu derrière le comptoir de la boutique près des deux vendeuses et prit le téléphone. Jusqu'à présent, tout se déroulait normalement.

— Le tailleur est en pure laine, dit-elle à Michèle à l'autre bout du fil. De la laine Scotland, à mon avis, et de la plus fine.

— Vous êtes bien sûre ? insista Michèle d'un ton suspicieux à l'autre bout du fil. Il n'y a pas de mélange ? C'est insidieux, les mélanges, vous savez, il faut être connaisseur, et s'il y a un mélange on n'utilise pas le même produit et je ne peux pas me trimbaler avec tout le pressing dans les mains.

Béatrice leva les yeux au ciel et respira un bon coup. Cette femme du pressing était décidément une emmerdeuse et elle se retint à temps de l'envoyer promener.

— J'en suis sûre, dit-elle en prenant soin de garder un ton calme et respectueux comme le lui avait recommandé Sophie. Le tailleur de Jackie Kennedy est cent pour cent pure laine avec, éventuellement, un léger cachemire. Mais comme les laines du nord de l'Écosse près des lacs ont cette finesse, je crois pouvoir même dire qu'il n'y en a pas.

— Bon, bon, grommela Michèle qui ne voulait pas montrer que cette Béatrice lui en bouchait un coin avec sa connaissance des laines. De toute façon il ne faut surtout pas utiliser de jus de fruit ni de rouge à lèvres. Aucun maquillage, sinon je ne m'en sortirai pas. Dites à Chantal de faire chauffer le café. Je prépare ce qu'il faut et j'arrive.

Béatrice raccrocha vivement et fit signe à Sophie, qui se tenait à l'autre bout du comptoir avec la complicité des vendeuses, de façon que la sécurité la prenne pour une personne de la boutique et qu'on ne la fasse pas sortir. Puis Béatrice fila dans l'arrière-boutique rejoindre Chantal. Le café, c'était ce qu'elles redoutaient, ça rendait l'opération plus complexe. Il fallait trouver un motif pour en servir un, porter un plateau avec des tasses, et elles auraient préféré de loin le rouge à lèvres, plus simple à manipuler.

— Je vais le faire bien clair, dit Chantal en s'emparant de la cafetière. Pourvu qu'elle n'en veuille pas, il va être imbuvable.

Pendant ce temps, comme c'était prévu dans le cadre de la visite officielle, les deux vendeuses faisaient les honneurs de la boutique et dépliaient devant la Première Dame les tout derniers modèles des grandes maisons françaises. Jackie Kennedy aimait beaucoup la mode, ce n'était un secret pour personne. La première vendeuse comprit qu'elle n'aurait aucun mal à la faire rester dans la boutique plus longtemps que prévu. Au dernier moment, elle sortit les foulards du meuble comptoir derrière lequel se tenait déjà Sophie. Jackie Kennedy s'approcha aussitôt, elle adorait les foulards. Sophie pouvait la voir maintenant de très près et elle aurait pu en profiter pour détailler celle que le monde entier saluait comme étant d'une grande beauté. Mais il y avait un tel monde et une telle tension dans la boutique, il faisait une telle chaleur à cause de ces officiels qui se pressaient tous derrière elle et des flashs aveuglants des photographes, qu'elle ne put rien détailler du tout.

— Madame la Présidente, dit la première vendeuse, au nom de nos grandes maisons françaises nous sommes très honorées de vous accueillir dans cette boutique et, pour vous remercier, en hommage à ce premier voyage de notre paquebot, permettez-nous de vous offrir ce carré spécialement créé pour le *France*, et pour vous.

Et, sans plus attendre, elle déplia le carré de soie sur lequel la longue silhouette du *France* apparaissait, tout auréolée d'une harmonie républicaine de bleus, de blancs et de rouges.

— *Wonderful !* s'exclama spontanément la Première Dame, visiblement heureuse en prenant le foulard.

— Désirez-vous l'essayer ? suggéra alors la première vendeuse. Cela serait un grand honneur pour nous.

Le commandant jeta un coup d'œil discret à sa montre, on était juste dans les temps et cet essayage était de trop. Pourquoi diable cette vendeuse avait-elle fait cette proposition ? Pourvu que la Première Dame refuse !

— C'est possible ? demanda, souriante, Jackie Kennedy dans un français impeccable en se retournant vers le groupe d'hommes qui la suivaient pas à pas. Ça ne retardera personne ?

— Mais comment donc ! Faites, faites, nous avons tout notre temps, dit le commandant qui maudissait ces manies féminines à s'attarder toujours sur les chiffons et calculait déjà intérieurement les parties de la visite à supprimer pour rester dans les temps.

— On n'ira pas aux machines, chuchota dans son dos le commissaire prévoyant.

Le commandant retint un gros soupir de déception. Il aurait bien aimé montrer le mécanisme des hélices dont il était si fier.

La première vendeuse s'empressait, ravie. Elle avait réussi à garder la Première Dame dans les lieux. Maintenant, c'était à Sophie de jouer. Coincée derrière le comptoir, impressionnée plus qu'elle ne l'avait imaginé, elle se demandait comment elle allait bien s'y prendre.

Mais il était trop tard pour reculer, c'était elle qui avait écrit le scénario de leur plan d'attaque et elle avait choisi le rôle le plus difficile et aussi le plus capital. Tacher le vêtement de Jackie Kennedy pour la prendre à l'écart et lui demander d'intervenir afin qu'il n'y ait pas d'injustice ni de sanction contre Gérard et Andrei. Ce problème que les hommes n'arrivaient pas à résoudre simplement, Sophie avait eu le front de penser qu'entre femmes et en parlant clair, elles y parviendraient. Il fallait juste une interlocutrice valable. Elle avait pensé ni plus ni moins qu'à Jackie Kennedy. Le commandant l'écouterait, comment faire autrement ? Aussi, maintenant, il fallait assurer. La deuxième serveuse entra avec un plateau et des tasses fumantes préparées à l'arrière de la boutique par Chantal et Béatrice.

— Nous allions prendre le café, expliqua gentiment la jeune vendeuse à Jackie Kennedy comme si elle parlait à une cliente normale dans un lieu normal et dans un contexte normal. Peut-on vous en offrir une tasse ?

Les officiels sursautèrent. Qu'est-ce que c'était encore que cette initiative ? Après les chiffons, le café ! Trop c'était trop, ce café n'était pas prévu. Ils s'apprêtaient à intervenir vertement quand la Première Dame résolut la question en refusant aimablement. Le commandant respira, enfin on allait pouvoir y aller.

La jeune vendeuse servait maintenant le café à Sophie et celle-ci passait par toutes les couleurs. Jackie Kennedy allait quitter la boutique et elle n'osait plus faire le geste qu'il fallait faire. Elle n'y arrivait pas. La tasse débordait maintenant et Sophie ne le faisait toujours pas. Dans l'arrière-boutique, Chantal et Béatrice, qui scrutaient la scène, n'en revenaient pas. Sophie calait. C'était la meilleure ! Elles crurent l'affaire perdue quand ce qui était prévu dans le scénario arriva naturellement, comme par miracle. En se retournant pour poser sur le comptoir le foulard qu'elle venait de dénouer, Jackie Kennedy heurta du coude la tasse de café de Sophie qui se tenait tout près, et une grosse éclaboussure s'écrasa sur sa jupe de fin lainage rose. Il y eut des cris, des mouvements de gardes du corps, ces messieurs se précipitèrent. Le tailleur de la Première Dame était taché, que faire ? Dans cette assemblée d'hommes qui avait prévu de parer aux incidents les plus graves et les plus inimaginables, on s'affola pour une tache de café.

S'il avait fallu repousser virilement un importun, soulever un meuble et le déplacer pour faire de la place au cortège, voire emporter dans ses bras la Première Dame victime d'un malaise, ils auraient tous été efficaces. Mais devant une tache de café sur un tailleur de laine rose, ils étaient désemparés. C'est dans ce moment de panique que Michèle, majestueuse, fit son entrée. Moulée dans un tailleur bleu signé d'une grande maison et offert par son amoureux, juchée sur des escarpins de chevreau assortis, pomponnée plus que de coutume et parfumée plus que de raison, elle avait voulu être à la hauteur de la prestigieuse invitée du *France* et, comme convenu dans le scénario de Sophie et grâce aux informations précises de Béatrice, elle avait préparé ses produits.

— J'ai ce qu'il faut, ne vous inquiétez pas, dit-elle avec assurance en se frayant un passage entre ces messieurs tout en arborant un mystérieux flacon. Je vais détacher la jupe de Madame la Présidente en quelques minutes. Mais il faudrait que Madame la Présidente vienne avec moi dans l'arrière-boutique. Je n'en aurai pas pour longtemps.

Perplexes face à cette apparition qui arrivait à point nommé et quelque peu étourdis par les effluves de son parfum, officiels et gardes du corps la laissèrent s'avancer. Le commandant n'en revenait pas de voir son employée du pressing dans cette tenue, à cet endroit et à cette heure, mais, en homme avisé, il para à l'urgence. Il serait temps après de comprendre le mystère de cette arrivée flamboyante. Comme tous les membres du personnel sur le navire, il connaissait Michèle, elle était efficace et sûre. Il confirma sa compétence.

— Cette dame est notre responsable du pressing, dit-il en jetant à Michèle un œil noir. Elle a l'habitude de traiter un linge de luxe, je m'en porte garant.

Pressée de retrouver sa jupe intacte, Jackie Kennedy suivit Michèle dans l'arrière-boutique sans attendre que les gardes aient eu le temps de vérifier les lieux où se trouvaient déjà Chantal, Béatrice et Sophie. Très contrariés, ils durent patienter.

Dans le silence de la boutique où ils piétinaient, ils crurent alors entendre le bruit confus d'une conversation, ou plus exactement de ce qui leur parut être un très long monologue. Stupéfaits, ils se demandèrent quel pouvait bien en être le sujet tant ils voyaient mal de quoi une simple employée de pressing pouvait entretenir la Première Dame des États-Unis. Le commandant espérait surtout que Michèle ne l'exaspère pas avec son bavardage invraisemblable.

Mais quand Jackie Kennedy réapparut, dix interminables minutes plus tard, ils furent totalement rassurés. Elle souriait comme à son habitude de ce sourire un peu figé qu'elle avait toujours, et sa jupe était impeccable. La visite pouvait continuer.

44

À peine le cortège officiel avait-il passé la porte, que ce fut la ruée dans la boutique. Les filles n'eurent pas le temps de faire le point sur leur entretien avec Jackie Kennedy

Guidées par des mousses spécialement réquisitionnés, toutes les Américaines qui avaient reçu un carton d'invitation et qui piétinaient depuis des heures sous le hangar cimenté du quai 88 de la French Line s'étaient engouffrées sur le *France* et avaient couru jusqu'à la boutique où elles venaient d'entrer, assaillant les vendeuses dans l'espoir d'acquérir un de ces fameux foulards et de ressortir avec la poche « À bord du *France* » pendue à leur bras.

Michèle et Chantal allèrent reprendre le travail pendant que Béatrice et Sophie retournèrent dans leur cabine se préparer pour la grande soirée de prestige qui aurait lieu dans quelques heures. Sophie se remettait de ses émotions. Elle avait quitté son tailleur et enfilé le peignoir éponge blanc mis à la disposition des passagers dans les suites de luxe, tandis que Béatrice prenait une douche. Maintenant que tout était fini elle se demandait comment elle avait osé mettre en place un pareil scénario et entraîner les autres filles avec elle.

Comment avait-elle pu imaginer un seul instant que la Première Dame des États-Unis s'intéresserait au cas de deux marins français ? Jackie Kennedy l'avait écoutée mais elle n'avait pas dit un seul mot. Elle avait souri, avait visiblement très bien entendu tout ce que Sophie lui disait, mais elle n'avait pas proféré une seule parole. Rien, seulement ce sourire figé et impénétrable que Sophie avait déjà remarqué sur les photographies de reportages.

Malgré cette distance, Sophie avait eu le cran d'aller jusqu'au bout et de lui expliquer la situation. Elle était convaincue que, quand on voulait quelque chose, il fallait aller là où on avait des chances de l'obtenir et parler. S'expliquer. Elle pensait qu'à tous les étages de la société il y avait des gens bien et des imbéciles et qu'il n'y avait aucune raison pour que Jackie Kennedy ne soit pas une femme sensible aux difficultés des autres. Raccourci un peu sommaire et qui, chez Sophie, excluait tous les autres paramètres tels que le pouvoir et ses obligations, les barrières qu'il installe entre ceux qui l'exercent et ceux qui le subissent. Pour elle Jackie Kennedy était certes la femme du président des États-Unis, mais elle était aussi une femme mariée, elle avait des enfants, elle avait souffert aussi de son enfance dans une famille désunie, et elle souffrait peut-être encore parfois avec ce mari dont la rumeur courait jusqu'en France qu'il n'était pas en reste de séduction auprès de bien d'autres femmes. En redonnant à Jackie Kennedy son statut d'être humain, Sophie ne s'était embarrassée d'aucune retenue. Il lui avait seulement fallu beaucoup de conviction pour que les autres filles acceptent l'idée que la femme du Président pouvait donner le petit coup de pouce nécessaire pour débloquer cette situation absurde. Sophie avait exposé son plan à chacune d'entre elles. Chantal avait été impressionnée par l'idée, Béatrice très réticente, Michèle ahurie de tant d'audace, et les filles de la boutique inquiètes pour le déroulement des opérations sur leur territoire. Quant à Claudine, enthousiaste, elle y avait cru tout de suite et s'était empressée de récupérer les détails du parcours officiel sur le bureau syndical de Francis. Une fois que les filles avaient eu le plan en main, les choses s'étaient enchaînées avec une facilité incroyable. Michèle avait même fini par dire que l'idée était excellente et qu'avec Jackie c'était du tout cuit. Que le commandant lui accorderait de ne sanctionner personne en hommage à ce premier voyage du *France* ! Face à cet enthousiasme, l'idée qu'elle en avait peut-être trop fait et qu'elle entraînait les autres sur une pente dangereuse avait effleuré Sophie, mais c'était trop tard. Et maintenant que c'était fait, que chacune était retournée à son travail et que Jackie Kennedy n'avait pas prononcé un seul mot, leur déception était grande. Sophie se sentait terriblement coupable de leur avoir donné tant d'espoir.

— Toc toc... Il y a quelqu'un ?

Elle sursauta.

— Encore ! se dit-elle en reconnaissant la voix de l'Académicien.

Il insista et frappa encore.

— Oui, j'arrive, j'arrive.

Elle se leva, serra bien son peignoir et lui ouvrit. Il était tout guilleret et affichait un air de conspirateur, ses yeux brillaient. Il tenait un magazine entre ses mains. Sans même y être invité, avec ce culot inconscient qu'il avait quand quelque chose l'accaparait, il entra et s'installa dans un fauteuil.

— Ma chère Sophie, dit-il en brandissant le magazine, j'ai quelque chose de passionnant à vous montrer. Asseyez-vous !

Elle referma la porte et le rejoignit.

— Vous souvenez-vous du premier jour, quand nous étions ensemble au moment de l'embarquement ?

— Oui, répondit Sophie qui ne voyait pas où il voulait en venir.

— Vous vous souvenez de cet homme qui montait la passerelle ?

— Non.

— Mais si, mais si, celui qui s'est retourné tout en haut et a salué la foule. Je vous ai même dit qu'il ne saluait personne mais qu'il ferait la une des magazines, vous vous rappelez ?

— Ah oui, c'est vrai, fit-elle, soudain très intéressée en repensant à cet homme qui l'avait intriguée. Je me souviens. Et alors, qui était-ce ? Vous le savez ?

— Oui, le voilà ! dit-il en posant le magazine *Paris-Match* bien en vue sur la table de verre.

Quand elle vit la photographie de la couverture, Sophie changea de couleur. Elle ne pouvait y croire. Elle s'empara du magazine pour vérifier qu'elle ne se trompait pas et que l'homme qu'elle avait reconnu au premier coup d'œil était bien le bon. Et c'était bien lui, impossible de se tromper. Cet homme qui souriait et saluait la foule du Havre en haut de la passerelle, c'était son officier !

— C'est bien ce même officier qui est venu vous parler à la salle à manger Chambord, n'est-ce pas ?

— Oui, c'est lui.

Sophie était perplexe. Elle venait de comprendre l'effet de déjà-vu que lui avait fait l'officier la toute première fois quand elle l'avait rencontré dans le petit salon. Elle avait finalement conclu à une ressemblance avec un acteur. Or c'était tout simplement qu'elle l'avait vu juste quelques minutes auparavant en haut de la passerelle. Seulement, cette première fois, il était en civil. Ce qui changeait tout.

— Que fait-il là ? questionna l'Académicien. Pourquoi est-il en civil et pas en tenue officielle avec les autres ?

— Comment voulez-vous que je le sache ?

— Je pensais que vous le connaissiez, puisqu'il est venu vous saluer lors du dîner, je croyais qu'il était un de vos amis et que vous m'aviez joué un tour en ne me le disant pas le premier jour.

— Non, je vous assure, je ne le connais pas.

— Curieux quand même, marmonna l'Académicien.

Troublée bien plus qu'elle ne l'aurait été s'il s'était agi de quelqu'un qui lui était totalement indifférent, Sophie regardait la photographie, mal à l'aise. Mais qui était cet officier, à la fin ? Que faisait-il dans cette situation ? Pourquoi avait-il choisi délibérément de se faire photographier tout en haut du *France* habillé en civil, comme un simple passager, alors qu'il aurait dû être avec l'équipage ?

« La photo sera nette et aura de l'allure... le geste élégant et précis de cet homme, son sourire radieux... il ne salue personne, il salue dans le vide. »

Les paroles que l'Académicien avait prononcées au Havre revenaient dans la mémoire de Sophie avec netteté, et, à y regarder de près, s'avéraient exactes. On voyait sur la photographie que le regard de l'officier passait au-dessus de la foule amassée au pied du *France* pour atteindre dans les lointains quelque chose d'invisible. Et si le sourire était radieux, le regard était triste. Mais qui l'officier quittait-il pour avoir dans le regard une pareille tristesse ? Une femme ?

Elle eut un pincement au cœur.

— Regardez, là, c'est moi !

L'Académicien était passé à autre chose. Il pointait du doigt une photographie et montrait fièrement, dans les pages intérieures, des clichés du voyage pris pendant le dîner et sur le pont. Il y apparaissait tour à tour en compagnie du commandant au repas puis avec l'écrivain Joseph Kessel sur le pont.

— Tenez, dit-il, je vous laisse le magazine et je file. Je venais vous montrer tout ça mais je dois me préparer pour ce soir. En serez-vous ? Il y aura le maire de New

York et Jackie Kennedy. Un défilé de mode est prévu puis on dansera.

— Oui, bien sûr, dit machinalement Sophie, très perturbée par sa découverte, mais je ne sais pas où on nous a placées.

— Je vais vous le dire, vous avez le carton d'invitation ?

— Oui.

— Montrez.

Elle le lui tendit.

— Ah mais non ! s'exclama-t-il. Nous ne dînerons pas ensemble.

— Mais si, dit Sophie en pointant le doigt sur le carton. Regardez, nous aussi, nous sommes salle Chambord.

— Oui, mais pas à la même heure. Vous êtes au premier service.

— Ah bon ! Vous êtes sûr ? Et qu'est-ce que ça veut dire ?

— Il y a tellement de personnes importantes à satisfaire et à ne pas froisser qu'ils ont établi deux services salle Chambord. Le premier avec le maire de New York et le deuxième avec Jackie Kennedy. Pour le premier service, il y aura le défilé de mode à la salle de spectacle, et le bal est réservé aux invités du deuxième service. Nous nous retrouverons donc après au bar de l'Atlantique ou pour la soupe à l'oignon dans la nuit. C'est toujours là que ça finit, et après tout ce qu'on ingurgite dans une journée, je m'étonne encore d'y voir autant de monde.

Mais Sophie se moquait bien de la soupe à l'oignon. Elle était très déçue car seul le bal l'intéressait vraiment.

— Et le commandant, à quel dîner sera-t-il ? Au premier ou au second ?

— Ah, là, pauvre homme. Aux deux, figurez-vous, il s'arrangera pour ne pas trop manger au premier. Il prendra l'entrée et premier plat, et au deuxième dîner il prendra le deuxième plat, le fromage et le dessert.

— Et les autres ?

— Les autres ?

— Les officiers, où seront-ils ?

— Ah ah, je vois que ça vous intéresse ! Eh bien, la plupart seront au deuxième service, on a toujours besoin d'eux pour inviter ces dames à la soirée dansante. Le prestige de l'uniforme ! C'est imparable, vous le savez bien. Et c'est d'ailleurs pour ça que je tiens tant à porter un jour celui de l'Académie. Là, je vais en faire des conquêtes avec l'habit vert et les palmes !

Il riait, malicieux, et elle lui rendit le magazine.

— Non, c'est pour vous, dit-il, pas dupe une seule seconde et joueur comme à son habitude. Je vous le portais en souvenir, gardez-le précieusement. Quelque chose me dit que vous ne le perdrez pas. Allez, je ne vous dérange pas plus longtemps, je file. À ce soir.

Il la quitta avec un sourire qui plissait le coin de ses yeux. D'un geste qui se voulait désinvolte, elle jeta le magazine sur la table puis s'en alla secouer la porte de la salle de bains.

— Béatrice ! Tu m'entends ?

— Oui, qui c'était ?

— L'Académicien.

— Encore !

— Oui, comme tu dis ! Mais il vient de m'apprendre qu'il y a deux dîners et qu'on ne sera pas à celui de Jackie Kennedy.

— Quelle importance, on s'en fiche. De toute façon on a compris qu'elle ne fera rien et on n'a plus rien à lui dire.

— Peut-être, mais on ne sera pas non plus à la soirée dansante.

— Quoi ! hurla Béatrice en ouvrant brusquement la porte de la salle de bains libérant un nuage de vapeur qui s'en vint envahir le salon. Dans son peignoir en éponge blanche, le visage tout rougi et avec son bonnet de bain sur la tête, elle avait l'air complètement ahurie et il fallait beaucoup d'imagination pour retrouver la femme élégante qu'elle pouvait être après préparation.

— Comment ça, on ne sera pas au bal ?

— Non. C'est privé, juste pour ceux du deuxième dîner. Il y aurait trop de monde sinon.

— C'est quoi cette histoire de deuxième dîner ?

Elle se décomposa en entendant Sophie lui expliquer la situation.

— Zut de zut !

Elle se retrouvait toujours confrontée au même problème : elle avait beau tout faire pour obtenir des privilèges, il y en avait toujours de nouveaux qui lui échappaient.

— On n'a pas de chance en ce moment. Tout rate, dit-elle en allant s'effondrer dans le canapé.

Sophie aussi était abattue. Elle avait voulu être généreuse, altruiste, aider Chantal et réparer une injustice, or rien ne se passait comme prévu. Après l'échec de son intervention auprès de la femme du Président, la soirée dansante leur aurait changé les idées. Et puis c'était la seule occasion de nouer des relations avec les invités américains les plus prestigieux, et enfin, pour Sophie qui ne se l'avouait pas, c'était surtout l'occasion de revoir l'officier et de lui parler, de le connaître et, qui sait, peut-être même de danser avec lui ?

Elles furent interrompues dans leurs pensées moroses par de nouveaux coups frappés à la porte. C'était à nouveau l'Académicien. Il revenait chercher le magazine. Il pensait en avoir un autre mais tout le monde se l'était arraché dès l'arrivée à New York. Or il voulait montrer sa photo en pages intérieures à Joseph Kessel.

— Je vous le rendrai dès demain. Mais... dit-il en découvrant Béatrice à moitié nue qui se terrait dans le canapé avec son visage rouge et son bonnet de bain de travers sur la tête, vous m'avez l'air bizarre toutes les deux. Que se passe-t-il ?

— Rien, dit Sophie en désignant la porte, on a juste envie de terminer notre toilette en paix.

— Allons, allons, je suis un vieux briscard et je vois bien qu'il y a autre chose et que ça ne va pas fort. Qu'y a-t-il ?

Sophie tenta une pirouette.

— Il y a qu'on se croyait assez fortes pour soulever des montagnes et on vient de s'apercevoir qu'on s'est trompées ! Ça vous va comme explication ?

— Oh là, je sens que je ne viens pas au bon moment. Je ne vous dérange pas plus longtemps, fit-il et, juste avant de refermer la porte, il se retourna : Pour soulever des montagnes, dit-il en prenant un air mystérieux, je ne connais qu'une seule chose.

— .. ?

— L'amour, lâcha-t-il. Il n'y a que l'amour qui soulève des montagnes.

Et il partit enfin.

— Nous voilà bien avancées, dit Béatrice, contrariée d'avoir été surprise dans sa tenue peu flatteuse. Quand je pense qu'il brigue l'Académie ! Si c'est pour sortir de telles fadaises, j'en fais autant.

Mais Sophie restait songeuse. Les paroles de l'Académicien semblaient avoir touché chez elle quelque chose de profond. Les événements avaient beau lui dire de se méfier, quelque chose en elle gardait à l'officier toute sa confiance. Mieux, plus le mystère autour de lui s'épaississait, plus elle s'attachait à lui.

45

Du pressing, Michèle avait beaucoup réfléchi à tout ce qui s'était passé et elle tournait et retournait les choses dans sa tête. Que ce soit cette Sophie qui ait pris les choses en main pour aider Gérard et Andrei, ça l'avait impressionnée, et maintenant elle se sentait en reste. Elle avait donc décidé de ne pas lâcher l'affaire. Il fallait aller jusqu'au bout pour désamorcer la sanction des deux marins qui pouvait coûter cher à tout le monde. Elle s'empara du téléphone, son instrument favori.

En décrochant à l'autre bout Roger eut bien envie de l'envoyer promener. Elle commençait à le faire suer avec ses exigences sans queue ni tête et il ne comptait pas obtempérer à chaque fois qu'une lubie lui passait par la tête.

— Michèle, dit-il fermement après l'avoir écoutée, il faudrait savoir ce que tu veux avec tes passagères. Un coup il faut les virer des dîners, et maintenant il faut les y mettre. Je ne peux pas balader les gens comme ça au gré de tes humeurs. Surtout ce soir. C'est impossible ! Impossible, je te dis, il faut te le répéter combien de fois ? Elles sont au premier service, elles y restent. Je n'ai pas le pouvoir de les passer au second.

— Tu dis que tu n'as aucun pouvoir à la salle à manger ? cria Michèle. À qui veux-tu faire croire ça ? Tu y fais la pluie et le beau temps. Allez, Roger, rends-moi ce dernier service, fit-elle, soudain plus mielleuse, et je te jure que tes chemises passeront en catégorie luxe et toujours en premier.

— Ça m'est bien égal de passer le premier ! hurla-t-il. Je ne peux pas faire ce que tu me demandes, un point c'est tout !

Mais on ne se débarrassait pas de Michèle aussi facilement. Elle jouait le chaud et le froid et ne lâchait jamais.

— Ça t'est peut-être égal de passer le premier mais ça pourrait te faire drôle si tu passais toujours en dernier, par exemple. Et faire ton service avec des chemises sales et grises, ça ne te plairait pas, je suppose, toi qui es un maniaque de la blancheur et du repassage impeccable !

— Oh, mais dis donc ! C'est du chantage, ça, Michèle ! Ce n'est pas bon du tout.

— Non, ce n'est pas bon, comme tu dis. C'est pour ça qu'il faut arriver à se comprendre. Sinon, tu auras la solution de faire ta lessive dans l'évier de ta cabine et le repassage sur ta couchette.

— Michèle, je n'aime pas que tu me parles comme ça !

— Mais comment veux-tu que je te parle à la fin ! Je te demande un petit service et tu fais des façons. Alors il faut bien que je me débrouille, surtout que, cette fois, ce n'est pas pour moi, le service que je te demande de me rendre.

— Ah bon, et c'est pour qui, alors ? fit Roger, saisissant l'occasion de comprendre enfin pourquoi Michèle lui faisait ces demandes incongrues.

— C'est pour Chantal.

— Chantal !

— Oui, et ne m'en demande pas plus, je ne te dirai rien. Mais fais comme je te dis, s'il te plaît. Mets-moi les deux passagères au deuxième service en bonne place.

Roger ne répondit pas tout de suite. Chantal était très appréciée parmi le personnel du *France*. On connaissait son histoire, son courage et son efficacité. Et il savait surtout que, lui faire plaisir, c'était aussi faire plaisir à Francis qui était amoureux d'elle, ça n'était un secret pour personne. Or, faire plaisir au responsable syndical, ça n'était pas négligeable. Il céda.

— Bon, bon, dit-il enfin, si c'est vraiment pour Chantal, tes pimbêches, je vais essayer de leur trouver une place à la table d'un membre de l'état-major. Mais ça va être dur, et je te préviens, Michèle, c'est la dernière fois.

— Oh, merci Roger ! fit Michèle, suave. Je te revaudrai ça.

— Mmmm, pas la peine, marmonna-t-il.

Il allait raccrocher quand il se ravisa. Quelque chose le titillait.

— Mais au fait, dit-il, qu'est-ce que Chantal a à voir avec ces filles ?

— Rien. Ne cherche pas, je t'ai dit.

Il maugréa pour la forme et raccrocha. Michèle ne pouvait rien dire du problème de Gérard. Garder le silence sur l'affaire était une condition impérative pour qu'elle puisse se résoudre. Trop de monde était déjà au courant et il fallait éviter à tout prix que ça ne se propage davantage.

— Tu as entendu ? dit-elle après avoir raccroché en se tournant vers Chantal.

— Oui. Mais je ne comprends toujours pas pourquoi tu veux que la passagère soit au deuxième service. Elle ne pourra rien faire, surtout pas parler une deuxième fois à Jackie Kennedy. Et même si elle y arrivait, à quoi bon ? Tu as vu comment elle nous regardait dans l'arrière-boutique, tu as vu ce sourire figé ? On n'existait pas. Ça m'a presque fait froid dans le dos.

Mais Michèle savait ce qu'elle faisait. Quand Sophie était venue lui parler de son idée d'aller s'adresser directement à Jackie Kennedy pour aider Gérard et Andrei, elle avait été suffoquée. Pas à cause du fait de s'adresser à quelqu'un d'aussi inaccessible que Jackie Kennedy, mais à cause de Sophie. Michèle pensait que la défense des classes, ça n'était pas pour des filles comme elle et que combattre les injustices, c'était le privilège des travailleurs, pas celui des « pimbêches » qui n'ont rien d'autre à faire qu'à se balader sur de beaux navires. Or, voilà que cette Sophie était venue la trouver pour lui expliquer qu'il ne fallait pas hésiter à secouer les puissants pour obtenir ce qu'on voulait. Et ça, Michèle, ça l'avait complètement retournée.

— Cette fille est obstinée, dit-elle à Chantal, elle ira jusqu'au bout. Laissons-la faire, de toute façon on n'a plus rien à perdre. Claudine m'a dit qu'au syndicat et à la direction ils sont bloqués avec Gérard. Ce qui n'est jamais bon parce que, pour en finir, ils vont trancher dans le vif bêtement.

— Comment elle sait ça, Claudine ?

— Pardi ! Elle entend tout ce que dit Francis, puisque c'est elle qui lui passe les communications. Et elle m'a dit aussi qu'ils seraient bien soulagés si ça pouvait se résoudre en douceur. Ils ont tous envie de passer à autre chose.

— Elle en est sûre ?

— Oui, mais ce n'est pas si simple. Il faut quelque chose qui les oblige à ne pas sanctionner Gérard. La moindre occasion, même la plus mince, ils la saisiront parce que ça les arrange. Alors, cette occasion, on va la leur fabriquer de toutes pièces et la leur servir sur un plateau. Je suis sûre que si cette passagère est au dîner et au bal ce soir, elle trouvera bien ce qu'il faut faire. C'est notre dernière chance, il faut la tenter.

— Tu crois ? dit Chantal en croisant les doigts.

— Oui, et arrête avec ta manie de croiser les doigts !

Prise en flagrant délit, Chantal se contenta de hausser les épaules. L'important, c'était que ça marche et que la passagère réussisse. Mais, tout au fond, ni elle ni Michèle ne voyaient comment elle allait bien pouvoir s'y prendre...

46

Après le départ de l'Académicien, Sophie et Béatrice étaient restées affalées sur le canapé et elles y étaient encore quand le téléphone intérieur les sortit de leur léthargie. Elles laissèrent sonner. Au bout d'un moment la sonnerie s'arrêta et Sophie regretta alors de ne pas avoir décroché. Elle se demandait qui les avait appelées avec cette insistance et elle pensa à l'officier. Aussi, quand la sonnerie retentit à nouveau, elle se rua sur le combiné.

— Qui c'est ? chuchota Béatrice, intriguée.

— Michèle du pressing, chuchota à son tour Sophie tout en mettant la main sur le micro du téléphone pour ne pas être entendue à l'autre bout.

Qu'est-ce que Michèle pouvait bien leur vouloir ? La conversation se poursuivait et, aux réponses de Sophie, Béatrice ne pouvait pas déceler la moindre indication sur la raison de l'appel. Mais elle voyait le visage de Sophie s'éclairer.

— Vous croyez ? disait cette dernière... Ah bon !... Mais comment ? Vous êtes bien sûre ? Il ne faudrait pas que... Roger, dites-vous ?.. D'accord, d'accord. 21 heures donc, c'est ça ? ... Bon bon, mais je ne sais pas si... Je ne pourrais rien faire, vous savez... Oui, on ne sait jamais... mais... Bon, bon, je vais essayer, d'accord.

Quand elle raccrocha, Sophie avait retrouvé le sourire.

Béatrice, elle, affichait une mine consternée et son bonnet de bain pendait sur le côté. Sophie éclata de rire en la voyant ainsi.

— Mais qu'est-ce qui te prend ? dit Béatrice.

— Allez ! répondit Sophie, hilare, va vite retirer cet abominable bonnet de bain et finis de te préparer que je prenne la suite. On n'a plus une minute à perdre !

— ?...

— On sera au deuxième dîner et on ira au bal ! Vite, vite ! ! ! Michèle a résolu notre affaire !

47

En cette soirée prestigieuse, toutes les lumières de la salle Chambord étaient allumées et diffusaient un scintillement rosé d'une finesse jamais obtenue auparavant par aucun éclairage d'aucune sorte. C'était magique. Les invités sous ces sunlights modernes affichaient des mines d'une fraîcheur juvénile et ils souriaient, privilégiés parmi les privilégiés, avec le sentiment d'être sur cette terre, en cet instant précis, à l'endroit idéal. Et ce sentiment les confortait dans l'idée qu'ils appartenaient à l'élite du monde. Une élite sûre d'elle et pleine d'avenir.

Sophie ne partageait pas ce sentiment, bien au contraire. Après l'immense joie qui l'avait gagnée quand elle avait su qu'elles iraient au bal, l'inquiétude s'était installée. Elle ne serait pas ce soir une invitée comme les autres, insouciante. Investie d'une mission et peu habituée à s'occuper des autres elle avait la sensation affreuse d'avoir fait la plus grosse erreur qui soit en s'intéressant au cas de Gérard et d'Andrei. Parce que, depuis qu'elle avait mis le doigt dans cet engrenage, il lui avait été impossible de profiter du voyage, impossible de se laisser aller à la merveilleuse vanité des choses humaines. Elle avait maintenant entre les mains le destin d'un homme et elle prenait conscience que ce qui lui avait paru être une affaire simple qui se réglerait avec un peu de bonne volonté, se transformait en parcours du combattant. Là était tout le problème. Sophie ne se sentait en rien l'âme d'une justicière, elle avait simplement voulu rendre service et elle avait surtout pensé que ça ne lui prendrait que peu de temps et d'efforts. Or voilà que cette affaire des deux marins l'avait menée jusqu'à Jackie Kennedy et maintenant à ce dîner où on attendait d'elle qu'elle produise un miracle pour eux. Mais comment ?

Elle avait passé une robe Courrèges courte, blanche et très structurée. Comme le lui avait expliqué Michèle au téléphone, Roger les attendait, elle et Béatrice. Et cette fois il était bel et bien là. Il les avait guidées vers une table un peu excentrée, idéale pour pouvoir observer la table du commandant où serait Jackie Kennedy.

— Comme ça, en les ayant sous la main, vous aurez le temps de réfléchir à ce que vous pouvez faire, lui avait dit Michèle.

— Faire quoi ? avait répondu Sophie.

— Vous trouverez. Bonne chance, on compte sur vous.

« On compte sur vous ! » Sur le moment, au téléphone avec Michèle, Sophie n'avait pas bien mesuré le poids de ces paroles. Elle n'avait pensé qu'à la chance de participer au dîner et au bal. Maintenant, dans le bruissement de la salle qui se remplissait au fur et à mesure, dans cette assemblée sophistiquée, elle doutait fortement de la possibilité d'accomplir sa mission.

Mon Dieu, se dit-elle, un peu perdue, en regardant l'assemblée, comment faire quelque chose ici pour ces marins ? Ce ne sont que des gens riches et comblés qui n'ont aucune envie de s'entendre solliciter pour deux marins qu'ils ne connaissent même pas.

— Quelle folie ! dit-elle à Béatrice. Comment ai-je pu me mettre dans une histoire pareille ?

— Je t'avais prévenue !

— On n'avait pas le droit de ne rien faire ! N'oublie pas que tu as une sacrée part de responsabilité dans ce qu'il leur arrive.

— Et alors ! Tu as une solution à part me dire de battre ma coulpe pendant des heures ?

— Non, avoua Sophie, abattue.

— Écoute, conclut Béatrice, que cette affaire dérangeait au plus haut point depuis le début et qui sentait là l'occasion de faire enfin fléchir Sophie. Jackie Kennedy, tu oublies. Tu ne peux pas faire de miracles et c'est déjà bien beau que tu t'en sois occupé autant. Tu ne vas pas en plus gâcher ce dernier soir !

Sophie avait envie de se laisser convaincre. Elle réfléchissait en écoutant son amie et elle se disait que, même si elle remuait ciel et terre ce soir, ce ne serait de toute façon pas efficace. Les invités étaient là pour faire la fête, pas pour s'embarrasser avec des histoires d'injustices.

— Après tout, dit-elle comme pour se persuader, tu as raison. J'ai fait ce qu'il fallait et même au-delà. Tu te rends compte que j'ai été jusqu'à en parler à la femme du président des États-Unis !

— Mais je te le dis depuis le début ! Tu as fait le maximum ! Cette histoire concerne les responsables du *France*, pas une simple passagère comme toi. Il devenait urgent que tu t'en rendes compte ! Alors maintenant, s'il te plaît, oublie, passe à autre chose.

Sophie acquiesça et Béatrice poussa un long soupir de soulagement. Le commandant et les derniers invités devaient arriver d'une minute à l'autre. La soirée allait commencer et la chasse aux relations prestigieuses aussi. Le bal serait idéal.

48

Chantal n'avait pas pu rester en place.

— Va prendre l'air, ça te soulagera, lui avait dit Michèle qui la voyait tourner en rond dans le pressing.

Elle ne se l'était pas fait dire deux fois. Elle n'avait même pas pris le temps d'attendre les ascenseurs et grimpait les escaliers quatre à quatre. Son cœur battait de plus en plus fort, elle étouffait. Quand elle arriva au dernier palier du dernier pont, elle dut s'arrêter et s'appuyer contre la cloison. Petit à petit elle reprit sa respiration, son cœur se calma et elle put alors ouvrir la porte du pont supérieur.

Devant elle le spectacle était éblouissant. Amarré au quai 88, le *France* dominait les abords de New York. Sur l'autoroute qui longeait l'Hudson, les phares des voitures filaient rapidement, laissant dans leur sillage des traces de lumières reliées entre elles comme des rubans de couleurs. Partout, où que Chantal regarde, à l'horizon des routes ou vers le haut des gratte-ciel, partout il y avait des lumières. La ville dans la nuit était fascinante. Encore étourdie de sa course, trop éblouie, Chantal leva la tête plus haut, pour dépasser les buildings. Elle cherchait le ciel.

Il était là. Aussi proche et inaccessible que le ciel de France qu'elle avait regardé si souvent, petite, depuis la fenêtre de sa chambre quand elle trouvait que la vie était trop dure. Ce soir, il y avait plein d'étoiles. Elle connaissait les ciels de l'hiver et les aimait plus que tout. Pour leur netteté. Rien de trouble, seulement la lune, les étoiles et le bleu de la nuit. Si elle était montée tout en haut du paquebot, c'était parce qu'en bas elle ne trouvait plus sa respiration. Une part de sa vie allait se jouer ce soir. Une part de sa vie était entre les mains de cette passagère, à quelques ponts au-dessous, au milieu des coupes de champagne et des musiques assourdissantes de la salle Chambord. En venant sur ce pont, sachant que tous les officiers et les riches invités qui y logeaient étaient au dîner, Chantal avait cru que l'attente serait moins dure et que, dans le silence, elle s'apaiserait. Or, c'était l'inverse. Face aux milliers de lumières qui étincelaient dans le ciel de New York, elle se sentait plus misérable encore. Dans la nuit claire, les étoiles brillaient puis disparaissaient, emportées par on ne sait quelles galaxies. Elle pensa à son père mort et à sa mère disparue, puis baissa les yeux vers la grande ville. Que d'êtres humains partout qui, comme elle, devaient espérer tant de choses. Qui comblerait tous ces espoirs ? Un dieu ? Il n'y suffirait pas. Le monde lui parut alors immense, rempli de gouffres trop grands. Elle vacilla contre le bastingage. Elle se sentait comme aspirée par un vertige face à cette immensité nouvelle de la terre d'Amérique. Et elle ne trouva qu'un être à appeler, qu'un nom à prononcer :

— Andrei...

Elle prononça son nom comme on dit une prière, comme on appelle au secours.

— Andrei... Andrei... Andrei...

Et elle le dit et le redit encore jusqu'à s'en étourdir, libérant en le prononçant des années de douleurs et de contraintes à refuser de voir, à refuser d'admettre.

Car Chantal aimait Andrei depuis le premier jour. Dès l'instant où il était arrivé au Havre au retour du voyage du père en Russie, quand elle avait croisé son regard sombre. Quand elle avait vu sur sa joue d'enfant la large et fraîche cicatrice qui lui donnait l'air d'avoir trop vécu, alors qu'il était à l'aube de sa vie. Andrei portait tant de douleurs ! Pourquoi l'avait-elle rejeté ? Pourquoi l'avait-elle accablé ?

Maintenant, seule dans cette nuit américaine, loin de la France, elle ne comprenait plus pourquoi elle avait été si dure.

Des larmes affleurèrent à ses paupières et un coup de vent souleva ses cheveux. Un frisson la parcourut. Il lui sembla tout à coup qu'elle n'était plus seule. Elle regarda autour d'elle, tendit l'oreille. Rien, pas un bruit, pas une ombre. Juste la ville et le clapotement de l'eau contre les flancs du grand navire. Pourtant, instinctivement, elle sentait une présence. Ce fut soudain si fort qu'elle se retourna d'un seul coup. Un homme se tenait juste derrière elle. Il était si près qu'elle poussa un cri de terreur. Il était arrivé silencieusement comme un chat se glisse dans la nuit. Elle ne pouvait voir son visage dans la pénombre, et il avait un bagage à la main.

Il s'avança et, quand il fut dans la lumière, elle reconnut l'officier Pierre Vercors.

49

Sous les lumières de la salle Chambord, les invités se pressaient pour gagner leur place. Aucun n'aurait voulu manquer ce moment. Seul, en son for intérieur, le commandant fulminait.

— Où diable a pu passer Vercors ?

— J'ai appelé partout, mon commandant, à la timonerie et aux cabines, je ne le trouve pas.

— Bon, bon. Il a dû se passer quelque chose qui l'aura retardé. Ne dites rien et, s'il ne vient pas, mettez Monier à sa place, groupez les tables.

Roger s'exécuta.

Le commandant était contrarié. Il ne pouvait s'empêcher de ressentir de l'inquiétude à l'encontre de son officier. Où était-il donc allé se fourrer un soir pareil alors qu'il était attendu au dîner, en uniforme ? Le commandant jeta un regard circulaire. Tout l'état-major était là et les derniers invités arrivaient les uns après les autres. La délégation américaine avec la femme du Président ne devait plus tarder.

Le commandant s'aperçut alors que le commissaire lui faisait un signe à la table voisine.

— Diable ! Que se passe-t-il encore ?

Le commissaire s'approcha discrètement.

— On vient de m'avertir qu'un de nos hommes a quitté le navire.

Les pires craintes du commandant se confirmaient.

— Je m'en doutais ! dit-il.

— Ah bon ? fit le commissaire, surpris. Vous le saviez ?

— Non, je le pressentais. Mais... ajouta-t-il comme pour s'en convaincre, on s'est peut-être trompé, il va peut-être revenir.

— Je ne crois pas, mon commandant. L'officier Vercors vient de me dire qu'on ne le reverra plus.

— Vercors ? C'est lui qui vous a dit ça ! Mais quand ? Et pourquoi à vous ?

Le commissaire ne comprenait pas ce qui choquait son commandant à ce point.

— Il n'a pas voulu vous déranger en un moment pareil. Et puisque j'étais là...

Il fallut quelques secondes au commandant pour comprendre que l'homme qui avait disparu n'était pas l'officier.

— Mais alors, dit-il, ce n'est pas Vercors qui est parti ? Vercors est là ? Où est-il ?

— À sa table, mon commandant. Il vient juste d'arriver.

Le commandant poussa un énorme soupir de soulagement. Il en aurait presque eu les larmes aux yeux. Le commissaire disait vrai. Pierre Vercors était bien à la table qui lui avait été attribuée, en uniforme. Il saluait les convives et se penchait vers une jeune femme en robe blanche. Il dut se sentir observé car, juste avant de s'asseoir, il leva la tête et croisa le regard de son commandant. Il esquissa un sourire qui pouvait signifier :

« Excusez-moi, j'ai pris un peu de retard. »

Le commandant hocha la tête, montrant qu'il avait compris. Il se maudissait.

— Bon sang de bon sang ! se disait-il. Mais qu'est-ce que j'ai à toujours douter de Vercors ? Pourquoi me suis-je imaginé qu'il était parti ? C'est fou, quand même, d'avoir des obsessions pareilles !

— On verra plus tard, dit-il au commissaire.

Il n'était plus temps de penser à son officier et au marin qui avait quitté le navire. Jackie Kennedy venait de faire son entrée dans la salle Chambord.

Sophie n'osait y croire, elle était au dîner de prestige et l'officier en personne venait de prendre place à ses côtés. Il venait de déposer un baiser sur sa main. Pas un faux baiser de baisemain qui ne touche pas la peau comme il l'avait fait aux autres femmes. Un vrai baiser. Et, au contact de la douce chaleur de ses lèvres sur sa peau nue, elle avait rougi, et elle sentait encore le rouge d'émotion sur ses joues en feu. On réclama le silence. Le commandant allait faire un discours.

— Mesdames et messieurs, nous sommes réunis ce soir pour fêter l'arrivée de notre plus beau navire sur la terre d'Amérique. C'est un moment très émouvant...

Sophie n'écoutait rien, tout son être était tendu vers l'officier à ses côtés.

— ... en fin de dîner, conclut le commandant, et en hommage aux traditions, nos officiers inviteront la passagère de leur choix pour une valse. Et après, place à la soirée dansante et aux musiques d'aujourd'hui. Du rock, des twists et, bien sûr, des slows.

Sophie n'avait rien retenu du discours excepté cette annonce de la valse. Et dès cet instant elle fut certaine que celle que l'officier inviterait à danser, ce serait elle. Sinon pourquoi lui aurait-il fait ce baiser, à elle et pas aux autres ? Le repas avait commencé et il répondait déjà aux questions que les autres convives s'empressaient de lui poser. On ne dîne pas tous les jours avec un officier du *France* et pour tous c'était l'occasion d'en savoir davantage sur les coulisses du paquebot. Sophie souriait, faisait comme si elle s'intéressait, mais une seule chose trottait dans sa tête. La valse.

Les slows et le twist, Sophie connaissait, mais la valse, elle n'avait jamais essayé. Une inquiétude la gagna, elle eut peur de s'empêtrer, les pas de la valse étaient très précis et elle n'avait jamais eu l'occasion de la danser. Elle essaya de se remémorer ce qu'elle en connaissait, en vain. Alors elle se dit que l'officier la guiderait, que ça ne devait pas être si terrible que ça et qu'elle n'aurait qu'à suivre.

Les plats se succédaient et l'officier parlait, riait et mangeait avec appétit. La tablée, gagnée par sa convivialité, passa un très agréable dîner. Il semblait particulièrement heureux. Qu'est-ce qui pouvait le rendre si joyeux ? Précédemment, quand Sophie l'avait rencontré, elle avait au contraire ressenti chez lui quelque chose comme une inquiétude, comme s'il avait un secret qui le tourmentait. Et depuis qu'elle l'avait reconnu sur la photographie, ce mystère était encore plus flagrant. Or, là, il semblait déchargé de cette inquiétude. Souriant, il parlait volontiers, et même s'il était dans son rôle d'officier chargé de faire plaisir aux invités, Sophie le sentait différent. Elle en fut d'autant plus troublée que durant tout le repas il l'ignora et s'occupa surtout des autres qui le questionnaient. Il lui sembla même qu'il parlait beaucoup avec Béatrice. Celle-ci était visiblement sous le charme. Elle en redemandait et le relançait quand elle trouvait qu'il s'était un peu trop attardé avec un autre convive. Sophie se consolait en repensant à ce baiser sur sa main et elle se disait que, quand viendrait l'heure de la valse, ce serait son tour. Le dîner touchait à sa fin. Sophie avait à peine goûté aux plats. Vint alors le moment tant attendu.

Le commandant se leva et demanda le silence. Il annonça la valse et tous les officiers se levèrent. Pierre Vercors repoussa sa chaise et se leva lui aussi. Sophie avait baissé la tête en un mouvement de timidité qui ne lui ressemblait pas. Elle attendait la phrase magique :

— Mademoiselle, m'accorderez-vous cette danse ?

Ça y est, se dit-elle. Il va parler. Une valse avec cet officier, c'était loin de ce qu'elle avait imaginé comme première approche et sans doute pas ce qu'elle aurait choisi, mais pour se retrouver dans ses bras elle aurait dansé n'importe quoi. Seulement, la demande de l'officier ne venait pas. Au bout d'une minute qui lui parut une éternité, elle releva la tête. Il n'était plus là. Il avait quitté la table et il s'inclinait devant Jackie Kennedy. Sophie en eut le souffle coupé.

— Et voilà, lui glissa Béatrice, amère, en désignant le couple qui prenait place sur la piste de danse. Une star ou une femme de Président, et ils nous oublient. Tous les mêmes !

À la table voisine, le commissaire était au moins aussi surpris que Béatrice et Sophie. La valse des officiers était une chose très codifiée. C'était le commandant qui devait inviter la Première Dame des États-Unis. En aucun cas l'officier Vercors. Que diable était-il allé raconter au commandant pour obtenir qu'il lui laisse la place ? Le commissaire soupira. Il ne comprendrait jamais ce que ce dernier avait à toujours accepter les lubies de Vercors. Aussi, la valse se terminant, quelle ne fut pas sa surprise de voir l'officier s'avancer vers lui avec sa prestigieuse cavalière. Que se passait-il ?

— Vos officiers valsent si bien, commissaire, dit Jackie Kennedy, que ma tête tourne un peu. À moins que ce ne soit votre champagne. Je crois que nous sommes nombreux à l'avoir apprécié. Peut-être un peu trop. Je crois savoir que vous avez la chance d'être en charge de la sécurité sur ce magnifique paquebot...

Déstabilisé, le commissaire ne comprenait pas où elle voulait en venir. Il acquiesça avec un petit rire qui se voulait respectueux.

— Nous pardonnerez-vous ce petit excès ? demanda-t-elle innocemment avec son étonnante voix de petite fille.

Mais que voulait-elle à la fin ? Il répondit très aimablement.

— On n'apprécie jamais assez le champagne, madame, et je vous remercie au contraire de rendre hommage à notre art de vivre.

— Je ne doutais pas de votre compréhension, commissaire, ajouta-t-elle tout en posant sa main gantée de blanc sur son bras. Il aurait été dommage qu'un excès de champagne gâche la fête de ce premier voyage du *France*. Aucun excès de champagne ne mérite de se faire réprimander en pareille occasion. Absolument rien ne doit ternir ce premier voyage, n'est-ce pas ?

Le commissaire esquissa une grimace qui se voulait un sourire. Il venait de comprendre. Vercors était allé inviter Jackie Kennedy pour la sensibiliser à l'affaire des marins. Comment diable avait-il pu faire une chose pareille ? Ça n'était ni son genre ni ses manières de se mêler de ces histoires, le commissaire en savait quelque chose. Alors pourquoi changeait-il d'attitude au point d'y mêler une personnalité aussi en vue ? Qui avait pu lui fourrer dans la tête une idée aussi saugrenue ? En tout cas, le commissaire notait qu'il avait réussi son coup, la Première Dame s'était laissé convaincre.

— Le prestige de l'uniforme ! conclut le commissaire. Ce Vercors nous arrange tous les coups, mais à sa façon. Pas très réglementaire tout ça, décidément le commandant a raison quand il dit qu'il n'est pas tout à fait comme les autres.

— Je compte sur vous, commissaire, dit Jackie Kennedy en s'éloignant vers la table du commandant.

Le commissaire la regarda s'éloigner avec l'officier.

Quelle soirée ! Un véritable casse-tête. Il décida de réfléchir. Tout d'abord, au début du dîner, Vercors lui avait annoncé qu'Andrei était parti en pleine nuit et qu'on ne le reverrait pas. Des marins qui quittent leur navire, le commissaire en avait déjà connu. Il y en avait toujours eu et il y en aurait encore. Il décida donc qu'il réglerait ce premier point avec les autorités portuaires le moment venu. Il se dit aussi que puisque c'était Andrei qui créait le plus de problèmes avec le syndicat, ce n'était pas si mal qu'il soit parti. Il ne restait plus à régler que le cas de Gérard. Autrement dit, rien de grave. Alors, puisque tout le monde souhaitait en finir et que même Jackie Kennedy le demandait, il ne gâcherait pas la fête. Les marins de la bordée continueraient à travailler tous ensemble et il ne serait plus question de rien. Et quelles que soient les raisons de Pierre Vercors pour s'être mêlé de cette affaire, le commissaire garderait ça pour lui. Officiellement, l'affaire était close.

Une fois sa décision prise, le commissaire poussa un immense soupir de soulagement. Enfin, il voyait le bout de cette maudite histoire de bouteille de champagne ! Enfin, lui aussi allait pouvoir profiter de la fête.

50

D'un bout à l'autre du *France*, on dansait et on chantait avec enthousiasme. Le champagne pétillait dans les verres. L'atmosphère était gaie, chaleureuse. Mais pour Sophie la soirée ne se passa pas comme elle l'avait espéré. L'ambiance était pourtant exactement ce qu'elle aimait. Rien de guindé et rien de surfait non plus. Mais l'officier avait disparu après la valse et plus rien ne l'intéressait. Une sorte de désenchantement l'avait gagnée, et aussi la culpabilité d'avoir délaissé Chantal. Elle ne se sentait plus du tout de faire la fête et elle prit le premier prétexte pour ne pas s'y attarder.

Elle laissa Béatrice et les autres journalistes, l'Académicien et Joseph Kessel, le baron et sa femme, Michèle Morgan et Juliette Gréco, toutes les célébrités américaines venues pour la soirée et tous ces inconnus riches et élégants. Pensant que Michèle et Chantal devaient l'attendre au pressing malgré l'heure plus que tardive, elle s'arma de tout son courage et alla les rejoindre. Elle devait leur avouer qu'elle n'avait rien fait, qu'elle n'avait même pas essayé de parler de Gérard, que c'était raté. Sur la moquette rouge du grand hall, elle était seule et tournait en rond. Elle réfléchissait à la façon de s'y prendre. Un jeune groom vint lui proposer ses services. Désirait-elle qu'il la guide ? De quoi avait-elle besoin ? Elle le remercia et déclina son offre. Elle serait bien restée là un moment car l'ambiance du grand hall d'ordinaire grouillante était apaisante, si calme étrangement, alors que partout, dans la nuit du paquebot, on s'affairait. Mais les jeunes grooms qui veillaient aux ascenseurs l'observaient et elle décida de rejoindre tout de suite le pressing par l'escalier central. Elle se sentait de plus en plus mal à l'aise en prenant conscience qu'elle avait complètement oublié la mission qui lui avait été confiée. Mais elle dirait la vérité sans détour, elle dirait qu'elle n'avait rien tenté.

Elle monta des escaliers, fit toute la longueur du pont véranda, ouvrit des portes et en referma, parcourut des coursives, monta à nouveau des escaliers et en redescendit, elle s'égara et ne prit sans doute pas le chemin le plus court mais elle arriva enfin. À sa très grande surprise et avant qu'elle ait pu dire un seul mot, elle fut accueillie par Michèle qui lui ouvrit les bras :

— Ah, vous voilà ! Justement on parlait de vous. Je ne sais pas comment vous avez fait mais je peux dire que vous êtes drôlement efficace. Et drôlement culottée.

— Mais...

— Ne dites rien, chuchota Michèle en s'avançant, ce n'est pas la peine. Je ne sais pas comment vous vous y êtes prise mais le résultat est là. Francis sort d'ici. Il nous a annoncé que le commissaire avait décidé de fermer les yeux pour l'affaire de Gérard. C'est presque un miracle ! Je dois dire que vous m'épatez, mais j'ai senti que vous seriez à la hauteur. Je l'avais dit à Chantal.

Sophie allait de surprises en surprises. Pour la résolution du problème des marins, ce n'était pas le moment de détromper Michèle. Sophie verrait plus tard. Elle s'expliquerait.

— Chantal est heureuse alors, soulagée, fit-elle pour dire quelque chose.

— Elle ne le sait pas encore, je ne sais pas où elle est allée se fourrer, impossible de la trouver. Mais bon, elle va arriver, elle sait qu'on a du boulot.

Sophie ne s'attarda pas. Elle quitta Michèle qui lui fit mille remerciements et alla flâner sur les ponts. Le jour allait se lever et la ville de New York ne s'éteignait toujours pas. De là où elle se trouvait, sur le pont à l'arrière du *France*, Sophie voyait au premier plan sur sa gauche tout le flanc du navire, juste au-dessus ses hautes cheminées avec leur chapeau noir, et en contrebas sur sa droite, le quai 88, complètement illuminé en ce soir de fête. Il y avait beaucoup d'animation. Les invités quittaient le navire en habit de soirée, ils s'interpellaient. De belles limousines noires glissaient au bout du quai, les emportant tour à tour. On entendait encore la musique sur les terrasses et les rires des danseurs qui ne pouvaient se résoudre à finir la nuit.

Sophie était épuisée. Une grande lassitude l'envahit et elle s'allongea dans un transat rouge du pont qui lui tendait les bras. Le ciel était plein d'étoiles. Elle les regardait sans les voir et se demandait comment elle en était arrivée là. Comment elle avait pu transformer ce voyage où elle n'aurait dû n'avoir que du plaisir et du rêve en un voyage éprouvant rempli de luttes et de complications. Rien ne s'était passé comme prévu, pas un dîner normal, pas un jour de tranquillité. Il faisait froid. Elle s'empara d'un plaid écossais qui était à disposition, bien plié en carré dans l'attente de servir. Elle s'en couvrit. Il était chaud, épais et lourd. Juste ce qu'il fallait. Un bien-être la gagna.

— Que le *France* est beau ! se dit-elle en regardant la ligne du pont et l'élégant bastingage qui découpait l'Hudson. Comment ai-je fait pour l'oublier, comment ai-je fait pour m'embarquer dans ces histoires ?

Elle resta immobile sous son plaid, à regarder les étoiles, et sous ce ciel nouveau les regrets s'enfuirent. L'officier apparaissait devant ses yeux qui commençaient à se fermer, elle eut beau essayer de penser à autre chose, il n'y eut bientôt plus que lui, que son visage sous la pluie, que son corps énergique luttant sur la terrasse, que sa silhouette élégante dansant la valse sous les lumières de la salle Chambord.

Qui était cet officier ? Pourquoi lui avait-il fait ce baiser, pourquoi l'avait-il regardé avec une telle intensité la nuit de la tempête ? Pourquoi ne l'avait-il pas invitée à la valse ? Pourquoi avait-il disparu de la fête ? Où était-il ?

51

Au même moment, Pierre Vercors regardait la nuit s'évanouir sur New York depuis les vitres haut perchées de la timonerie du *France*.

Il avait quitté la fête précipitamment. Le grand paquebot était à quai et il était inutile de veiller, mais après les heures qu'il venait de vivre, il avait besoin de faire à nouveau corps avec son navire, et la timonerie était l'endroit d'où il s'en sentait le plus proche. L'aube pointait et il pensait à cette passagère, à la douceur de sa peau quand il avait enfreint la bienséance qui veut qu'un baisemain ne touche pas la main de la femme. Il n'avait pu se retenir. Pourquoi ? Et pourquoi la rencontrer justement au cours de ce voyage, alors qu'il avait décidé de tout quitter ? Car si le destin ne s'en était pas mêlé, à cette heure l'officier serait déjà loin. Peut-être dans une de ces voitures qui sur les quais roulaient à grande vitesse et qu'il voyait s'enfoncer et se perdre dans le grouillement de la ville américaine. Peut-être seul, déjà plein de regrets, dans une de ces chambres d'hôtel anonymes dont les lumières brillaient dans le bleu de l'aube naissante.

Car sans que personne ne le soupçonne jamais, hormis peut être son commandant, l'officier Vercors avait décidé de partir et de ne s'encombrer de rien. D'aucun devoir comme celui qui avait broyé son père et les mille marins avec lui, d'aucune croyance comme celle qui avait mis sa grand-mère à genoux dans de vaines prières qui n'avaient rien changé au tempérament autoritaire de son mari, d'aucune famille et d'aucun amour. Il avait essayé de croire en la vie, en l'amour et il n'y était pas parvenu. Les amours meurent ou se renient, pensait-il. Il en avait tant croisé, des gens qui se trahissent. Pour toutes ces raisons, l'officier avait décidé que le premier voyage du *France* serait le dernier pour lui. Il croyait en la force des symboles, et c'est pour cette raison qu'il s'était arrangé pour embarquer seul, en civil, et que du haut de la passerelle il s'était retourné pour adresser à sa terre un adieu plein d'amour. C'était l'homme qui partait, pas l'officier. C'était l'homme qui laissait son passé derrière lui.

Mais le destin avait eu son mot à dire.

Il l'avait rattrapé à la dernière minute juste au sortir de sa cabine, alors qu'avec son bagage à la main il s'apprêtait à quitter le *France* et à devenir un clandestin. Libre de toute attache en ce monde.

Il se remémora ce qu'il avait vécu au début de cette nuit qui s'achevait. Quand il était sorti de sa cabine après avoir rangé ses affaires, prêt à partir, il était tombé sur un homme de dos, immobile sur le pont, et qui portait un gros sac de marin sur l'épaule. Ce marin regardait une jeune femme quelques mètres plus loin dont on devinait la silhouette, appuyée contre le bastingage. Elle criait un nom que le vent portait aux oreilles du marin puis de l'officier qui se trouvait derrière : « Andrei... disait-elle, Andrei... Andrei... » Il faisait un clair de lune qui adoucissait les zones d'ombres, mais la jeune femme ne voyait ni le marin ni l'officier. Elle n'entendait que le grondement sourd de la ville et regardait fixement devant elle.

Est-ce d'entendre ce nom ? Toujours est-il que le marin s'effondra, la tête dans les mains. L'officier crut l'entendre qui pleurait. La scène était si étrange et l'officier en situation si délicate qu'il n'osait pas bouger. C'est au moment où il chercha à s'échapper vers une coursive que le marin l'aperçut. Andrei hésita à prendre la fuite, puis il reconnut dans l'officier l'homme qui l'avait plaqué au sol sur la terrasse. Il vint vers lui et sans mot dire l'entraîna de l'autre côté du navire. C'est alors qu'à son tour l'officier reconnut Andrei et comprit que le nom que criait cette femme était celui du marin.

— Je pars, avait dit sobrement Andrei. Je quitte le *France*. Vous pouvez aller me dénoncer mais ça ne changera rien, si je ne pars pas ce soir je partirai demain, ou plus tard. Mais je partirai.

Il y avait sur son visage toute la détermination et aussi toute la douleur d'une pareille décision.

— Vous allez faire quelque chose pour moi. (Pierre Vercors ne bougeait toujours pas.) Pour moi et pour cette femme là-bas.

— Vous lui direz...

Mais sa voix s'étrangla dans sa gorge. Il dut se reprendre pour continuer. Ce qu'il avait à confesser était très lourd. Il n'avait pas tout dit à Chantal, et à Gérard non plus. Seul leur père savait ce qui s'était vraiment passé en Russie. Et Andrei ne pourrait jamais faire comme si cette chose terrible qu'il avait faite il y a si longtemps n'avait pas existé. C'était le moment. Il fallait partir, laisser son ami Gérard et sa sœur vivre en paix. Il expliqua qu'il était venu tout révéler à Chantal, et qu'il l'avait trouvée dans le vent de la nuit en train de crier son nom. Et il n'avait pas eu la force de l'aborder, c'était trop tard. Andrei dit qu'il lui fallait à tout prix parler à quelqu'un. Qu'après il s'en irait et qu'on ne le reverrait plus. Il se confia d'une seule traite, sans retenue, sans peur.

— Vous direz à Chantal et à son frère que je pars et que je ne leur avais pas tout dit. J'ai tué un homme d'un coup de lame. J'avais appris à trancher la gorge des poulets et des cochons à la ferme dans les montagnes d'Oural. J'ai tranché la gorge de cet homme dans son sommeil comme j'avais tranché le cou de ces bêtes. J'avais dix ans. Il a juste eu le temps dans un dernier sursaut de me voir et de balafrer ma joue avec un couteau qu'il gardait sous son oreiller. C'était notre voisin en Russie. C'est lui qui avait dit à ma grand-mère que mes parents s'étaient trahis, qu'ils s'étaient insultés. Je ne regrette rien.

À ce stade de sa confession, Andrei dut reprendre son souffle. Le souvenir était violent.

— Dites cela à cette jeune femme. Vous ne comprenez pas ce que je raconte, mais elle, elle comprendra. Et dites-lui aussi que là-bas, en Russie, quand on a trouvé le mort, tout le monde a cherché le coupable. Son père avait fini son voyage, il repartait en France le matin même. J'étais terré dans ma chambre. Quand il a vu ma balafre, il a compris. Il m'a caché, a réussi à tromper les autorités et tout le monde. Il m'a imposé au père de Francis et il m'a emmené en France. Je n'oublie pas, jamais, pas une seconde. Je ne serai jamais un homme comme un autre. Ce couteau ne me quitte pas. Dites-lui, et dites-lui aussi que je ne sais pas aimer, mais que, si j'avais su, c'est elle que j'aurais choisie.

L'officier avait écouté sans l'interrompre cette confession. Il savait que ce marin disait la vérité. Comment vit-on quand on porte depuis si longtemps un aussi terrible secret ? Comment supporte-t-on autant de violences enfouies au fond de soi ? Lui aussi avait souvent pensé à la mort de son père dans les débris des cuirassés, il avait imaginé les jeunes chairs broyées et entendu les cris de désespoir des marins. Lui aussi avait connu la violence, mais il n'avait jamais fait couler aucun sang, d'aucune sorte. Il se revit à l'âge de dix ans, les gâteaux de la grand-mère, les récits du grand-père et les doux baisers de sa mère qui l'embrassait le soir. Comme elle était loin de son enfance, la violence de celle d'Andrei.

Le marin regardait l'officier droit dans les yeux, d'un regard qui ne demandait aucun pardon, qui n'attendait aucune compassion. Il voulait juste que l'officier accède à sa demande. Pierre Vercors accepta. Il transmettrait le message. Andrei remercia. Il avait déjà fait quelques pas pour s'en aller quand il se retourna et désigna la valise de l'officier.

— J'aurais tant aimé être utile à quelqu'un, dit-il. Je pars parce que je suis détruit. Je ne sais pas pourquoi vous avez cette valise à la main mais, ce que je sais, c'est que vous, vous n'êtes pas détruit. Ça se voit au premier coup d'œil. Moi, si j'avais la chance d'être à votre place, je resterais. Et je serais heureux.

Il avait prononcé ces mots sans amertume, avec douceur. Et il était parti.

Quand Andrei eut disparu, l'officier était resté un moment sans bouger. Puis il avait posé sa valise et il était allé vers Chantal. Elle s'était retournée d'un seul coup et, en le voyant, elle avait poussé un cri de terreur. Il lui avait tout raconté, tout ce qu'avait dit le marin. Que faire d'autre ? Elle l'écouta, s'effondra à son tour et raconta aussi, sa famille, Gérard, Andrei, et cette histoire de bouteille brisée qui les avait minés durant tout ce voyage et qui était la cause de tout. Elle ne s'arrêtait plus. Elle avait besoin de parler. Elle raconta alors l'espoir donné par Sophie, la passagère du salon Provence qui avait voulu les aider, et Jackie Kennedy qui n'avait rien dit et rien fait. L'officier comprenait au fur et à mesure et démêlait les fils de ces vies suspendues les unes aux autres par des secrets et des drames. Il dit alors à Chantal les choses simples qu'on dit pour apaiser les douleurs. Il dit que tout s'arrangeait, que les marins qui partent reviennent tous un jour, que tout passe. Elle avait eu du cran. Malgré sa souffrance elle l'avait remercié, puis elle était retournée au travail. Alors il était allé chercher sa valise. Il savait déjà qu'il ne partirait plus. Les mots d'Andrei avaient eu sur lui un effet très puissant : « Mais si j'avais la chance d'être à votre place, je resterais. Et je serais heureux. » Il avait rangé ses affaires dans sa cabine et enfilé son uniforme. Puis il avait rejoint la salle Chambord pour la soirée et le bal. Il avait fait au mieux pour Chantal et son frère et il avait convaincu Jackie Kennedy de dire un mot en leur faveur.

Le destin venait d'imposer ses choix à l'officier Vercors. Tout le monde ne pouvait quitter le navire. Quel que soit le passé, il faudrait toujours des hommes pour traverser les tempêtes et arriver aux ports. L'officier était de ces hommes. Il avait compris le message du destin et il s'y pliait. Sa vie serait une ligne droite.

Quand il quitta la timonerie, ce matin-là, l'aube blanchissait la ville. Il avait fait son devoir, il avait été au bal et il était revenu dire à Chantal de ne plus s'inquiéter pour son frère. Elle avait remercié mais il avait senti qu'en elle quelque chose était brisé. Maintenant il était à son poste. Il se sentait délivré. Il huma l'air du port de New York. Ça sentait l'iode et le mazout, comme dans tous les ports du monde. Il pensa à Andrei. Pourquoi avait-il laissé ce marin quitter le *France* ? C'est la question qu'on lui poserait. Qu'allait-il répondre ? Qu'il comprenait ce marin parce qu'il partait lui-même, qu'il n'était plus à ce moment précis l'officier Vercors mais simplement Pierre Vercors ? Il se dit qu'il verrait bien et il s'engagea sur le pont.

52

Quand Sophie ouvrit les yeux, il se tenait entre elle et le soleil. Il fallut un peu de temps à Sophie pour réaliser qu'elle avait fini la nuit sur le transat, et qu'un homme dont elle distinguait mal le visage dans le contre-jour la regardait dormir. Aucune femme, et Sophie moins qu'une autre, n'aime à être surprise dans son sommeil. Dans cet état d'abandon total où elle ne maîtrise rien de ce qu'elle offre à voir, ni sa tenue ni sa coiffure. Et quand elle comprit que cet homme qui la regardait était l'officier, Sophie fut sur pied en un quart de seconde. Elle tapota sa robe, ses cheveux, passa sa main sur son visage et dit d'un air qui se voulait anodin :

— J'ai voulu prendre l'air et j'ai dû m'assoupir quelques minutes sur ce transat.

En fait, elle était frigorifiée. Au total, elle n'avait pas dû rester là plus de deux ou trois heures, et à l'endroit où elle se trouvait, bien enfoncée dans un recoin et sous le plaid épais, elle avait été protégée. Comme le sommeil avait été profond tant sa fatigue était grande, elle ne s'était pas aperçue du grand froid. Mais là, elle grelottait. L'officier n'en revenait pas. Le froid de février était glacial. Une heure de plus et elle aurait pu mourir. D'un geste tendre, il prit le plaid qui avait glissé sur le pont, enveloppa Sophie et la frictionna pour la réchauffer. Elle se laissa faire.

Ils restèrent un moment comme ça, elle s'abandonnant petit à petit et lui à frictionner énergiquement ce corps qu'il sentait si nerveux même à travers le plaid.

— C'est dangereux, vous savez, de s'endormir comme ça dehors en plein hiver. Vous auriez pu mourir.

Elle lui adressa un pauvre sourire de ses lèvres bleuies. Elle tremblait encore mais sans savoir si c'était de froid, de peur rétrospective à l'idée d'avoir failli mourir, ou tout simplement de bonheur de le voir là, à ses pieds, qui frictionnait ses jambes. Quand il se releva et qu'ils se regardèrent, troublés de cette proximité, ils auraient pu tomber dans les bras l'un de l'autre, se serrer et s'aimer. Mais ils ne le firent pas. La lumière de l'aube, ces premiers passagers qui commençaient à apparaître autour d'eux et les regardaient en passant, une pudeur, quelque chose de cet ordre-là les retint. Mais à la façon dont ils se regardèrent avant de se quitter, elle regagnant sa cabine et lui la sienne, ils comprirent l'un et l'autre qu'ils ne s'attendraient plus longtemps.

53

Le *France* quitta New York.

Il reprit le chemin de la haute mer. Dès la première nuit, il fut à des milles de la côte.

L'officier et Sophie ne s'étaient pas revus. Chantal et Michèle étaient passées voir Sophie. Elles s'étaient expliquées et comprises. Sophie avait été secouée par l'histoire de Chantal et d'Andrei qui n'avaient pas su se parler et qui étaient passés l'un à côté de l'autre.

— J'aurais dû lui dire, répétait Chantal, pleine de douleurs. On ne parle jamais à ceux qu'on aime le plus. Pourquoi ? Pourquoi ?

— Arrête de te mettre martel en tête, avait dit Michèle. Tu as bien compris ce qu'il avait fait, quand même. Un meurtre, même s'il avait des raisons, à son âge en plus, à huit ans, comment veux-tu qu'il en réchappe ? Ça l'aurait poursuivi et vous n'auriez pas pu être heureux. C'est comme ça, c'est la vie.

— Non, Michèle, ce n'est pas ça la vie. La vie, c'est aimer et dire que l'on aime. L'amour, ça sauve de tout.

Puis elles étaient parties, remerciant pour Gérard, heureuses pour le *France* que tout se soit bien terminé. Sophie eut alors une pensée pour Andrei et elle l'imagina, seul dans les rues, dans de froides chambres d'hôtel, errant d'un travail à un autre, usé et épuisé au fur et à mesure que le temps et les années passeraient et que ses forces diminueraient. Pourquoi tant de violences concentrées sur un seul être humain ? Pourquoi le sort s'acharnait-il sur des êtres qu'il semblait avoir désignés pour subir tous les malheurs du monde ?

Ce premier soir du retour, il y eut beaucoup de vent. Déjà, le *France* était loin sur le grand océan. Dans le salon, Sophie parlait autour d'un verre avec Béatrice et des amis. Confortablement assis dans les canapés, ravis de ce voyage fabuleux, des soirées qu'ils venaient de vivre, ils se remémoraient les dîners incroyablement copieux et raffinés, le luxe du service, et ils étaient déjà pleins de regrets à l'idée que ce soit bientôt fini. Dehors, le vent soufflait par rafales. Il était si fort qu'à un moment Béatrice se leva pour tirer les voiles des rideaux. Ensemble, ils poussèrent un cri. Les vagues se soulevaient et passaient par-delà le bastingage pour venir s'écraser sur le pont.

— Une tempête ! Encore ! dit l'un. Ils avaient annoncé le beau temps, je n'y comprends rien.

Ils vinrent se coller derrière les vitres, pleins d'effroi. Sophie resta assise. Elle pensait à l'officier et s'attendait à tout instant à le voir surgir derrière la vitre, comme la première fois quand il lui était apparu au milieu des gerbes de mer. Depuis le matin il n'avait pas quitté ses pensées une seule seconde. Aussi quand elle avait entendu le vent se lever dans l'après-midi, quand elle avait su qu'il y aurait de la tempête, elle avait compris que cette tempête qui n'était pas prévue était un signe du destin. Ce serait ce soir.

Elle quitta le salon douillet au moment où ses amis revinrent s'asseoir, encore effrayés.

— Où vas-tu ? lui cria Béatrice quand elle la vit ouvrir la porte. Tu es folle, tu as vu la tempête, et tu as vu comment tu es habillée...

Mais Sophie était déjà dehors. Elle courait sur le pont, elle allait vers l'avant du paquebot, tout en haut. À quoi bon attendre, il serait là, elle en était sûre. Elle n'avait même pas pris le temps d'enfiler des chaussures et de passer un manteau. Elle courait pieds nus. Elle ne voulait pas vivre l'histoire dramatique de Chantal qui n'avait pas su dire à Andrei qu'elle l'aimait.

— La vie, c'est aimer, disait-elle en courant. Seul l'amour soulève des montagnes. L'amour, ça sauve de tout.

Elle courut et courut encore sur les ponts, monta des escaliers et ne croisa personne. Elle n'en finissait pas de courir, mais elle ne sentait ni le vent ni le froid. L'océan grondait à quelques mètres et sous le navire les grands fonds faisaient entendre de terribles mugissements. Mais Sophie n'avait plus peur. Ni des grands fonds ni du grand océan. Ce qu'elle avait attendu depuis toujours allait enfin arriver. Parce qu'elle le voulait, de toutes ses forces. Elle s'arrêta enfin, tout en haut.

Il la vit arriver du haut de sa timonerie. Il eut du mal à y croire mais il ne rêvait pas, c'était bien elle. Que faisait-elle là en pleine nuit, à peine couverte ? Le vent faisait voler ses cheveux et elle avait les yeux levés vers lui. Comprit-il tout de suite qu'elle était là pour lui ? Toujours est-il qu'il ouvrit la porte, descendit les marches de fer, et quand il fut sur le pont à quelques mètres d'elle, il lui tendit les bras. Elle courut s'y blottir et il les referma sur elle avec ce sentiment d'éternité qu'il avait toujours attendu de connaître.

Ils passèrent la nuit sous la flamme d'or du petit salon où ils s'étaient rencontrés pour la première fois. Ils crurent en mourir de bonheur.

On dit qu'ils s'aiment toujours.

Épilogue

Le *France* avait accompli sa mission au-delà de toutes les espérances. Il avait réussi la chose la plus rare. Des deux côtés de l'Atlantique, d'un bout du monde à l'autre, il avait fait rêver.

Il retrouva Le Havre et s'amarra majestueusement le long de son quai Johannes Couvert. Il était attendu par des milliers d'admirateurs, les larmes aux yeux de bonheur de le voir revenir.

Et la vie continua.

Michèle retrouva son cuisinier, Francis raccompagna Chantal jusque chez elle. Il l'épousa un jour, mais elle n'oublia jamais Andrei.

Sophie venait parfois lui rendre visite. Quand le vent soufflait sur la belle ville géométrique et large du Havre, quand il parcourait ses rues et balayait ce port immense aux bras déchiquetés sur l'océan, elle allait tout en haut du pont de Normandie aérien qui enjambait la mer. Elle regardait en bas la ville du Havre, contemporaine et légère, si belle et si nette face à ce grand horizon qui s'ouvrait devant elle. Le passé était loin, elle repensait à ce premier voyage, à ce magnifique paquebot qui les avait emportés un jour de février 1962. Le *France* avait changé sa vie. Elle y avait trouvé l'amour.

Il traversa bien d'autres océans, emporta bien d'autres voyageurs, et dans le secret de son salon à la flamme d'or il gardait intact le souvenir de cette étreinte passionnée entre l'officier Pierre Vercors et cette passagère qui croyait que la vie, c'était comme au cinéma.

Et puis le *France* accéda là où très peu d'êtres humains et de choses accèdent en ce bas monde. Il entra dans la légende...

Maison de Bernac-Debat, août 2009.

Composition et mise en pages

NORD COMPO
multimédia

CET OUVRAGE
A ÉTÉ REPRODUIT
ET ACHEVÉ D'IMPRIMER
SUR ROTO-PAGE
PAR L'IMPRIMERIE FLOCH
À MAYENNE EN NOVEMBRE 2009

N° d'édition : L.01ELJN000174.A002. N° d'impression : 75240.
Dépôt légal : octobre 2009.
Imprimé en France